Das Buch:
Boy Michel Boysen, vitaler Kapitän im Ruhestand, Junggeselle, wohlhabend, hat sich auf seine Heimatinsel zurückgezogen. Er lebt in Kampen. Eines Tages lernt er Barbara kennen, eine hübsche junge Frau aus Berlin. Ja, er verliebt sich in sie, und die beiden erleben einen Sylter Sommer, der den alten Seefahrer wieder jung werden lässt. Was er nicht ahnt: Barbara ist von seinem Neffen Jan Jacob Boysen wegen einer Erbspekulation in die Kampener Welt eingeschleust worden. Doch weil auch sie sich zu dem einstigen Kapitän und jetzt als Wattführer tätigen Friesen hingezogen fühlt, gerät sie schon bald in einen fast unlösbaren Konflikt...

Lokaler und historischer Hintergrund dieser ebenso heiklen wie ergreifenden Liebesgeschichte ist Sylt, das alljährlich von Abertausenden besuchte Eiland mit seiner vielgestaltigen Flora und Fauna.

Der Autor:
Hinrich Matthiesen, geboren 1928 in Westerland, stammt aus einer Sylter Seefahrerfamilie, die seit vierhundert Jahren auf der Insel ansässig ist. Er hat viele Jahre in Mexiko und Chile verbracht, ehe er nach Sylt zurückkehrte. Die Bestseller *Der Skorpion*, *Acapulco Royal*, *Der Kapitän* und *Das Gift* gehören zu den erfolgreichsten seiner 31 Romane.

Hinrich Matthiesen

Eine Liebe auf Sylt

Roman

Quermarken Verlag
Hamburg

Neuauflage
Original 2002 Wilhelm Heyne Verlag GmbH & Co.KG, München
© 2010 Quermarken Verlag
Pfefferkrug 4, 22397 Hamburg
Fax: 040 / 608 05 80
Alle Rechte vorbehalten
Umschlaggestaltung: Michael Schlüter, Morsum/Sylt
Satz: Svendine von Loessl
Druck und Bindung: CPI – Clausen und Bosse, Leck
Printed in Germany
ISBN: 978-3-940006-09-7
www.quermarken-verlag.de

Die Handlung dieses Romans ist frei erfunden. Ähnlichkeiten und Übereinstimmungen mit wirklichen Begebenheiten und lebenden oder verstorbenen Personen wären rein zufällig.

1.

Die Hochsaison hatte begonnen, und damit war für Boy Michel Boysen wieder einmal jene Zeit angebrochen, in der er seine Insel kaum wiedererkannte. Sylts Straßen und Wege quollen über von Urlaubern, die Hauptstrände waren dicht bevölkert, und in so manchem Restaurant musste man sich, um abends dort einkehren zu können, am besten schon ein Jahr vorher angemeldet haben.

Er saß im Garten hinter seinem Haus, das der Urgroßvater, Kapitän Jan Hendrik Boysen, im Süden von Kampen, nahe am Watt, erbaut hatte. Damals lebten rund zwei Dutzend Familien im Dorf, und Sommergäste mieteten sich allenfalls vereinzelt ein.

Der Urgroßvater war nicht nur Schiffsführer, sondern auch Halbpartfahrer gewesen, also am Erlös der Reisen beteiligt. Das hatte ihn in die Lage versetzt, seinen Hausbau großzügig zu bemessen, und so war ein stattliches, langgestrecktes Gebäude entstanden, das, wie in Nordfriesland üblich, in Wohnbereich und Stallungen unterteilt war und ein mächtiges Reetdach hatte.

Im Jahre 1985 hatte er, der Nachfahre Boy Michel Boysen, damals noch zur See fahrend, das gesamte Anwesen renovieren und aus den Stallungen Ferienwohnungen machen lassen. Außerdem hatte er für eine neue Bedachung gesorgt. So präsentierte sich das Haus seither zwar äußerlich noch immer als typisches Friesengehöft, doch im Innern war alles aufs Modernste hergerichtet. Selbst das Dach mit seiner Reetlagenstärke von fünfunddreißig Zentimetern wies - nach immerhin einem Vierteljahrhundert - noch keinerlei Schäden auf. Die Lebensdauer eines solchen Daches schwankte zwischen vierzig und hundert Jahren, wobei eine Rolle spielte, aus welcher Region das Reet stammte und ob es auch wirklich bei Frosttemperaturen geschnitten worden war. Große Bedeutung hatte zudem, wie dick die Lage war, wie fest man die Bündel gezurrt hatte und - das war besonders entscheidend – in welchem Maße es dem Wind ausgesetzt war.

Es war früher Nachmittag. Boy Michel Boysen hatte noch eine halbe Stunde Zeit, dann würde er aufbrechen, um einer Beschäftigung nachzugehen, mit der er schon bald nach Beendigung der Seefahrt begonnen hatte.

Er war einer der Sylter Wattführer. Vom Frühjahr bis zum Herbst traf er sich mit Urlaubern, um ihnen das Wattenmeer nahezubringen, jenen zwischen der Insel und dem Festland angesiedelten Mikrokosmos mit seinen Milliarden von Lebewesen. Boysen führte die Wanderer auf Wegen, die nur die Eingeweihten kannten, durch die von der Ebbe bloßgelegte Schlicklandschaft und bescherte ihnen das Abenteuer einer vielgestaltigen und - sofern keine aufgebrachten Vögel in der Nähe waren - wohltuend stillen Fauna.

Im Mittel waren es etwa zwanzig Personen, die er jeweils um sich scharte. Ein Trupp von zehn, zwölf Teilnehmern war ihm am liebsten, weil der jederzeit überschaubar blieb. Doch hatte er, wenn der Andrang stark war, auch schon

Gruppen von dreißig Personen über die weite bleigraue Fläche geleitet, und waren dann noch Kinder und ältere Leute dabeigewesen, hatte er dem Herrgott gedankt, sobald sie alle wohlbehalten ans Ufer zurückgekehrt waren.

Er sah auf die Uhr. Den Tee, den Merret ihm gebracht hatte, konnte er noch in Ruhe austrinken. Für Viertel nach vier war das Treffen nördlich der Kampener Vogelkoje anberaumt. Die Termine wechselten. Sie wurden von der jeweiligen Tide bestimmt, denn natürlich kamen solche Wanderungen nur in Betracht, wenn das Watt leergelaufen war. Die Intervalle verschoben sich täglich um etwa fünfzig Minuten.

Diesmal würden ihn siebenundzwanzig Teilnehmer erwarten. Vier Kinder waren dabei und - was ihn mit einer gewissen Sorge erfüllte - ein schon recht betagtes Ehepaar, sie achtundsiebzig und er neunundsiebzig Jahre alt. Bei Personen, die über sechzig und unter sechs Jahre alt waren, ließ er auf der Teilnehmerliste das genaue Alter notieren, und es lag bei ihm, sie nach einem kurzen Gespräch zur Wanderung zuzulassen oder zurückzuweisen. Einmal hatte er erlebt, dass ein Mann, der allerdings erst fünfzig war, drei Kilometer weit draußen einen Schwächeanfall erlitt und dann unter großen Mühen an Land gebracht werden musste. Per Handy hatte er die Ambulanz ans Ufer bestellt, so dass der Patient von dort aus binnen weniger Minuten in die Klinik gebracht werden konnte.

Er überprüfte den Inhalt seiner Wandertasche, die er auf dem Tisch abgestellt hatte: Kompass, Handy, Fernglas, Erste-Hilfe-Kasten und die in einer Plastikhülle steckende Teilnehmerliste. Danach zündete er sich eine Zigarette an. Sie würde für Stunden die letzte sein, denn zu seinem Weg durchs Watt, noch dazu in Begleitung von naturverbundenen Menschen und gar Kindern, passte das Rauchen nicht.

Wie meistens vor dem Start stellte er sich seine Gruppe vor, entwarf, sehr willkürlich, die verschiedensten Temperamente. Das Laute und Geschwätzige schätzte er nicht. Ihm war es am liebsten, wenn die Menschen seine geheimnisvolle Wattenwelt durchschritten wie einen riesigen Dom. Darin lag, genaugenommen, ein Widerspruch, denn Fragen und Antworten gehörten schließlich zum Programm, ebenso Kommentare der Bewunderung und Ausrufe des Erstaunens. Doch es gab eben Unterschiede. Manche sprachen, angesteckt von der Stille ringsum, fast im Flüsterton, andere wurden, wohl weil die Stille ihnen unheimlich war, immer lauter, oder sie lieferten sich, zumal wenn junge Leute dabei waren, unter Gejohle regelrechte Schlammschlachten und beschmutzen dann oft genug auch Unbeteiligte. Ja, hin und wieder musste er energisch um Ruhe bitten, und einmal war es sogar soweit gekommen, dass er sich gegenüber einem Fünfzehnjährigen erst nach entschlossenem Zugriff hatte durchsetzen können. Der Bursche, der seiner gleichaltrigen Freundin offenbar imponieren wollte, hatte ein Transistor-Radio mitgebracht und war weder durch höfliches Bitten noch durch schroffen Einspruch dazu zu bewegen, die hämmernden Rhythmen abzustellen. Am Ende hatte er sich nur noch dadurch zu helfen gewusst, dass er dem Jungen das Gerät aus der Hand riss und es mit Wucht in den Schlick warf, woraufhin, weil Wasser ins Gehäuse geraten war, der Lärm versiegte. Ehe der Bengel ihn tätlich angreifen konnte, waren andere aus der Gruppe eingeschritten und hatten ihn in seine Schranken verwiesen. Die wenige Tage später vom Vater des Störenfrieds übersandte Schadensersatzforderung hatte er ignoriert, und eine Mahnung war nicht mehr erfolgt. Zum Glück hatte es bis jetzt keinen weiteren derart unangenehmen Vorfall gegeben.

Er stand auf, hängte sich die Tasche um und rief nach Merret. Als sie an der Klöntür erschien, sagte er:

»Ich bin erst gegen acht Uhr zurück, brauchst mit dem Abendbrot nicht auf mich zu warten. Stell mir bitte irgendetwas hin!«

»Ist gut«, erwiderte sie. »Ich fahr' gleich. Hab' ja heute meinen Club-Abend.«

Er wusste, dass die Fünfzigjährige, die ihm den Haushalt führte, ihre Keitumer Freundinnen beim wöchentlichen Skatspiel meistens auf die Plätze verwies und dass es im ganzen Dorf niemanden gab, die Männer eingeschlossen, der das Gebetbuch des Teufels so sicher beherrschte wie sie.

»*Faarwel!*«, rief er ihr noch zu. Auf Wiedersehen.

»*Faarwel!*«, antwortete sie, und dann folgten die Worte, die bei ihr schon zum Ritual geworden waren: »*En auriit ek, dat dü ön fif Jaaren sööwentig uurst!*«

Nein, nein, er vergaß schon nicht, dass er in fünf Jahren die Siebzig erreicht haben würde. Immer wieder versuchte die aus Keitum stammende, früh verwitwete Sylterin, mit der er fast nur Friesisch sprach, ihn davon abzubringen, meilenweit ins Watt hinauszulaufen, und das auch noch mit einer Schar von Fremden, die ein Wort wie *Tidenhub* noch nie gehört hatten und für die die *Trecker* bäuerliche Nutzfahrzeuge waren und nichts zu tun hatten mit der gefährlichen Unterströmung, die am Weststrand schon so manchen tüchtigen, aber unkundigen Schwimmer umgebracht hatte.

Er stieg in seinen Range-Rover, legte die Tasche auf den Beifahrersitz und fuhr los. Lieber wäre er wie früher die wenigen Kilometer zu Fuß gegangen, doch seit dem Schwächeanfall jenes Fünfzigjährigen hielt er es für besser, das Auto in der Nähe zu haben.

Er fuhr durch den Ort und wurde dabei, wie stets, wenn er im Juli oder August in Kampen unterwegs war, von zwiespältigen Empfindungen heimgesucht. Das Menschengewimmel machte ihn nervös, manchmal sogar aggressiv, doch andererseits freute er sich darüber, dass sein Dorf einen solchen Zuspruch erfuhr. Das hatte den Wert der Kampener Häuser in fast unschickliche Höhen getrieben. Sein eigenes Anwesen brächte, wenn er es denn verkaufen wollte, einige Millionen. Und er besaß ein zweites im Westen, nahe am Strand. Auf unabsehbare Zeit würde es allein dort stehen, denn Kreis und Gemeinde und nicht zuletzt die Naturschützer hatten dafür gesorgt, dass der dazugehörige halbe Hektar niemals zu Bauland erklärt werden konnte. Doch was dort vor vielen Jahren errichtet worden war, die Kliffburg - oder, wie der Urgroßvater den von ihm geschaffenen Rundbau auf friesisch benannt hatte, die *Klefborig* - durfte niemand antasten, auch wenn immer mal wieder Protest laut wurde und Merret dann - fast als wäre es ihr und nicht sein Haus - schimpfte, allerdings auf Deutsch, weil im Friesischen der Reim weggewesen wäre: »Ja, ja, die Grünen und die Dünen!«

2.

Die Gruppe war beisammen. Keine der siebenundzwanzig Personen hatte, wie es hin und wieder vorkam, abgesagt. Sechzehn von ihnen, lauter junge Leute, die ihre Zelte auf dem Hörnumer Camping-Platz aufgeschlagen hatten, waren mit einem Kleinbus gekommen. Acht waren im eigenen Auto oder mit dem Linienbus zur Vogelkoje gefahren, und drei Frauen mittleren Alters hatten, wie er erfuhr, den Weg von ihrem Lister Ferienquartier bis zum Sammelpunkt zu Fuß zurückgelegt.

Die beiden fast Achtzigjährigen waren, wie er sich glaubhaft hatte erzählen lassen, geschulte Ski-Langläufer und machten trotz ihres hohen Alters einen durchaus sportlichen Eindruck, so dass er keine Bedenken hatte, sie mitzunehmen. Die Kinder schienen recht vernünftig zu sein und befanden sich überdies in Begleitung ihrer Eltern. Also waren auch sie ihm willkommen.

Die meisten Teilnehmer trugen T-Shirts und Shorts und gingen barfuß. Nur drei Männer und eine Frau hatten lange Hosen und Gummistiefel an.

Um halb fünf, nach einer kurzen Einführung in die Besonderheiten eines zwei- bis dreistündigen Streifzugs durchs Watt, ging es los. Zu diesen Hinweisen hatten auch einige der wichtigsten Regeln für Wattwanderer gehört, wie zum Beispiel: Geh nicht allein ins Watt! Geh nicht bei auflaufendem Wasser los! Wegen der starken Sonneneinstrahlung Kopfbedeckung tragen! Nebel und Gewitter bedeuten Gefahr!

Er hatte viel zu berichten. Schon auf den ersten Metern erfuhren die Teilnehmer, dass es sich bei dem Gebiet, von dem sie einen winzigen Abschnitt durchwandern würden, um die größte zusammenhängende Wattfläche der Welt handelte. Zwischen dem dänischen Esbjerg und dem holländischen Den Helder umfasste sie rund sechseinhalbtausend Quadratkilometer.

Auch galt es, die Beschaffenheit des Bodens zu erläutern, der ihnen schließlich weder einen befestigten Weg noch einen hartgetretenen Trampelpfad anbot, sondern nichts als glitschigen, leicht nachgebenden Grund. Der Sand war in Ufernähe fein und ging erst weiter draußen ins Grobkörnige über. Am Weststrand, so erklärte er, war es umgekehrt. Diese entgegengesetzte Beschaffenheit hatte ihre Ursache darin, dass an den rund vierzig Kilometern des sich zwischen Hörnum und dem Lister Ellenbogen erstreckenden Strandes die Brandungswellen für raschen Umschlag sorgten und auf diese Weise groben Sand nach vorn wälzten, während weit draußen, wo das Meer ruhiger war, feiner Sand den Boden bedeckte. Und im Watt, da war das ruhige Wasser vorn und das bewegte weit draußen.

Er sprach vom Sand-, Misch- und Schlickwatt und von den Prielsohlen, an deren Rändern Seegraswiesen und Muschelbänke entstanden, und danach folgte ein langer Exkurs über die Tierwelt. Von der Sandgarnele und dem Einsiedlerkrebs war die Rede, vom Salzkäfer und von der

Wattschnecke, von der Herzmuschel und dem Schlickkrebs, und ebensowenig fehlten die Sandklaffmuschel und der in vielerlei Varianten auftretende Ringelwurm.

Sie erreichten das Boot, das sie schon vom Ufer aus entdeckt hatten. Es lag parallel zur Küste und war leicht nach Backbord geneigt, so wie das unter seinem Kiel ablaufende Wasser es hatte kippen lassen. Auch ein paar Meter Tau waren da. Doch den Anker konnte man nicht sehen; er musste tief im Schlick stecken.

»Es gehört Ludje Garnel«, sagte er, »einem Fischer aus List.«

Diesmal kam sie prompt, die Frage, die er erwartet hatte und die manchmal ausblieb:

»Heißt der Mann wirklich so, und ist er auch noch Fischer?«

»Nein«, erwiderte er, »so heißt er natürlich nicht. Doch weil er eben Fischer ist - genauer: Krabbenfischer - nennen die Sylter ihn, der eigentlich Ludwig Petersen heißt, Ludje Garnel. Es ist bei uns von alters her üblich, den Leuten Beinamen zu geben, vielleicht, weil hier ganze Hundertschaften Petersen, Paulsen, Hansen, Jensen, Carstensen und so weiter heißen. Um sie besser unterscheiden zu können, setzt man hinter ihre Vornamen den Beruf oder irgendein anderes biographisches Merkmal. Ein Ofensetzer aus Westerland heißt Hans Schamott, und ein Freund von mir, der Hemden und Hosen verkauft, hört auf den Namen Manne Kattun. Ich könnte Ihnen noch viele andere Beispiele aufzählen, mach' jetzt aber lieber Schluss damit.«

Er berichtete dann von der so genannten Schnabulierbank, die sie jedoch nicht aus der Nähe sehen würden, weil sie zu weit draußen lag, in jener Zone nämlich, in der von Norden nach Süden ein breiter Priel verlief. In ihm gab es immer reichlich Wasser, und wenn das übrige Watt leer war, fanden sich Fische in großer Zahl dort ein. Das jedoch bedeutete für die Vögel - die Möwen etwa und die

Seeschwalben, die Brandgänse und die Austernfischer - einen opulenten Freitisch der Natur. Voller Gier fielen sie über diese ihnen nur zur Ebbezeit gebotene Nahrungsfülle her.

Sie hatten, etwa zweieinhalb Kilometer von der Inselküste entfernt, den Wendepunkt erreicht. Seine Zuhörer hatten sich im Halbkreis um ihn versammelt. Sie waren lustig anzusehen mit ihren teils blassen, teils gebräunten Beinen, um deren Fesseln und Waden der grauschwarze Schlick wie eine zweite Haut lag.

Mit seiner Körpergröße von 1,88 Metern überragte er die meisten seiner Schützlinge. Er hatte volles, dunkelblondes Haar, das erst wenige graue Strähnen aufwies, und weil er sich oft im Freien bewegte, war er braungebrannt, so dass er durchaus als Mittfünfziger hätte durchgehen können. Von seinen graugrünen Augen ging selbst dann viel Ruhe aus, wenn er angeregt erzählte. Das hing wohl mit seinem Beruf zusammen, und das gleich zweimal, denn der oft minutenlange und bewegungslose Blick übers Meer war eine Gewohnheit sowohl des Seefahrers als auch des Wattwanderers.

Er trug ein kurzärmeliges weißes Hemd und dazu khakifarbene Shorts. Nicht nur Haar und Gesicht straften sein Alter Lügen, auch seine Beine taten das, einmal wiederum dank der Bräune, aber auch, weil sie keinerlei Altersflecken oder sonstige Unregelmäßigkeiten der Haut aufwiesen.

Und schlank war er, das heißt, er war *wieder* schlank. Vor Jahren, als die Wattführungen noch nicht zu seinem Programm gehörten, hatte er sich eine hässliche Wölbung an den Bauch gegessen; doch infolge der von Frühjahr bis Herbst vorgenommenen Wanderungen ebnete sich dann sein Leib, und er sorgte dafür, dass es auch im Winter so blieb.

Er sah kurz in das Halbrund. Diesmal stand er einem besonders aufgeschlossenen Publikum gegenüber. Die meisten der Teilnehmer waren bereits mehrmals im Watt gewesen, einige von Rantum aus, andere beim Keitumer Schöpfwerk. Eine hübsche junge Frau, die sich fast immer etwas abseits hielt, war ihm schon beim Start aufgefallen. Sie war schlank, aber mit attraktiven Rundungen dort, wo die Natur sie vorgesehen hatte. Er war zu ihr gegangen und hatte ihr geraten, sich gegen die Sonne zu schützen. Daraufhin hatte sie das lilafarbene Halstuch um das schwarzglänzende und bis auf die Schultern fallende Haar gebunden.

»Das Watt«, begann er nun und machte eine weit ausholende Armbewegung, »wird, wie schon besprochen, von zahlreichen Pflanzen und Tieren bewohnt. Doch auch die Menschen suchen es auf, zum Beispiel Leute wie wir. Das war in alter Zeit eher die Ausnahme. Nur die Fischer waren hier mit ihren Booten unterwegs. Ja, damals war es wirklich einsam im Watt. Einmal jedoch, das liegt lange zurück, gab es einen regelrechten Exodus von Sylt, der durch dieses Gebiet führte. Er begann am Kampener Ufer und endete drüben in der Wiedingharde, also auf dem damals dänischen Festland. Gegen Ende des siebzehnten Jahrhunderts, da gehörten wir noch zu Dänemark, verlangten gleich zwei der Herren, die über die Insel zu gebieten hatten, Mannschaften für den Kriegsdienst von uns. Der dänische König wollte sie für seine Flotte rekrutieren und der Herzog von Gottorp für sein Landheer. Der dänische König schickte sogar Häscher auf die Insel, einen königlichen Kapitän und einen Leutnant. Begleitet von acht Soldaten und unter Mitnahme von sechs Pferden kamen sie hierher, und um eine Flucht der hundertzehn für den Einsatz bestimmten Männer zu verhindern, beschlagnahmten sie alle vorhandenen Boote. Die Gesuchten aber mochten weder dem König noch dem Herzog dienen. Sie waren Seefahrer und wollten – es war Anfang März - nach der Winterpause in Hamburg oder Amsterdam für neue Reisen anmustern. So flohen sie hinaus aufs Watt, und da erwies es sich, dass der

Herrgott auf ihrer Seite war. Drei Tage lang ließ er einen mächtigen Ostwind wehen, und das Watt lief länger trocken als üblich. Die Männer konnten glücklich entweichen. Ganz ungeschoren kamen die Sylter allerdings nicht davon. Sie mussten wegen ihres Ungehorsams fünfhundert *Rigsdaler* Werbegeld zahlen und außerdem die Kosten der fehlgeschlagenen Aktion übernehmen. Das waren noch einmal dreihundert Reichstaler. Wie Sie vielleicht wissen, war es nicht das einzige Mal, dass die Insulaner sich gegen die verhasste Fron auflehnten. Das geschah sogar sehr oft. Denken Sie nur an den Hörnumer Pidder Lüng, der den dänischen Eintreiber Henning Pogwisch, nachdem der ihm in den Kochtopf gespuckt hatte, bei den Haaren packte und sein Haupt in den heißen Grünkohl tauchte, bis der Mann erstickte.«

Boy Michel Boysen sah auf die Uhr. Es war Zeit, den Rückweg anzutreten. Wieder setzte der Trupp sich in Bewegung, diesmal auf die Inselküste zu, die jetzt aber nicht mehr zu sehen war, weil im Westen dichte Nebelschwaden aufgekommen waren.

»Wenn der Nebel noch stärker wird, woher wissen wir dann«, fragte eine Frau, »wo wir sind? Was, wenn wir im Kreis laufen und die Flut uns überrascht?«

Er hob mit der Rechten seinen kleinen Kompass an, der ihm am Hals hing, und erwiderte: »Den hab' ich auf solchen Wanderungen immer bei mir. Allerdings draufsehen muss ich fast nie. Wenn man, wie ich, diesen Weg schon mindestens hundertmal gegangen ist, findet man ihn mit geschlossenen Augen. Sie brauchen keine Angst zu haben; in spätestens einer Stunde haben Sie festes Land unter den Füßen.«

Und so war es. Zwar riss die Nebelbank bis kurz vor Schluss nicht auf, aber ganz plötzlich traten die vermissten Konturen dann doch aus dem Dunst heraus, wurden schnell deutlicher, und gleich darauf betrat die Gruppe die Uferkante.

Er begann, was zu den festen Regeln gehörte, mit dem Zählen. Er war noch nicht bis zehn gekommen, da fiel ihm auf, dass er weder bei diesen ersten noch bei dem größeren Rest die hübsche Einzelgängerin vor sich hatte. Er hielt inne, suchte, fand sie nicht.

»Es fehlt jemand«, sagte er, und seine Besorgnis war nicht zu überhören. Er zählte weiter, von nun an laut, und wusste doch genau, dass das Ergebnis ihm die Schöne nicht herbeizaubern würde. Doch es konnte sich ja herausstellen, dass noch andere fehlten.

Er war nervös, dirigierte mit fahrigen Bewegungen die bereits Gezählten nach rechts. Als schließlich der Letzte vor ihm stand, rief er: »Mein Gott, wirklich nur sechsundzwanzig! Die junge Frau mit dem lila Kopftuch ist nicht da!«

»Sie ging hinter uns«, sagte ein Mann, der seine Frau und seine beiden Kinder bei sich hatte, »aber das ist schon eine Weile her.«

»Wann ungefähr war das? Ich meine, wann haben Sie sie zum letzten Mal gesehen?«

»Genau kann ich das nicht sagen«, war die Antwort. »Vielleicht vor einer halben Stunde.«

Auch von den anderen wusste niemand, seit wann die Frau nicht mehr bei ihnen gewesen war. Die Bestürzung war groß. Alle redeten durcheinander, und der Mann, der die Verantwortung hatte, hörte aus den erregten Kommentaren einzelne alarmierende Worte heraus wie »Kollaps« und »ertrinken«, ja, der Vater der beiden Kinder meinte: »Wenn man in einen Priel gerät, kommt man bestimmt nur schwer wieder raus.«

»Das wird schon nicht passiert sein«, versuchte der Senior der Gruppe, der fast Achzigjährige, die Gemüter zu besänftigen.

»Ich muss zurück ins Watt«, sagte Boy Michel Boysen, »und wenn wir sie nicht bald finden, ruf' ich den Hubschrauber.

Kann mich jemand begleiten? Vier Augen sehen mehr als zwei.«

Mindestens zehn der Teilnehmer waren dazu bereit. Er wollte jedoch nur einen mitnehmen und wählte den etwa vierzigjährigen Mann aus, der während der Wanderung eine ganze Weile neben ihm gegangen war und dessen Gesprächsbeiträge auf praktische Intelligenz und Umsicht hatten schließen lassen.

Er verabschiedete sich hastig von den anderen, und dann machten sich die beiden Männer auf den Weg. Sie gingen, so schnell sie konnten. Von Zeit zu Zeit riefen sie laut »Hallo!« und suchten, während sie durch den Schlick stapften, immer auch die links und rechts liegenden Flächen ab.

»Sie wird sitzen oder liegen«, meinte Boysens Begleiter, der sich inzwischen vorgestellt hatte. Er hieß Rainer Lahusen und war ein Architekt aus Wismar. »Wer steht«, fuhr er fort, »kann in der Regel auch gehen, und in dem Fall wäre sie nicht zurückgeblieben.«

»Oder«, lautete die Antwort, »sie war für eine Weile bewusstlos, und als sie wieder zu sich gekommen war, ist sie weitergegangen, aber in die falsche Richtung. Das wäre fatal. Andererseits war hier draußen die Sicht klar. Sie hätte auf etlichen Hundert Metern immer das Boot als Orientierungshilfe gehabt.«

»Stimmt«, meinte Lahusen, »und auf der Strecke vom Boot bis zur Küste kann man sich gar nicht verlaufen.«

»Möglich ist auch«, sagte Boy Michel Boysen, »dass sie sich durchaus am Boot orientiert hat, nur hatte es inzwischen Wasser unterm Kiel und hat sich gedreht, lag also nicht mehr parallel zur Küste und war somit ungeeignet als Orientierungshilfe.«

Immer wieder riefen sie laut, blieben jedesmal kurz stehen, um zu lauschen, ob von irgendwoher eine Antwort kam. Aber es blieb still ringsum.

Sie erreichten das Boot, stellten fest, dass es noch in der alten Richtung lag.

Sie gingen weiter, beschleunigten ihre Schritte. Die Unruhe, die Boy Michel Boysen gepackt hatte, verstärkte sich. Sollte er per Handy Alarm schlagen? Er wusste, lange durfte er damit nicht mehr warten.

Ihm fiel der Mann ein, der hier draußen den Schwächeanfall erlitten hatte. Selbst wenn wir sie jetzt finden, dachte er, ist das Problem vielleicht noch nicht gelöst. Dann hängt alles davon ab, in welchem Zustand sie ist.

»Gibt es«, fragte Lahusen, »hier nur den einen Priel? Ich meine den mit der Schnabulierbank, von der Sie erzählt haben.«

»Ja, nur den. Er heißt Pander-Tief. Mit seiner starken Strömung hat er damals den Bau des Hindenburg-Dammes gewaltig erschwert. Die anderen Priele sind weitgehend verschlickt.«

Lahusen war stehengeblieben, sah durchs Fernglas, rief plötzlich aus: »Ich glaub', ich hab' sie!« Er zeigte nach links. Boy Michel Boysen sah durch sein Glas, fand die Gesuchte ebenfalls. Ja, sie musste es sein! Ohne Zweifel waren es die Konturen eines halb aufgerichteten Menschen, und wer sonst sollte da im mittlerweile etwa zehn Zentimeter tiefen Wasser sitzen?

Sie schwenkten nach links hinüber, hielten sich in nordöstlicher Richtung, beschleunigten noch einmal ihre Schritte. Schon bald hatten sie die Gewissheit: Es war die Vermisste.

»Wir kommen!«, rief Lahusen.

Wenig später waren sie bei ihr.

»Haben Sie Beschwerden?«, fragte Boy Michel Boysen.

»Danke, es geht mir schon besser«, antwortete sie.

Die beiden Männer zogen sie vorsichtig hoch, stellten sie auf die Füße. Lahusen ließ sie dann los, aber Boy Michel Boysen hielt noch eine Weile ihren Arm.

»Können Sie allein stehen?«, fragte er schließlich.

»Ja«, erwiderte sie und machte sogar ein paar Schritte.

»Was ist passiert? Sie sind total vom Kurs abgekommen.«

»Ich fühlte mich plötzlich schlecht, mir wurde ganz schwindlig, und ich musste mich hinsetzen. Aber als ich wieder klar war im Kopf, bin ich aufgestanden und losgegangen, nur anscheinend in die falsche Richtung.«

»Haben Sie denn das Boot nicht gesehen?«

»Darauf hab' ich gar nicht geachtet.«

»Trauen Sie sich jetzt den Rückweg zu?«

»Ja.«

Sie brachen auf, schwiegen für eine ganze Weile.

»Eins versteh' ich trotzdem nicht«, sagte Boy Michel Boysen. »Wieso waren Sie eben schon wieder am Boden?«

»Ich konnte nicht mehr, war einfach fertig, musste mich nochmal hinsetzen. Dann hab' ich Gott sei Dank Ihre Rufe gehört und auch geantwortet, aber das war wohl nicht laut genug.«

Boy Michel Boysen hatte das Gefühl, sie doch recht kühl behandelt zu haben, und so sagte er schnell:

»Na, nun ist ja alles gut.«

»Ja, ich bin wieder okay.«

»Trotzdem werden wir gleich in die Klinik fahren.«

»In die Klinik? Das ist nicht nötig.«

»Ich glaube, es ist besser. Vielleicht war's eine Kreislaufschwäche. Das muss überprüft werden.«

»Meinen Sie wirklich?«

»Ja. Wie heißen Sie eigentlich? Ich hab' zwar alle Namen auf meiner Liste, doch ich weiß nicht, welche Gesichter dazugehören.«

»Barbara Henke.«

Endlich hatten sie das Ufer erreicht. Lahusen verabschiedete sich. Barbara Henke dankte ihm für seine Hilfe. Als er losfuhr, winkte sie ihm nach, und Boy Michel Boysen tat es ihr gleich.

Sobald sie im Rover saßen, sagte sie:

»Ich hab's mir überlegt. Ich will jetzt nicht in die Klinik, sondern so schnell wie möglich nach Haus. Zum Arzt kann ich auch morgen gehen.«

»Versprechen Sie mir das?«

»Ja.«

»Ich fühle mich schuldig«, sagte er, und das waren keine leeren Worte.

»Das müssen Sie nicht.«

»Ich tu's nun mal, und ein Gefühl kann man nicht unterdrücken. Ich bringe Sie jetzt nach Hause. Wo wohnen Sie?«

»In Munkmarsch.«

»Das ist ja nicht weit.« Er startete und fragte dann: »Sind Sie als Feriengast hier?«

»Nein, ich hab' in einem Westerländer Hotel einen Job angenommen. Bin an der Rezeption. Die suchten jemanden von Mai bis Oktober, und weil der Arzt mir wegen meiner Bronchien Nordseeluft empfohlen hatte, ließ ich meine alte Stelle sausen. Ich bin aus Berlin, hab' im *Adlon* gearbeitet.«

»Donnerwetter, im *Adlon*!«

»Ja, es fiel mir auch nicht leicht, da aufzuhören. Wer gibt heutzutage schon eine gute Anstellung auf?«

»Hat unser Klima Ihnen denn wenigstens geholfen?«

»Ich kann es fast nicht glauben: Es ist, als müsste ich im Gesundheitslexikon nachlesen, um zu erfahren, was da so abläuft, wenn man einen Bronchial-Katarrh hat.«

Als sie durch Braderup fuhren, fragte er:

»Und war es schwer, eine Wohnung zu bekommen? Viele Menschen, die auf der Insel ihre Arbeit haben, leben drüben auf dem Festland, weil sie hier partout nichts finden.«

»Genau das war mein Problem. Kaum jemand gibt - noch dazu im Sommerhalbjahr - ein Zimmer gegen Zahlung einer normalen Monatsmiete ab. Die meisten nehmen nur Urlauber auf und kassieren auf diese Weise viel mehr. Aber ich hatte Glück. Meine Vormieterin zog weg, und der Hausbesitzer - ein Mann, der statt des dauernden Wechsels seine Ruhe haben will - ließ mich einziehen.«

Sie erreichten das Haus. Es lag an der *Munkhoog* benannten Hauptstraße von Munkmarsch, war klein und hatte ein graues Hartdach. Boy Michel Boysen kannte es von außen, war oft daran vorbeigefahren. Wem es gehörte, wusste er nicht.

»Ich würde Sie gern noch hereinbitten«, sagte Barbara Henke, »aber das Zimmer ist so winzig, dass zwei Leute sich darin gegenseitig auf die Füße treten würden.«

»Machen wir es umgekehrt«, sagte er. »Ich lade Sie zu mir ein, demnächst mal. Schließlich waren Sie meine Schutzbefohlene, und ich hab' nicht gut auf Sie aufgepasst.«

»Bei einer so großen Wandergruppe kann das leicht geschehen. Ja, ich besuche Sie gern.«

Er schlug den kommenden Sonntag vor. Sie war einverstanden. »Ab drei Uhr hätte ich Zeit«, sagte sie.

»Haben Sie ein Auto?«

»Nein. Zur Kampener Vogelkoje bin ich mit dem Bus gefahren.«

»Also hole ich Sie ab. Um drei bin ich hier.«

Sie verabschiedeten sich. Dann stieg er wieder in den Wagen und fuhr los.

Unterwegs - er hatte gerade die Kiesgrube passiert - dachte er: Wieso habe ich den Sonntag vorgeschlagen, den einzigen Tag der Woche, an dem Merret bei ihrer alten Mutter in Keitum ist? Doch sofort beschwichtigte er sein Gewissen: Natürlich hab' ich nicht vor, dieser hübschen Berlinerin den Hof zu machen, ich, der ich bestimmt mehr als drei Jahrzehnte älter bin als sie. Nein, ich hab' da keine Flausen im Kopf. Es ist einfach so, dass Merret, sobald da ein fremder Rockzipfel durch eins meiner Zimmer flattert, den moralischen Verfall des Abendlandes wittert. Das muss ich ihr ja nicht antun und mir schon gar nicht!

3.

»Es hat funktioniert! Es hat tatsächlich funktioniert!«

Diesen Triumph hatte Barbara Henke noch am selben Abend telefonisch durchgegeben, und am anderen Ende der Leitung hatte der Empfänger der Botschaft, der zweiundvierzigjährige Jan Jacob Boysen, frohlockt. Er hatte sich sogleich mit ihr, seiner Komplizin, treffen wollen, um den genauen Hergang des Manövers zu erfahren, doch sie hatte abgewehrt: »Nein, nicht noch heute Abend! Ich bin völlig fertig, hab' mich schließlich vier Stunden lang im Watt herumgetrieben und bin solche Gewaltmärsche nicht gewohnt. Also bitte erst morgen Vormittag! Fürs erste weißt du, dass alles nach Plan verlaufen ist und ich ihn wiedersehen werde.«

Ein paar Einzelheiten hatte er ihr noch entlocken können, schließlich aber Einsicht gezeigt und sich auf den nächsten Tag vertrösten lassen.

Der war nun da. Es war halb elf, und sie saßen sich im *Munkmarscher Fährhaus* gegenüber, hatten einen Platz auf der dem Wattenmeer zugekehrten Veranda und waren dort weitgehend ungestört. Die ihnen nächsten Gäste saßen etwa sechs Meter entfernt. Der große Ansturm auf dieses nach langen juristischen Scharmützeln vor gut einem Jahrzehnt wiedereröffnete Haus würde erst zur Mittagszeit einsetzen, und dann hätten sie wegen der dichten Tischnachbarschaft keine Gelegenheit mehr zu einem unbelauschten Gespräch.

Er hatte Bier bestellt, sie trank Kaffee.

»Los! Erzähl! Ich platze vor Neugier.«

»Es kam, wie du vermutet hast. Er hält sich für schuldig.«

»Sehr gut.«

»Ja, und trotzdem tut er mir irgendwie leid. Ist ein toller Typ, dein Onkel. Kaum zu glauben, dass er fünfundsechzig Jahre alt ist, sieht eher aus wie fünfzig. Ich glaube, der bringt noch das volle Programm. Es war unverkennbar, dass er an mir Gefallen fand. Einmal ertappte ich seine neugierigen Augen, als er in meine Richtung sah, und dieser Blick hatte ganz bestimmt nichts mit irgendwelchen Watt-Sensationen hinter mir zu tun.«

Jan Jacob Boysen lachte, nickte dabei mehrmals. »Nein, bestimmt nicht«, sagte er dann. »Ich wusste genau, wie meine Strategie auszusehen hatte. Das Boot lag also noch da?«

»Ja. Wäre es weggewesen, hätte ich's wahrscheinlich nicht geschafft, denn außer diesem Boot gab es da draußen nichts, absolut nichts. Platter und öder kann eine Gegend nicht sein. Ich frag' mich, was jemand macht, der während der Wanderung mal pinkeln muss, womöglich 'ne Frau. Das ginge ja nur mit Publikum.«

»In der Tat. Aber wie lief es?«

»Ich ließ mich rechtzeitig ein paar Meter zurückfallen, und als ich sah, dass keiner sich umdrehte, wagte ich's. Ich glaub', da kam mir der Zufall zu Hilfe, denn am Horizont war eine Nebelwand aufgetaucht, und alle starrten dahin.

Diesen Umstand nutzte ich, lief die paar Schritte zum Boot und warf mich hin, und zwar so, dass ich parallel zu dem Ding lag. Dahinter natürlich. Es ist, schätze ich, vier Meter lang und ragte, weil es noch auf dem Trockenen lag, gut einen Meter in die Höhe. Das reichte leicht, um mich zu verdecken. Blöd wär's natürlich geworden, wenn meine Abwesenheit schon zu diesem Zeitpunkt aufgefallen wäre. Dein Onkel hätte sofort kehrtgemacht und mich gefunden. Ich hätte ganz schön alt ausgesehen.«

»Nicht unbedingt. Du selbst hast doch grad was gesagt von einer Frau in Nöten. Und wie ging es denn nun weiter?«

»Ich lag also hinter dem Boot, und von da an war es einfach. Ich brauchte ja bloß abzuwarten, bis der ganze Trupp weg war. Ich lugte ein paarmal ums Heck, um zu sehen, wie groß der Abstand war, und sobald mir schien, dass er ausreichte, rannte ich los, erst ein Stück nach Osten, dann nach Norden. Da hockte ich mich hin und wartete. Und irgendwann kam er, zusammen mit einem aus der Gruppe. Anfangs war er ziemlich ungehalten, jedenfalls im Ton. Zuletzt überwog seine Erleichterung.« Sie berichtete ausführlich und schloss mit den Worten: »Wie schon gesagt, er sieht die Schuld bei sich.«

»Ja, genau das hab' ich bezweckt. Die Geschichte mit dem Herzanfall da draußen hat er mir mindestens dreimal erzählt. Das brachte mich überhaupt erst auf die Idee, dass ein kleiner Zwischenfall im Watt dir bei ihm Zutritt verschaffen könnte.«

»Gut, den hab' ich nun. Nur, wie weit soll ich gehen?«
»Wie denkst du selbst denn darüber?«

Sie zögerte mit der Antwort, nahm zunächst einen Schluck Kaffee, setzte die Tasse ganz langsam ab. »Da es um viel Geld geht«, erwiderte sie schließlich, »um Geld auch für mich, darf ich wohl nicht auf halbem Wege stehenbleiben.«

»Braves Mädchen!«

»Na, ob gerade das nun als brav zu bezeichnen ist?«

»Komm schon! Du weißt genau, wie ich es meine. Doch zurück zu dem, was wirklich zählt! Onkel Boys Haus im Süden von Kampen ist mehrere Millionen wert. Das reißt sich zwar, wenn er den Erbvertrag nicht geändert hat und ihn auch in Zukunft nicht ändern wird, die clevere Merret unter den Nagel, aber die *Klefborig* am Weststrand würde mindestens ebensoviel bringen. Ich bin mir nicht mehr sicher, ob ich die später kriege. Geplant war es ja, doch nach meiner Pleite mit der Wohnanlage gab's jede Menge Streit zwischen dem Alten und mir, und es kann durchaus sein, dass er mich enterbt hat. Hat er's nicht, brauch' ich mir keine Sorgen zu machen, und auf dich kommen mit deinen fünf Prozent ..., na, so an die zweihunderttausend zu. Damit könntest du dir, wenn es soweit ist, woanders 'ne gute Existenz aufbauen. Früher hätte dafür auch auf Sylt eine solche Summe ausgereicht. Du meine Güte, wenn ich mir überlege, dass zum Beispiel der kleine ausgediente Kampener Leuchtturm - du weißt, das Quermarkenfeuer in den Dünen - mal für ganze fünfundzwanzigtausend Mark, heute also etwa zwölfeinhalbtausend Euro, feilgeboten wurde...«

»Aber da könnte man keine Urlauber unterbringen!«

»Und ob man das könnte! Wenn du die Innereien rausnimmst und dann ein paar gemütliche Zimmer...«

»Der ist doch rund!«

»Nein, der ist achteckig, genau wie die *Klefborig*, und deren Räume müsstest du mal sehen! Du würdest aus dem Staunen nicht wieder rauskommen. Also, das Quermarkenfeuer, zum Feriendomizil umgemodelt, könntest du unter Garantie für mindestens dreihundert Euro pro Tag vermieten, jedenfalls in der Hochsaison. Und, wie gesagt, für lächerliche fünfundzwanzigtausend Mark stand das Ding zum Verkauf.«

»Bitte, lass uns das Thema wechseln! Ich hab' genug von den ewigen Zahlen. Erzähl mir lieber, wie du gestern nach meinem Anruf den Abend verbracht hast.«

»Weil an Schlaf nicht zu denken war, hab' ich mich für ein paar Stunden vor Ort begeben.«

»Verdammt, wann geht es endlich in deinen Dickschädel, dass für einen wie dich der Roulette-Tisch der idiotischste Platz der Welt ist? Hast du wenigstens gewonnen?«

»Zuerst ja. Da hatte ich sogar 'ne ausgesprochene Glückssträhne, setzte konsequent auf die Kolonnen und auf die Dutzende. Nach anderthalb Stunden hatte ich immerhin gut dreitausend Euro gebunkert. Dann riss die Serie ab, und als ich nur noch mit zweitausend im Plus war, stieg ich um. Das ist immer das Kreuz: Bist hin- und hergerissen zwischen dem eisernen Vorsatz, auch bei einer Durststrecke auf Kurs zu bleiben, und der Versuchung, das System zu wechseln. Ich tat also Letzteres und sauste damit in den Keller, das heißt, ich landete erstmal bei Null, und zuletzt lieh mir ein Freund einen Tausender. Na ja, und den hab' ich auch noch abgeliefert.«

»Lass doch bloß die Finger von diesem Scheißspiel! Sonst bist du eines Tages total am Ende.«

»Damit genau das nicht passiert, hab' ich ja die Aktion *Wattenmeer* ins Leben gerufen.«

»Weiß dein Onkel, dass du spielst?«

»Ich hoffe, nein! In der Beurteilung kleiner menschlicher Schwächen anderer Leute ist er ganz und gar unnachgiebig. Da brauche ich nur an meine missglückte Bauspekulation zu denken. Ich hatte wirklich keine Schuld, hatte da eine tolle Anlage hochgezogen, alles vom Feinsten, und als es losgehen sollte mit dem Verkauf der einzelnen Wohnungen, blieben die Interessenten weg, das heißt, sie kamen zwar, jedoch nur zum Abwinken, weil die Hauptstraße zu dicht daran vorbeiführt.«

»Weiß man so was nicht vorher?«

»Ich hab' das unterschätzt, genau wie meine Berater, die immer behaupteten, dieses Problem könnte man mit Lärmschutzmaßnahmen aus der Welt schaffen. Das klappte aber nicht. Da existieren Vorschriften. Wirklich, Interessenten gab es in Massen, und jedesmal musste ich mir anhören: Eine wunderschöne Anlage! Und jede Wohnung ein Traum! Bloß der Autolärm! Kurzum, der Konkurs war unabwendbar. Sogar mein Westerländer Haus ging mit drauf. Da darf ich jetzt in zwei Zimmern zur Miete wohnen.«

»Ich kann es nur wiederholen: Das Spielcasino ist kein Ort, an dem man zerrüttete Finanzen in Ordnung bringt.«

»Mag ja stimmen, doch der Vorgang selbst hat auch seinen Reiz. Allein das Geräusch der kleinen Kugel! Wie sie leise surrt und surrt, plötzlich über die Kassetten hüpft, dort eine Weile scheppert, bis es für eine Sekunde totstill wird. Und in diese Stille hinein, die dich fast zerreißt, verkündet dir die erbarmungslos neutrale Stimme des Croupiers: Sieg oder Niederlage! Oder, bei Zero, die kleine Gnadenfrist, sofern du auf die einfachen Chancen gesetzt hattest. Das ganze Ambiente da hat ..., ja, es hat etwas Erotisches.«

»Na, da könnte ich mir vergnüglichere Dinge vorstellen. Jetzt sag mir lieber, wie es weitergehen soll!«

»Ja, das hat Vorrang. Also, Phase eins ist erledigt, und das zu unserer vollen Zufriedenheit. Er hat angebissen, hat dich eingeladen. Es hätte schon gestern abend zu Ende sein können, wenn nämlich die Einladung nicht erfolgt wäre. Oder es wäre nur mit einem zweiten Anlauf gegangen, und der hätte natürlich seine Tücken gehabt. Eine zweite Wattwanderung wäre schon mal nicht in Frage gekommen. Auch wenn er dir dann woanders begegnet wäre, hätte ihn das stutzig machen können. Ja, wie geht...«

Der Kellner kam, fragte, ob er ihnen noch etwas bringen dürfe, machte aber, nachdem sie verneint hatten, nicht kehrt, sondern begann, die anderen Tische fürs Mittagessen einzudecken.

4.

Es dauerte lange, bis alles gerichtet war. Erst dann konnten die beiden ihr Gespräch fortsetzen.

»Was meinst du, hat er das Märchen geschluckt, dass du im *Adlon* gearbeitet hast?«

»Sieht so aus. Immerhin sagte er ›Donnerwetter!‹«

»Sehr gut. Bei ihm kommt's allein darauf an, dass ein Mensch seriös ist, respektabel, tüchtig. Andere Kategorien kennt er nicht. Übermorgen bist du also in seinem Haus. War er gleich einverstanden, als du ihm den Sonntag vorgeschlagen hast?«

»Es lief anders herum. *Er* hat ihn vorgeschlagen.«

»Umso besser. Na ja, ist ja auch der einzige Tag, an dem Merret ihm nicht dazwischenfunken kann.«

»Wer ist eigentlich diese Merret? Eine Verwandte?«

»Weder verwandt noch verschwägert. Sie kümmert sich ums Kochen und Saubermachen.«

»Wie alt ist sie?«

»So um die Fünfzig.«

»Wenn sie sonntags nicht im Haus ist, könntest du doch eine Wattwanderung abwarten und selbst im Schreibtisch nachgucken.«

»Das entfällt, weil mein Onkel, was Arbeit betrifft, der Devise folgt: Sonntags nie! Vielleicht hat das was mit Religion zu tun, na ja, ich glaub eher, dass er einmal pro Woche sein Reich für sich allein haben will. Jedenfalls macht er an dem Tag grundsätzlich keine Wattwanderungen. Wann sollst du denn bei ihm in Kampen sein?«

»Er holt mich um drei hier in Munkmarsch ab.«

»Gut. Wie schon gesagt, es geht um die Frage, ob ich noch als Erbe vorgesehen bin oder nicht. Wenn ja, kannst du die Beziehung sofort abbrechen. Wenn nicht, musst du am Ball bleiben, und damit wird Arbeit auf dich zukommen.«

»Arbeit?«

»Ja, Überzeugungsarbeit. Am Sonntag erstmal nur nett sein, den Kaffee mit ihm trinken, ihm ein paar Komplimente machen, nicht zu dick natürlich, und alles daransetzen, dass es ein nächstes Mal gibt. In einem einzigen Fall allerdings wäre es ratsam, doch schon aktiv zu werden. Es könnte passieren, dass ein Gast abreist. Ich hab' es dir ja erzählt: Da, wo früher der Stall war, gibt es vier Ferienwohnungen. Meistens ist auf Sylt der Gästewechsel am Sonnabend, doch es kommt auch vor, dass jemand erst am Sonntag fährt. Und sollte das genau dann geschehen, wenn ihr beim Kaffee sitzt, haben wir den Volltreffer. Für die Abrechnung müsste Onkel Boy mit dem Gast ins Büro gehen, das drei Türen vom Wohnzimmer entfernt ist. So eine Schlussabrechnung dauert mindestens eine Viertelstunde, und damit hättest du genügend Zeit, um im Wohnzimmer die Kopie des Testaments, die im Schreibtisch liegt, zu finden. Ich hatte auch schon die Idee, ihn während deines Besuches aus irgendeinem vorgeschobenen Anlass anzurufen. Telefon hat er nämlich nur im Büro und in seinem

Schlafzimmer. Er müsste dich also alleinlassen. Aber mein Anruf böte keine Garantie. Er könnte sagen: ›Jetzt nicht. Ich hab' Besuch. Melde dich morgen nochmal.‹ Dann wäre er gleich wieder zurück.«

»Okay, je nachdem, was da läuft, komme ich zum Zuge oder nicht. Auf jeden Fall müsste ich deine Kamera in der Handtasche haben.«

»Unbedingt! Ich bring' sie dir heute Abend ins Hotel.«

»Wo finde ich den Schlüssel zum Schreibtisch?«

»Also, sein Wohnzimmer ist ungefähr sechs mal acht Meter groß. An der einen Längsseite gehen vier Fenster zum Watt. Wenn du vor denen stehst, ist rechts von dir eine Tür. Die führt zur Küche. Jetzt stehst du vor dieser Tür, und dann gibt es wieder rechts, im Abstand von etwa einem Meter, einen Kachelofen. Er ist ...«

»Soll ich mir das alles nicht lieber aufschreiben?«

»Brauchst du nicht. Merk dir einfach den Kachelofen. Davon gibt's nur einen. Er wird nicht mehr benutzt, weil das ganze Haus jetzt eine Fußbodenheizung hat. Er ist auf allen vier Seiten und auch oben mit Delfter Kacheln bestückt. Sagt dir das was?«

»Ich glaub' schon. Kommen die Dinger nicht aus Holland?«

»Ja. Jede einzelne der weiß-blauen Keramikplatten ist an die fünfhundert Euro wert, und an dem Ofen kleben ungefähr zweihundertfünfzig Stück. Du musst wissen, um die Mitte des siebzehnten Jahrhunderts kamen diese Fliesen durch Sylter Seeleute auf die Insel. In der Regel haben die heute einen Wert von..., na, so zwischen zwölf und gut dreißig Euro pro Stück. Die Boysens aber hatten aus dem Nachlass eines holländischen Verwandten einige Kisten Kacheln aus der ältesten Produktionsreihe der Delfter Manufaktur bekommen, ja, und mit diesen Fünfhundert-Euro-Scheinen haben sie den Ofen bepflastert, der in Onkel Boys Pesel steht.«

»Pesel?«

»Das ist die so genannte gute Stube, das Wohnzimmer also. Und seine Kacheln sind noch nicht mal die wertvollsten. In Holland gibt es Exemplare, die kosten tausend bis tausendfünfhundert Euro, von der Handvoll *Kronjuwelen* mal abgesehen. Das sind Stücke, deren Preis bei über zehntausend Euro liegt.«

»Jetzt übertreibst du!«

»Tu' ich nicht. Onkel Boy selbst hat mir das erzählt, damals, als ich noch sein Hätschelkind war und er mir mit den alten Familiengeschichten auf die Nerven ging. Irgendwo verwahrt er ein Zertifikat, das ihm die Echtheit seiner alten Fliesen bescheinigt. Erst kürzlich hab' ich den großen Auktions-Katalog von CHRISTIE'S gewälzt. Da waren sie aufgeführt, all die kostbaren Stücke mit ihren bekannten Motiven - Blumen, Mühlen, Segelschiffe, biblische Szenen oder auch nur Ornamente - , vor allem aber mit ihren horrenden Preisen. Sobald ich mir ausmale, welche Kostbarkeiten Merret kriegen wird, bloß weil sie dem Alten die Suppe kocht, packt mich die Wut. Vom Haus natürlich ganz zu schweigen. Na, lassen wir das! An der Rückwand des Ofens ist in eine der Fugen ein Haken eingelassen. Er ist nicht groß und von keiner Seite aus sichtbar, weil es an der Stelle mit drei oder vier Fliesen ein Stück einwärts geht. An diesem Haken hing früher eine Kaminbürste, und heute hängt da der Schlüssel zum Schreibtisch.«

»Woher weißt du überhaupt, dass er die Kopie seines Testaments im Schreibtisch verwahrt?«

»Von meiner Mutter. Sie hat es, als er mal mit Herzproblemen in die Klinik musste, von ihm selbst erfahren. Da stand es mit ihm auf der Kippe, doch die Medizinmänner haben ihn zurückgeholt. Klar, inzwischen könnte er den Ordner woanders deponiert haben, aber ich bin ganz sicher, das ist nicht geschehen. Der liegt immer noch an seinem alten Platz. Was solche häuslichen

Gewohnheiten angeht, bleibt ein Typ wie mein Onkel sich treu. Er würde ja schon Sabotage wittern, wenn Merret mal auf den Gedanken gekommen wäre, die Teller und Tassen im Küchenschrank ein Stück nach rechts oder nach links zu rücken! Also, ich hab' nicht den geringsten Zweifel: Die Kopie liegt im Schreibtisch. Eingeheftet in einen signalroten Ordner.«

»Hast du eigentlich keinerlei Skrupel bei der ganzen Aktion?«

»Hab' ich nicht. Ich will ja nur herausfinden, ob Onkel Boy tatsächlich, wie man im Dorf munkelt, die *Klefborig* einer Stiftung zugedacht oder sich schließlich doch darauf besonnen hat, dass es noch einen Neffen gibt.«

»Und was für eine Stiftung käme da in Frage?«

»Zum Beispiel die *Liga zum Schutze bedrohter Seevögel*. Seine Erben wären also vielleicht irgendwelche Möwen oder Seeschwalben.«

Barbara Henke musste lachen. »Glaubst du, das Gemunkel hat einen konkreten Hintergrund?«

»Wegen meiner Pleite gab's ja den handfesten Krach mit ihm, und danach soll er in feuchtfröhlicher Runde im Kampener Dorfkrug gebrüllt haben: ›Die *Klefborig* kriegen meine Freunde.‹ Ludje Garnel - du weißt, der Krabbenfischer - wollte daraufhin wissen, um wie viele Freunde es sich denn handle, und angeblich war die Antwort: ›Ein paar Tausend.‹ Ludje soll dann an dieser verrückten Zahl herumgerätselt und sogar alles Mögliche addiert haben: Schweinswale, Robben, Krebse, Möwen und was weiß ich alles. Das war natürlich genauso verrückt. Ich gehe - immer vorausgesetzt, an dem Dorfklatsch ist was dran -, davon aus, dass er die *Klefborig* vielleicht irgendeiner Institution vermacht, zum Beispiel der *Schutzstation Wattenmeer* oder, wie schon erwähnt, den Seevögeln oder ganz einfach der Gemeinde Kampen oder der *Söl'ring Foriining*, dem Sylter Verein. Also, ob nun schon übermorgen oder an einem späteren Tag, irgendwann wirst du seine Verfügung ablichten, und danach wissen wir mehr.«

»Mit welcher Schublade fange ich an?«

»Du brauchst nur die oberste zu öffnen, die übrigens als einzige verschließbar ist.«

Barbara Henke sah aufs Meer. Es war die Stunde der höchsten Flut, und obwohl sie Sylt von früher her kannte, war es für sie auch diesmal ein verwirrendes Erlebnis, dass sich dasselbe Watt, durch das sie gestern gewandert war, jetzt in ein tiefes Gewässer mit kleinen Schaumkronen und Seglern und Surfern verwandelt hatte.

Doch Jan Jacob Boysen gab ihr nicht die Zeit, länger über dieses Phänomen nachzudenken. »Lass uns«, sagte er »nun erstmal zufrieden sein mit dem, was wir bisher erreicht haben.«

»Ja, aber eine Frage hab' ich noch, eine für später. Wenn ich es schaffe, an das Testament zu gelangen, und du erfährst, dass er seinen Turm tatsächlich einer friesischen Sekte oder irgendwelchen Tieren vererbt, wie sieht dann mein weiterer Einsatz aus?«

»Dann«, erwiderte er, »wirst du ihn mit System zu der Einsicht bringen, dass ein so einmaliges Stück Sylt nach seinem Ableben in Familienbesitz bleiben muss. Über die detaillierte Vorgehensweise sprechen wir von Zeit zu Zeit, je nachdem, welche Fortschritte du machst. Ganz sicher wird es ein Langzeitprogramm werden, bei dem vor allem Fingerspitzengefühl nötig ist. Wir haben zunächst den unschätzbaren Vorteil, dass er dir ins Netz gegangen ist. Alles Weitere wird sich ergeben. Und sollte der Sommer darüber hingehen, was durchaus möglich ist, erklärst du, deine Gesundheit sei dir so wichtig, dass du auch noch den Winter drangibst, notfalls auch noch den nächsten Sommer.«

»Und wie komme ich finanziell klar, wenn im Oktober mein Job im Hotel zu Ende ist?«

»Kein Problem. Was du brauchst, kriegst du von mir.« Das klang generös, aber sie wusste, wie das Wort eines Bankrotteurs und Spielers einzuschätzen war, und so antwortete sie:

»Hört sich gut an, doch ich hätte es gern etwas verlässlicher. Wenn meine Miete fällig ist, kann ich dem Hausbesitzer ja nicht gut sagen: ›Warten Sie bitte noch ein, zwei Tage! Ein Freund von mir geht morgen ins Spielcasino, und übermorgen haben Sie Ihr Geld.‹«

Er lächelte und hatte wieder eine flotte Antwort parat: »Okay, dann setzen wir, was deinen Unterhalt betrifft, eben nicht auf meinen Erfolg, sondern auf deinen. Vielleicht hast du, wenn der Herbst da ist, Onkel Boy ja schon so weit, dass *er* für deine Bronchien aufkommt.«

5.

Der aus Rotstein errichtete und mit einer mächtigen Reethaube bedeckte Turm, der sich über drei Stockwerke erhob, war ein insulares Schaustück der ganz besonderen Art. Am Kampener Strand blieb fast jeder, der dort entlangwanderte, erst einmal stehen, sobald er den wuchtigen achteckigen Bau mit dem breitkrempigen graubraunen Dach aus den Dünen hervorlugen sah. Viele erklommen sogar den schmalen Trampelpfad, um das alte Gemäuer, Boy Michel Boysens *Klefborig*, zu fotografieren.

Und Anfragen gab es zuhauf. Manchmal waren es die Naturschützer, die sich zu Wort meldeten. Sie sahen in der *Klefborig* eine Verschandelung der Landschaft. Einer von ihnen hatte kürzlich erklärt, sie gleiche einem Friesenhaus so wenig wie der Eiffelturm oder Gaudís *Casa Mila* und sei an dieser Stelle ein architektonisches Unding. Der Brief gipfelte in der Frage, ob dieses Monstrum denn wirklich für alle Zeiten dort stehenbleiben solle. Doch in den meisten

Fällen handelte es sich nicht um Kritiker, sondern, im Gegenteil, um Kaufinteressenten. Darunter waren auch ein paar besonders hartnäckige, die immer mal wieder nachfragten, ob er mittlerweile nicht doch bereit sei, sich von seiner Burg zu trennen. Oft folgte einem solchen - stets abschlägig beschiedenen - Begehr eine geradezu astronomische Offerte. Die aberwitzigste war achtstellig, der Interessent dennoch seriös, allerdings auch sehr exotisch. Es war ein Scheich aus Bahrain. Der erst etwa dreißig Jahre alte Muselmann war im *Süderhaus* erschienen und von der erschrockenen Merret, der er in seinem morgenländischen Gewand wie ein Gespenst vorkam, eiligst zu Boy Michel ins Wohnzimmer geführt worden. Nachdem er wieder gegangen war, hatte sie, die natürlich von den vielen Interessenten wusste, gefragt: »Na, verkaufst du sie ihm?« Woraufhin er sie zunächst entsetzt, dann jedoch amüsiert angesehen und ihr erwidert hatte: »Nein, er spricht ja kein Friesisch.«

Das dermaßen umworbene und zugleich umstrittene Objekt war im Jahre 1885 entstanden. Schon als Kind hatte sich der Urgroßvater, Jan Hendrik Boysen, darüber gewundert, dass die Tinnumer Burg zwar diesen stolzen Namen führte, und im Grunde nichts weiter war als ein aus Erde errichteter Ringwall, und er hatte davon geträumt, eines Tages eine echte Burg zu besitzen, eine mit Schießscharten und Wehrgang und Zugbrücke. Im Jahre 1885, da war er fünfundfünfzig Jahre alt, konnte er endlich darangehen, diesen Jugendtraum zu verwirklichen. Am äußersten Rand der Kampener Nordwestheide schuf er sich die *Klefborig*, verzichtete zwar mangels Gegnerschaft auf eine martialische Bestückung, sorgte aber dafür, dass sie die Form eines Turmes erhielt. Der Zugang erfolgte von Osten wie von Westen her durch je eine schmale metallene Tür.

Das Innere machte damals nicht viel her. Es war karg und wenig dazu angetan, etwa Gäste dorthin einzuladen.

Ins Erdgeschoss trieb er, nachdem er mit der Seefahrt aufgehört und sich der Landwirtschaft verschrieben hatte, bei Gewitter und starkem Sturm seine Schafherde, die zu Beginn aus sechzehn, später aus dreiundvierzig Tieren bestand. Ganz oben befand sich der Speicher, in dem er die Wintervorräte deponierte, die er mit Hilfe eines Flaschenzuges hinaufbeförderte. Auch Treibholz lagerte er dort, das in stürmischen Zeiten reichlich an den Strand geschwemmt wurde. Im mittleren Stockwerk schließlich wohnte er. Zwar war sein eigentliches Zuhause der im Süden von Kampen gelegene Hof, doch die *Klefborig* diente ihm als Refugium für Tage und Nächte, während derer ihn - das geschah mit zunehmendem Alter immer häufiger - die Schwermut niederdrückte und er keinen Menschen um sich ertrug. Diese Schübe von Melancholie nahmen ihm zuletzt alle Lebenskraft. Er wurde nur achtundfünfzig Jahre alt.

In der vierten Generation hatte dann Boy Michel Boysen die Burg übernommen und sie von Grund auf renoviert. Im Erdgeschoss, das jetzt durchgehend mit marmornen Fliesen ausgelegt war, gab es eine moderne Küche, ein Esszimmer und daran anschließend einen komfortablen Wohnbereich. Im mittleren Stockwerk befanden sich zwei Schlafzimmer, jeweils mit Bad, im oberen noch einmal das Gleiche, nur etwas kleiner, und außerdem nach Westen der Raum, den er seine *Kommandobrücke* nannte, weil dort ein breites Panoramafenster den freien Blick aufs Meer gewährte, ähnlich wie von einem Schiff aus. Überhaupt fiel, im Gegensatz zu früher, in alle drei Stockwerke reichlich Tageslicht, denn er hatte die Luken des Erbauers durch große Fenster ersetzt, dabei auch, wegen der Stürme, an robustes, dickwandiges Glas gedacht.

So extravagant wie die Burg selbst war ihr derzeitiger Bewohner. Man hatte Boy Michel Boysen nicht nur im Hinblick auf einen Verkauf, sondern ebenso hartnäckig mit dem Wunsch nach einem Mietvertrag bedrängt, aber als die Renovierung abgeschlossen war, hatte er erwogen, zumindest für die Sommermonate selbst dort einzuziehen. Doch bald war ihm allein schon die Vorstellung, das *Süderhaus*, wenn auch nur zeitweilig, zu verlassen, schmerzlich geworden, und daher machte er sich daran, einen geeigneten Mieter zu finden.

Es wurde ein schwieriges Geschäft. Fast ein Jahr lang war ihm keiner der Bewerber recht gewesen. Der eine war ihm zu alt, der andere zu fordernd. Der dritte bestand auf eigenen Möbeln, was bei der vorhandenen Einrichtung unsinnig war. Der vierte wollte, wegen der Abgeschiedenheit, wie er sagte, mit zwei Mastinos einziehen. Der Mann hatte die Tiere sogar mitgebracht, und von Merret war daraufhin, im Beisein des Halters, allerdings auf friesisch, der Kommentar erfolgt: »Wenn du dafür sorgst, dass in Zukunft diese beiden Bestien durch Kampen laufen, zieh' ich zu meiner Mutter nach Keitum!« Doch er selbst mochte die Hunde ebensowenig, und also entfiel auch dieser Bewerber.

Zuletzt erwiesen sich all seine Vorsätze als hinfällig, denn die *Klefborig* ging schließlich an einen Mieter, der zwar nicht fordernd, aber doch gewitzt war und auch nicht mehr jung und überdies einen großen Hund hatte. Gewitzt war er nun nicht etwa, wie es dem Anlass nach hätte naheliegen können, in Fragen des Mietpreises und der Übernahme sonstiger Kosten, nein, da gab es kein Feilschen. Die Gewitzheit trat in ganz anderer Weise zutage und das gleich beim ersten Aufeinandertreffen der beiden Querköpfe.

Der Mann, ein Däne aus Roskilde, der außer seinem Schäferhund einen schmalen hölzernen Koffer mitbrachte, war von mächtiger Statur und hatte volles dunkelblondes Haar. Er hieß Peer Laurids Rasmussen. Er hatte sich telefonisch im *Süderhaus* angemeldet und war dort am nächsten Morgen erschienen. Der große Hund hatte Merret, entgegen jeder Erwartung, sofort für sich eingenommen, denn er hatte, das behauptete sie jedenfalls, bei ihrem Anblick freundlich genickt. Doch wie immer diese erste Begegnung der beiden gewesen sein mochte - vielleicht hatte der Hund irgendetwas im Gras entdeckt, kurz nach unten geblickt und gleich darauf den Kopf wieder aufgerichtet - , feststeht, dass der Rüde sich nach einem leisen Zuruf seines Herrn gesetzt und bis zum Aufbruch nicht wieder erhoben hatte, also gar nicht, im Gegensatz zu den beiden Mastinos, mit ins Haus gekommen war, was Merret wiederum als eine freundliche Geste ansah.

Die erste und gleich entscheidende Unterredung zwischen Peer Laurids Rasmussen und Boy Michel Boysen nahm einen ebenso kuriosen wie eindrucksvollen Verlauf. Nach dem Austausch der üblichen Höflichkeiten und der Erklärung des Hünen, er würde gern als Dauermieter in die *Klefborig* einziehen, hatte Boy Michel Boysen ihm mitgeteilt, er sei innerhalb von elf Monaten der dreiundzwanzigste Bewerber.

»Und der letzte«, hatte der andere darauf erwidert.

Diese kühne Behauptung hatte Boy Michel Boysen amüsiert, und er hatte gefragt: »Wieso sind Sie da so sicher?«

»Darum«, war als Antwort gekommen, und dann hatte der Mann seinen Koffer geöffnet, blitzschnell eine kleine Staffelei im Wohnzimmer aufgestellt, die Palette über den Daumen geschoben, den Pinsel ergriffen, ihn in einen ebenfalls mitgeführten winzigen Wasserbehälter getaucht und angefangen zu malen.

Erstaunt hatte Boy Michel Boysen die ungewöhnlichen Vorbereitungen verfolgt, doch nach wenigen Minuten gab es einen noch triftigeren Grund zum Staunen: Auf dem Papier entstanden, wie von Geisterhand hingezaubert, ein Stück Dünenlandschaft, darüber ein düsterer Himmel, von dem man auch ohne den niederfahrenden Blitz das Unwetter hätte ablesen können. Und inmitten dieser von

Dünen und Blitz bestimmten Umrahmung kam - mit Hilfe weniger energisch geführter Striche - die *Klefborig* zum Vorschein. Damit nicht genug! Das Überraschendste an dem so zügig geschaffenen Aquarell zeigte sich am Schluss: Zur geöffneten Burgtür drängten, klein und in nur angedeuteten, dennoch klaren Konturen erkennbar, sechzehn angstgetriebene Schafe.

Noch einmal sagte Peer Laurids Rasmussen: »Darum«, und dann überreichte er Boy Michel Boysen das fertige Bild.

Der sah es lange an, fand es schön. Und es bewies, dass der Mann die *Klefborig* mit Hingabe betrachtet, ja, mehr noch, sich über ihre Geschichte informiert haben musste, sonst hätte er von den Schafen des Urgroßvaters nichts wissen können.

Die Festlegung des Mietpreises war dann nur noch eine Formsache, und seitdem bewohnte der Maler, Kosmopolit und Renaissance-Mensch Peer Laurids Rasmussen, Sohn eines Dänen und einer Deutschen, die Burg. An die zehnmal im Jahr besuchte Boy Michel Boysen den jetzt Siebenundfünfzigjährigen, und längst duzten sich die beiden. Das Aquarell, damals wie eine Eintrittskarte überreicht, hing, in dunkles Holz gerahmt, im Wohnzimmer des *Süderhauses*.

Doch der Eigner der Burg nannte seinen Mieter weder Peer noch Laurids. Auch nicht Peer Laurids. Ebensowenig rief er ihn Rasmussen oder Meister, nein, er versah ihn, jedenfalls zu Beginn, mit dem Namen *Ekke Nekkepen*.

Auf die Idee, den eigenwilligen Maler nach dem Sylter Meerkönig zu benennen, war Boy Michel Boysen schon früh gekommen, nämlich nach einem seiner ersten Besuche in dem zum Atelier gewordenen Erdgeschoss der *Klefborig*. Obwohl Rasmussen gerade malte, ließ er den Ankömmling eintreten. Er bat ihn, sich zu setzen und ein paar Minuten Geduld zu haben. Das tat Boy Michel Boysen.

Dass währenddessen eine junge Schöne nackt auf der Nabe eines großen, schräg an die Wand gelehnten Wagenrades saß, irritierte ihn zunächst, doch schon bald fand er die Situation ganz normal. Hier war ein Künstler bei seiner Arbeit.

Später, als das Mädchen gegangen war und die Männer im Kommandobrücken-Teil des dritten Stockwerks bei einem Tuborg-Bier saßen, sagte Boy Michel Boysen, da siezten sie sich noch:

»Vorhin hab' ich gesehen, dass Sie das linke Bein ein bisschen nachziehen. Das ist mir bis jetzt nicht aufgefallen. Haben Sie sich verletzt?«

»Die verfluchte Hüfte«, antwortete Rasmussen, und dann fuhr er fort: »Seit ein paar Jahren will sie nicht mehr so recht. Irgendwann muss ich unters Messer.« Er machte sich daran, seine Schuhe anzuziehen. »Arbeiten kann ich nur barfuß«, erklärte er. »Das hat etwas mit Harmonie zu tun, mit der Harmonie des Körpers. Malen ist ein komplexer Vorgang, und je mehr Körperpartien daran beteiligt sind, desto besser gelingt es. Vor allem: Wenn der Kopf merkt, dass die Füße eingesperrt sind, reagieren auch die Hände unwillig.« Er nahm einen etwa vierzig Zentimeter langen Schuhanzieher zur Hand, half sich damit ins Leder, und was nun folgte, war ein kaum minder skurriles Geständnis. Er schwang das silberne, am Griff mit Perlmutt beschichtete Utensil wie ein Schwert über dem Kopf und sagte: »In jeder Etage hängt einer, genau wie ein paar andere Dinge jeweils dreimal vorhanden und über die verschiedenen Ebenen der Burg verteilt sind: Brille, Zigaretten und Feuerzeug, eine Flasche Aquavit, natürlich *Linie*, ein Päckchen Kondome und eine Schale mit kandiertem Ingwer. Alles Wichtige ist dreifach vorhanden, denn schließlich kann ich nicht voraussehen, in welcher Etage mich das Leben überrascht.«

Und dann sprach er über seine Modelle, nannte sie seine Burgfräulein, obwohl sich kaum eine von ihnen mehr als einmal in seinen Mauern aufhielt. »Nirgendwo«, erklärte er seinem Gast, »werden sie mir so greifbar und in einer solchen Auswahl präsentiert wie auf dieser Insel. Ich brauche nur nach draußen zu gehen, und schon hab' ich den ganzen Katalog vor Augen. Und immer unverfälscht. Kein Stück Textil gaukelt mir falsche Konturen vor. Ja, man könnte sagen: Meine Bilder laufen da draußen herum, ich muss sie nur einfangen und aufs Papier bringen. Das ist..., wirklich, das ist das Paradies!«

»Und die sind alle auf Anhieb verfügbar?«, fragte Boy Michel Boysen.

»Nicht alle, aber die meisten. Ich hab' sogar den Verdacht, dass Ihre Burg mir dabei hilft. Sie ist... , ja, wie ein Magnet ist sie, wie ein verwunschenes Schloss, das die Mädchen magisch anzieht.«

Am Abend dieses Tages hatte sich dem Friesen Boy Michel Boysen, nachdem er ins *Süderhaus* zurückgekehrt war, der Vergleich zwischen Peer Laurids Rasmussen und dem Meermann *Ekke Nekkepen* aufgedrängt. Wie alle Sylter Kinder früherer Generationen war auch er mit dem Sagenschatz der Insel aufgewachsen, und eine der zentralen Figuren darin war nun mal der Meerkönig, der oft in Menschengestalt auftauchte. Am Strand lauerte der lüsterne Bursche den Mädchen auf. Seine Frau, die *Ran* hieß und sehr eifersüchtig war, soll ihn, wenn sein lockeres Treiben ihr zu bunt wurde, zum Salz-Mahlen abgestellt haben. Der heftige, weil mit gehörigem Zorn im Bauch betriebene Mahlvorgang brachte das Meer zum Brodeln, und dann hatte das Schiffsvolk seine liebe Not.

Ob nun Peer Laurids Rasmussen im heimischen Roskilde ebenfalls eine eifersüchtige Frau hatte, derer er überdrüssig geworden war, wusste Boy Michel nicht, aber vorstellen konnte er sich das.

Von da an nannte er den Maler also *Ekke Nekkepen*, und der war's zufrieden.

Bald jedoch erwies sich dieser Name als zu schwerfällig und im Beisein Dritter gar als albern, und so bemühte er sich, eine Kurzform zu finden. »Kannst ja einfach ›Ek‹ zu mir sagen«, hatte der Maler vorgeschlagen, doch dem mochte Boy Michel nicht zustimmen, denn das friesische Wort *ek* bedeutete ›*nicht*‹, und wer wohl würde einen Freund so nennen! Sie kamen schließlich, zumal Rasmussen selbst auf den Bezug zum Meerkönig nicht mehr verzichten wollte, auf *Nekk*, waren beide sehr einverstanden mit diesem hinübergeretteten Rudiment. Es dauerte dann auch nicht lange, bis man den dänischen Maler im ganzen Dorf so nannte.

Im Laufe der Zeit aber wurde daraus Lord Nekk, weil, so die allgemeine Meinung, ein gar zu spärlicher Name zu dieser imposanten Person nun doch nicht passte.

6.

Der Sonntag war da. Boy Michel Boysen freute sich auf den Besuch der jungen Berlinerin, hatte sogar ein kleines Programm gemacht, jedenfalls für den zweiten Teil des Nachmittags. Zuerst aber würde er sie im Wohnzimmer mit Kaffee und Kuchen bewirten.

Er war nach Westerland gefahren, hatte einige Stücke erlesenen Gebäcks besorgt, Nougatschnitten, Erdbeertörtchen und mit Mandeln belegte Kekse, und dann den Tisch gedeckt, dafür das Besteck mit der eingravierten Rose und das so genannte gute Geschirr, das Merret so sorgsam verwahrte, aus dem Schrank genommen. Auch bei der Tischwäsche war er wählerisch gewesen, hatte sich für die hellgelbe Leinendecke und die dazugehörigen Servietten entschieden, die schon seine Mutter an besonderen Tagen aufgelegt hatte. Danach war er in den Garten gegangen und hatte ein paar Heckenrosen geschnitten. In einer kleinen Porzellanschale schmückten sie nun, rot und weiß gemischt, den Tisch.

Nachdem alles gerichtet war, setzte er sich ins Auto, um Barbara Henke in Munkmarsch abzuholen und in sein Haus zu bringen.

Dort waren sie nun, tranken Kaffee, aßen Kuchen. Gleich nach ihrem Eintritt hatte sie einen verstohlenen Blick auf den Schreibtisch und auch auf den Kachelofen geworfen und gedacht: Ziemlich übler Job, den ich übernommen habe! Überhaupt, so fragte sie sich jetzt, wie soll das bloß laufen? Wie krieg' ich bei diesem Spagat meine Gefühle auf die Reihe? Einerseits soll ich dem Mann - was mir nicht schwerfällt - meine Sympathie zeigen und ihn andererseits in böser Absicht belauern! Sie musterte ihn. Seine Kleidung war sportlich-elegant. Er trug eine graue Hose aus feinem Tuch und einen dunkelblauen Blazer, darunter ein weißes Hemd mit offenem Kragen. Die ledernen weißen Slipper machten den maritimen Eindruck komplett. Allerdings sah er nicht aus wie der Kapitän eines Handelsdampfers, eher wie ein Skipper aus Puerto Banús.

Auch sie hatte sich sportlich angezogen, saß ihm gegenüber in einem schmalgeschnittenen weißen Jeanskleid. Um den Hals trug sie eine feingliedrige Goldkette, an der ein mattschimmernder, rötlichgelber Bernstein hing. Jan Jacob hatte sie ihr geschenkt und dabei gesagt: »Häng sie dir um, wenn du ihn besuchst! Dann habt ihr gleich ein Gesprächsthema, denn von Bernstein versteht er was. Ich bin sicher, er springt darauf an.«

Und so war es. Boy Michel Boysen hatte Kaffee nachgeschenkt, und während er die Kanne abstellte und sich wieder setzte, sagte er: »Eine schöne Kette, die Sie da tragen! Sie mögen also Bernstein?«

»Ja, sehr. Bei jedem Strandspaziergang such' ich danach, aber bisher hatte ich noch kein Glück.«

»Das wird sich schon noch einstellen. Wichtig ist, dass Sie es bei ablaufender Flut machen, und vorher muss es stürmisch gewesen sein. Nach diesen Regeln hab' ich mich schon als Kind gerichtet. Soll ich Ihnen mal meine Sammlung zeigen?«

»Ja, gern.«

Er stand auf und holte drei Messingkästen aus dem Schrank, stellte sie nebeneinander auf den Tisch.

»Besonders die hier«, erklärte er, nachdem er den ersten Kasten geöffnet hatte, »sind mein ganzer Stolz. Sehen Sie!« Er nahm einen prachtvollen, klargelben Stein, groß wie ein Hühnerei, heraus und gab ihn ihr.

»Wunderschön!«, sagte sie. »Und so leicht!« Sie betrachtete ihn von allen Seiten und legte ihn dann an seinen Platz zurück.

Er suchte ein anderes Stück heraus, auch das ganz ohne Trübung. »Den hier«, sagte er, »hab' ich nach einer Sturmnacht am Lister Strand gefunden, und dieser«, er zeigte auf einen milchigweißen Stein von Taubenei-Größe, »lag sozusagen vor meiner Haustür. Nicht vor der von diesem Haus; ich hab' noch ein anderes; es steht nah am Weststrand.«

Er öffnete den nächsten Kasten. Die Steine darin waren flach und länglich. »Das sind Schlauben«, sagte er, »Stücke so rein wie flüssiger Bienenhonig, obwohl sie mehrfach geschichtet sind. Da ist an den Kiefern das Harz hinuntergeflossen und hat sich, wo es aufgehalten wurde, übereinandergelegt.«

»Wunderschön!«, sagte sie wieder und fragte dann: »Weiß man, wie alt die ungefähr sind?«

»Die Forscher behaupten, vierzig bis fünfzig Millionen Jahre.«

Er schob ihr den dritten Kasten hin, sagte: »Da könnte man meinen, alles Mögliche vor sich zu haben, nur keinen Bernstein.« Es mochten ein paar Tausend winzige Partikel sein, die wie unregelmäßig geratenes Granulat aussahen. Er griff hinein und ließ eine Handvoll der Steinchen in dünnem Strahl zurückrinnen. »Fast so, als wäre es Sand«, sagte er.

»Um solche Winzigkeiten zu finden, braucht man doch bestimmt eine Lupe, nicht?«

»Nein, das nun nicht gerade, aber in die Hocke gehen muss man schon.«

»Eine Freundin von mir, die jedes Jahr auf die Insel kommt, hat hier bereits acht Bernsteine gefunden. Sie ist ganz stolz darauf, aber gegen diese Menge...«, sie schüttelte den Kopf, »ist das gar nichts.«

»Na ja...«, er klappte die Deckel hinunter und brachte die Kästen an ihren Platz zurück, »man darf nicht vergessen, dass es die Ausbeute von Jahrzehnten ist.«

Er hatte sich wieder an den Tisch gesetzt und forderte sie auf, noch von dem Kuchen zu nehmen, aber sie strich über ihren flachen Bauch und antwortete: »Der soll lieber so bleiben.«

Gern hätte er ihr erwidert, wie schön er sie fand, aber das wagte er nicht, und so flüchtete er sich, obwohl diese nicht mehr zur Hand war, noch einmal zu seiner Sammlung, sagte: »Viele Menschen suchen am Strand nach Muschelschalen, nach unbeschädigten und besonders schön gemusterten, aber ich war von Anfang an auf Bernstein fixiert. Merkwürdig, man spricht bei ihm vom Gold des Meeres, und dabei ist kein einziges Stück im Meer entstanden. Alle sind Absonderungen von bestimmten Kiefern und bis heute erhalten geblieben.«

Sie nickte, dachte aber etwas ganz anderes, dachte: Soviel ist sicher, ein Dieb hätte hier die Chance auf fette Beute!

»Dieser Nachmittag hat zwei Phasen«, verkündete er. »Die erste, die Kaffeestunde, ist vorbei. Jetzt steigen wir ins Auto und besuchen einen Freund, und dabei zeige ich Ihnen dann auch mein Haus an der Westseite.« Er wies auf das an der Wand hängende Aquarell: »Das ist es.«

Sie warf einen Blick darauf und dachte: Darum also geht es Jan Jacob!

»Ein origineller Bau«, sagte sie, »ein Turm fast. Aber was, wenn Ihr Freund gar keinen Wert darauf legt, mich kennenzulernen?«

»Oh, das wird er! Er ist übrigens Maler und hat die Kliffburg, so heißt das Haus, gemietet. Kommen Sie!«

Sie brachen auf. Vom Wohnzimmer aus ging es in einen kleinen Flur und von dort aus in einen zweiten, der seiner Größe nach eher eine Diele war. Dort lagen, über eine lange Bank verteilt, Zeitungen und Briefe. Boy Michel Boysen zeigte darauf und erklärte: »Hier holen sich die Gäste ihre Post ab.«

»Auch am Sonntag?«

»Oft sind es, wie diese zum Beispiel, Sendungen für Gäste, die erst noch kommen.«

Barbara Henke hatte mit Interesse beobachtet, dass weder die Tür des Wohnzimmers noch der Zugang zum kleinen Flur abgeschlossen worden waren, und so fragte sie jetzt:

»Sie schließen gar nicht ab, wenn Sie weggehen?«

»Nein«, war die Antwort, »tagsüber nicht. Hier ist noch nie was passiert.«

Das ist *die* Chance!, schoss es ihr durch den Kopf. Ich muss unbedingt Jan Jacob erreichen!

Sie fuhren los, hatten nach wenigen Minuten das *Kaamp Hüs*, das Gebäude der Gemeindeverwaltung, erreicht.

»Könnten Sie kurz auf den Parkplatz da drüben fahren?«, bat sie. »Ich möchte meine Mutter anrufen und ihr einen guten Flug wünschen. Sie geht morgen auf Reisen.«

»Ja, gern. Ich würde Ihnen auch mein Handy anbieten, aber das habe ich nur bei den Wattführungen dabei.« Er bog links ab, hielt gleich darauf an.

»Macht nichts«, sagte sie. »Ich hasse die Dinger. Bin gleich wieder da.« Sie stieg aus und lief auf das öffentliche Telefon zu, das sich neben der Einfahrt befand. Sie nahm den Hörer ab, schob ihre Karte ein, wählte. Dann sah sie hinaus. Boy Michel Boysen stand neben seinem Auto. Sie lächelte ihm zu, wartete.

Nun komm schon! Melde dich, verdammt nochmal!

»Boysen«, hörte sie endlich.

»Hallo, ich bin's! Ich steh' am *Kaamp Hüs*. Es hat sich überraschend eine großartige Gelegenheit ergeben. Er will mir seine Kliffburg und den Mann, der da wohnt, präsentieren. Wir sind auf dem Weg dahin und bleiben mindestens eine Stunde. Die Tür zu seinem Wohnzimmer ist nicht abgeschlossen. Am besten fährst du sofort hin, angelst dir den Schreibtischschlüssel und holst dir, was du suchst. Alles klar?«

»Sicher, dass ihr mindestens eine Stunde wegbleibt?«

»Absolut.« Sie sah, dass Boy Michel Boysen noch immer neben seinem Auto stand. Wieder lächelte sie ihm zu.

»Ich mach's«, hörte sie. »Ich fahr' sofort los. Danke. Und falls er doch früher nach Hause will, halte ihn auf jeden Fall davon ab!«

»Du kannst dich auf mich verlassen. Mach's gut!«

»Du auch. Am besten, du kommst heute abend zu mir. Dann besprechen wir alles.«

»Ja.« Sie hängte den Hörer ein, zog ihre Karte heraus.

Als sie wieder im Wagen saßen, sagte sie: »Meine Mutter will sich drei Wochen in Griechenland tummeln. Akropolis, aber auch Sonne und Ausruhen.«

»Und Ihr Vater? Fliegt er nicht mit?«

»Der ist schon lange nicht mehr bei uns.«

»Und Sie wissen gar nichts von ihm?«

»Nur, dass er damals in der DDR ein russischer Besatzungssoldat war, der dann aber bald nach Sewastopol versetzt wurde. Ich glaube, irgendwann reise ich auf die Krim und such' nach ihm.«

»Entschuldigen Sie bitte, dass ich so neugierig war.«

»Ach, das alles sitzt nicht sehr tief bei mir. Wenn ich ihn da auftreibe, platze ich wahrscheinlich mitten hinein in eine

Familie aus Mann und Frau und fünf Halbgeschwistern von mir. Lassen wir das! Erzählen Sie mir lieber was über den Burgherrn, den wir besuchen wollen.«

»Er wird Ihnen gefallen. Zumindest werden Sie ihn interessant finden, wenn nicht sogar aufregend. Und keine Angst vor seinem Schäferhund! Der gehorcht aufs Wort.«

Sie bogen von der an diesem Julisonntag stark befahrenen Hauptstraße ab und folgten dem Asphaltweg, der direkt zur *Klefborig* führte. Vor der Burg parkten sie, und als sie ausgestiegen waren, trat ihnen Lord Nekk schon entgegen, in weißen Hosen, Malerkittel und mit Gummisandalen an den Füßen.

»Willkommen!«, rief er ihnen zu und gab dann beiden die Hand. Der große Hund war seinem Herrn gefolgt. Barbara Henke strich ihm über den Kopf und fragte:

»Wie heißt er?«

»Andersen.«

»Wirklich?«

»Ja, wirklich.«

Nachdem sie eingetreten waren und sich gesetzt hatten, erklärte Lord Nekk, warum er seinen Rüden, der jetzt unterhalb der Westfenster auf einer Matte lag, so getauft hatte.

»Hans Christian Andersen gehört zu mir wie..., ja, wie die Luft zum Atmen. Ich liebe seine Märchen, lese sie wieder und wieder, lebe mit ihren Gestalten und deren Sehnsüchten, ganz gleich, ob es die des standhaften Zinnsoldaten oder die der Prinzessin auf der Erbse sind oder die der vielen anderen. Der Dichter steht mir nahe, von frühester Kindheit an, und deshalb habe ich meinen Hund nach ihm benannt. Verstehen Sie das?«

»Ja, das versteh' ich«, sagte Barbara Henke.

»Wie alt ist er eigentlich?«, fragte Boy Michel.

»Elf, und für ein Hundeleben ist das schon eine ganze Menge. Zum Glück zeigt er noch keine Gebrechen. Aber trinken wir erst einmal etwas!«

Er brachte Tuborg-Bier und Selters auf den Tisch, dazu die Gläser, pries auch seinen Aquavit an, doch der blieb im Kühlschrank.

Es gab viel zu sehen in dem großen Raum, denn überall hingen Bilder an den Wänden, Portraits, Akte, Dünen- und Heidelandschaften, aber vor allem das Meer, immer wieder das Meer.

Barbara, sonst eher selbstbewusst als schüchtern, verspürte, jedenfalls zu Beginn, eine gewisse Unsicherheit, als sie sich so plötzlich in eine ihr bis dahin fremde Welt versetzt sah. Kaffee zu trinken, Kuchen zu essen, Bernstein zu bewundern und dabei mit dem freundlichen Wattführer über seine Insel zu plaudern, das war ihr mühelos gelungen. Sich aber nun in der Werkstatt eines Künstlers äußern zu müssen, womöglich über seine Bilder, bereitete ihr Unbehagen. Doch dann war es dieser Künstler selbst, der ihr in Minutenfrist die Scheu nahm. Ohne große Umstände griff er nach ihrem Arm und führte sie durch das Reich seiner Werke wie durch einen Garten, erläuterte, beantwortete ihre Fragen, erzählte. Bei einem der Landschaftsbilder - es zeigte das Rote Kliff - verweilte sie lange, sagte schließlich:

»Geradezu unheimlich wirkt der Himmel über der steilen Kante. Man spürt irgendwie, dass sie gefährdet ist.«

»Ja, als ich das Bild malte, hatten wir schweren Sturm.«

»Das sieht man«, sagte sie. »Oder man ahnt es. Dahinten« - sie zeigte auf das Bild, vor dem sie zu Beginn des Rundgangs gestanden hatten - »wirkt dasselbe Kliff so, als könnte ihm gar nichts passieren.«

»Die Insel hat viele Wetter. Heute zum Beispiel ist es sanftmütig. Ich meine, wir sollten jetzt nach oben gehen, auf die Kommandobrücke, und von dort aus müssen Sie sich das Strandleben ansehen!«

7.

Jan Jacob Boysen hatte keine Minute verschenkt, war sofort nach Barbaras Anruf ins Auto gestiegen und nach Kampen gefahren.

Er betrat das *Süderhaus*, verharrte eine Weile im Eingangsbereich, lauschte. Aber von nirgendwoher waren Geräusche zu hören. Die Gäste, dachte er, sind bestimmt am Strand, nutzen das schöne Wetter. Er gelangte ins Wohnzimmer, und wieder verschenkte er nicht eine Minute, sondern machte sich sofort an die Arbeit, griff hinter den Kachelofen und hatte gleich darauf den Schreibtischschlüssel in der Hand. Jetzt galt es, die entscheidende Schublade zu öffnen. Er steckte den Schlüssel ins Schloss, drehte ihn herum und zog die Lade nach vorn. Ihr Inhalt war natürlich wohlgeordnet. Flüchtig ging ihm durch den Kopf, wie nachlässig er selbst es mit seinen Sachen hielt. Immer wieder passierte es, dass er wichtige Papiere erst nach langem Suchen fand. Na ja, dachte er in einem Anflug von Zynismus, die Boysens setzen sich aus unterschiedlichen Erbanlagen zusammen, und so bringt ein und dieselbe Familie den Pedanten und eben auch den Schlamper hervor.

Die rote Akte lag obenauf. Er packte sie, schlug sie auf. Unfasslich! Das Testament hatte einen Umfang von nicht weniger als vierundzwanzig Seiten! Vierundzwanzig maschinengeschriebene Seiten - und er war ohne die Kamera! Die steckte in Barbaras Handtasche. In dieser Situation eine gründliche Durchsicht vorzunehmen, war unmöglich. Was also tun? Er blätterte mit fahriger Hand, stellte fest, dass das Testament aus zwei Teilen bestand, einem, der offenbar die eigentlichen Verfügungen betraf, und einem umfangreicheren, bei dem es um Familien- und Inselgeschichten zu gehen schien. Die muss ich ebenfalls kennen, sagte er sich. Vielleicht enthalten sie wichtige Hinweise.

Er überflog die ersten Seiten, stieß auf Begriffe wie ›Legat‹ und ›frei von allen Lasten‹ und ›Grabpflege‹, fand nichts, was ihm in der wichtigsten Frage Aufschluss hätte geben können.

Seine Nervosität steigerte sich, und einen Moment lang erwog er sogar, den gefährlichen Einsatz doch wieder seiner Partnerin aufzubürden. Aber dann kam ihm die rettende Idee. Im Büro gab es ja einen Fotokopierer! Er zögerte nicht, schob die Schublade zu und hastete, die rote Akte in der Hand, durch den Flur, durch die Diele, öffnete, trat ein und zog die Bürotür hinter sich zu.

Auch hier herrschte musterhafte Ordnung. Neben dem auf einem Beitisch stehenden Kopiergerät lag die Gebrauchsanweisung, die er allerdings nicht benötigte.

Er löste die Metallklammer der Akte, nahm die Blätter heraus, legte das erste auf die gläserne Belichtungsscheibe und drückte die Taste. Doch das Gerät schaltete sich nicht ein. Noch einmal die Taste. Wieder kein Erfolg. Er überprüfte den elektrischen Kontakt; der schien in Ordnung zu sein. »Verdammt!«, fluchte er halblaut, nahm das Blatt heraus und sah sich in dem kleinen Raum um. Sein Blick fiel auf das Faxgerät. Es stand hinter dem Drehstuhl auf einem weiteren Beitisch. Ja, das war die Lösung. Auch das Faxgerät konnte bei entsprechender Handhabe kopieren. Allerdings arbeitete es wesentlich langsamer. Aber ihm blieb keine Wahl. Er musste sich, wollte er an diesem Nachmittag ein brauchbares Ergebnis mit nach Hause nehmen, auf diese qualvolle Prozedur einlassen, wechselte also hinüber, schob das erste Blatt in den Schlitz, drückte auf die Taste. Das Gerät funktionierte einwandfrei. Er fütterte es, sich immer wieder zur Geduld mahnend, mit seinem Material.

Mehrmals fasste er, wenn ein Blatt aus dem Schlitz lugte und dann im Schneckentempo hervorkroch, an seine Brust, spürte den beschleunigten Herzschlag. Er flehte den Himmel an, der möge ein Einsehen haben und ihn unbehelligt lassen. Denn wenn er in diesem Raum und über diesem Gerät und mit dem Testament in der Hand von Onkel Boy - vielleicht, weil Barbara alles falsch eingeschätzt hatte - überrascht werden würde, hätte er mit Sicherheit jegliche Chance vertan, auch nur das alte, abgewetzte Fernglas zu erben. Ja, womöglich würde der Alte ihn wegen Einbruchs vor den Kadi bringen!

Blatt vier. Was alles kann Zeit bedeuten? Was steckt in dreißig Sekunden, der Dauer eines Blattdurchlaufs? Ihm schien: eine Ewigkeit. Wiederholt war er versucht, den Bogen herauszuzerren, sobald das erste Stück Weiß zum Vorschein kam. Er rief sich jedesmal zur Vernunft.

Blatt fünf. Die langen Intervalle hätten es ihm ermöglicht, große Teile des Testaments schon jetzt zu lesen, aber die Angst, dabei in Stress zu geraten und womöglich Enttäuschung und Wut ausgerechnet an diesem brisanten Ort überstehen zu müssen, hielt ihn davon ab. Im Grunde war das absurd. Da hatte er nun genau die Informationen, um die es ihm ging, zur Hand und... sperrte sich, wollte die Entscheidung des Onkels lieber in der Sicherheit seiner eigenen vier Wände zur Kenntnis nehmen. Doch immer gelang ihm diese Abwehr nicht, denn manchmal glitten seine Augen ganz unwillkürlich über einzelne Passagen. Am Fuße der Seite fünf stieß er auf eine irritierende Mitteilung, und sie erschien ihm so ungewöhnlich, dass sie seinen Blick dann doch für eine Weile festhielt. Es hieß da: ›... So soll auch nach meinem Tod weiterhin jeden Monat der Betrag von 250.- US-Dollar an Dolores Castañeda gehen. Da dieser Transfer nach Ecuador schon seit Jahren läuft, befinden sich Anschrift und Daten zu diesem Vorgang bei meiner Bank.‹

Er war verstört, hatte mit einer derart weltweiten Verfügung nicht gerechnet. Dachte: Was kommt da noch an exotischen Auswüchsen? Immerhin fuhr Onkel Boy jahrzehntelang zur See, und wenn es auch mit der Braut in jedem Hafen nicht stimmen muss, jeder fünfzigste oder hundertste Hafen würde ja genügen, um die Hinterlassenschaft empfindlich zu rupfen!

Blatt sechs, Blatt sieben. Verdammt, warum geht das nur im Zeitlupentempo? Ich glaube, ich bin, wenn das hier überstanden ist, um Jahre gealtert!

Aus dem surrenden Geräusch des Faxgerätes hörte er plötzlich ein anderes heraus. Er drehte sich um und entdeckte, dass die Tür aufging. Ihm war, als bliebe sein Herz stehen, denn die Erregung gaukelte ihm das Gesicht des Onkels vor, hochrot vor Zorn. Doch dann entpuppte sich das, was er schon als unaufhaltsame Katastrophe eingestuft hatte, als ein Vorfall, der ihm zumindest die Hoffnung beließ, es sei noch nicht alles verloren.

Vor ihm stand ein vielleicht drei, höchstens vier Jahre altes Mädchen. In der linken Hand hielt die Kleine ein Stofftier.

»Du darfst hier nicht einfach reinkommen«, erklärte er dem Kind. »Sag deinen Eltern lieber nichts davon. Sie sind sonst böse mit dir. Was willst du denn?«

Keine Antwort.

»Wie heißt du eigentlich?«

Keine Antwort.

Er schob sie in den Flur zurück, machte die Tür zu. Der Apparat war inzwischen wegen des ausgebliebenen Nachschubs verstummt. Er wollte gerade mit seiner Arbeit fortfahren, da klingelte das Gerät. Auch das noch!, dachte er.

Wieder das Schneckentempo, diesmal nicht von ihm in Gang gesetzt. Er sah auf die Uhr. Seit Barbaras Anruf waren vierzig Minuten vergangen. Was, überlegte er, wenn die beiden nicht angemeldet sind bei dem verrückten Dänen, und der ist gar nicht da? Dann könnten sie verfrüht zurückkommen.

Die Meldung erschien. Eine Gisela Quitzow aus Wiesbaden wollte sich für zwei Oktoberwochen eine Wohnung reservieren lassen. Er legte das Fax auf den Schreibtisch, konnte endlich weitermachen.

Blatt acht, neun, zehn.

Ein Schweißtropfen fiel auf das Gehäuse.

Elf, zwölf, dreizehn.

Und plötzlich noch einmal ein Abschnitt, den er, ohne es zu wollen, in sich aufnahm: ›... kann ich nur hoffen, dass mein Neffe Jan Jacob seine Spielschulden begleicht, damit der Name Boysen nicht noch größeren Schaden nimmt...‹

Welches Schwein hatte ihm das gesteckt?

Vierzehn, fünfzehn, sechzehn. Und immer das Warten, das zermürbende Warten und die Angst, entdeckt zu werden.

Längst hatte er feuchte Hände. In kurzen Abständen rieb er sie mit dem Taschentuch trocken, um nur ja keine Flecken auf dem Testament zu hinterlassen.

Er hörte ein Auto, erschrak, doch der rasche Blick durch die Gardine beruhigte ihn. Es war nicht der Rover, und zum Glück stieg auch niemand aus. Der Wagen, das Firmenauto eines Elektrobetriebs, wendete vor dem Haus und fuhr wieder davon.

Ab Blatt einundzwanzig erschien der rote Streifen, der das bevorstehende Ende des Papiervorrats ankündigte. Aber das war nicht weiter schlimm. Der Ausstoß würde ja nicht abrupt versiegen. Nach dem ersten Rot standen in der Regel noch etwa sechs Seiten zur Verfügung.

Endlich, endlich geschafft! Das vierundzwanzigste Blatt war kopiert. Er legte es auf die anderen Faxblätter, faltete dann den Stapel der Länge und der Breite nach je einmal und schob ihn in die Innentasche seiner Jacke. Danach heftete er das Testament wieder ein, eilte ins Wohnzimmer und verstaute es in der Schublade, die er sogleich verschloss. Auch der Schlüssel kam wieder an seinen Platz.

Er wollte gerade das Haus verlassen, da fiel ihm ein gravierender Fehler ein: Er hatte die Nachricht aus Wiesbaden auf dem Schreibtisch liegengelassen! Bliebe sie dort, würde der Onkel gewaltig ins Grübeln kommen.

Also zurück ins Büro. Er nahm das Fax auf, trat noch einmal an das Gerät, das ihn fast eine halbe Stunde lang in Atem gehalten hatte, deponierte den Bogen auf dem Vorlagenhalter, wobei er darauf achtete, dass der Text nach oben zeigte. Dann noch ein Blick rundum. Nein, nun gab es nichts mehr, was seinen Aufenthalt in diesem Raum hätte verraten können.

Er verließ das Haus und ging hinüber zur *Wuldeschlucht*, wo hinter den hohen Büschen sein Auto stand. Er stieg ein und war für einen Augenblick versucht, die Lektüre nun doch schon vorzunehmen. Aber gleich darauf sagte er sich: Nein, lieber so schnell wie möglich weg aus dieser Gegend und erst zu Hause Blatt für Blatt studieren!

Er startete.

8.

Sie waren längst in den Brückenteil übergewechselt, und Barbara sah durch das Fernglas des Malers, holte sich, was da unten am Strand ablief, ganz nah heran.
    Eine Gruppe Jugendlicher spielte Basketball. Die etwa vierzehn- bis sechzehnjährigen Jungen und Mädchen hatten ihre Ausrüstung - Ball und zwei Ständer, jeder mit Korb und Spielbrett - offenbar mitgebracht. Sie wunderte sich darüber, dass die Ständer zwar schwankten, aber nicht umkippten, obwohl die Spieler oft dagegen stießen. Jetzt machten sie eine Pause. Ein Junge zog die leuchtend rote Stange, die den Korb trug, aus ihrer Verankerung und goss einen Eimer Wasser, den ihm ein Mitspieler vom Flutsaum geholt hatte, in den großen hellblauen Fuß. Offenbar war der vorher nicht ganz gefüllt gewesen. Das gleiche geschah mit dem auf der anderen Seite stehenden Korbständer. Clever, dachte sie; Eisen oder Blei würden die Dinger zwar auch vorm Umkippen bewahren, aber wer will schon solche Gewichte an den Strand und wieder nach Hause schleppen!

Und Spaziergänger sah sie, einzelne und Pärchen und Gruppen, in Badezeug und auch ohne.

Lord Nekk gesellte sich zu ihr, stellte sich neben sie. Gerade ging eine etwa zwanzigjährige Frau unten am Wasser entlang. Versonnen stapfte sie durch den feuchten Sand. Doch es war nicht ihr verträumter, nach innen gekehrter Gesichtsausdruck, der Barbara fesselte, sondern eine kapriziöse Besonderheit ihrer Aufmachung. Sie trug nämlich nichts weiter als einen bis zur Taille reichenden dunkelblauen Pullover.

»Die hat wohl Angst, sich zu erkälten«, sagte sie und gab Lord Nekk das Glas. Als der hindurchgesehen hatte, kam von ihm eine ganz andere Interpretation. Er legte das Glas auf die Brüstung des breiten Panoramafensters, und nachdem die beiden sich wieder zu Boy Michel in ihre Korbsessel gesetzt hatten, antwortete er: »Angst vor einer Erkältung wird sie wohl nicht haben, aber das meinten Sie ja auch gar nicht ernst. Ich glaube, sie möchte es den Models der anglo-italienischen Performance-Künstlerin Vanessa Beecroft gleichtun, die vor einiger Zeit im Londoner *Institute of Contemporary Arts* die Kunstwelt mit einem Videoclip überraschte. Da schreiten vier junge Frauen über ein Parkett, angetan mit dunkelblauen kragenlosen Pullovern, die nur bis zum Bauchnabel reichen, und hochhackigen blauen Pumps und sonst nichts. Ach ja, überlange blaulackierte künstliche Fingernägel tragen die Schönen auch noch. Den Besuchern soll, so stand es jedenfalls in einem Magazin, erklärt worden sein, die Schuhe zögen den Blick des Betrachters in die faszinierende Tabuzone des Schambereichs und damit dokumentiere der Film die Verletzlichkeit des Menschen. Oder so ähnlich.« Er nahm einen Schluck von seinem Bier, und als er das Glas wieder abgesetzt hatte, ergänzte er: »Auch da ist es wie fast immer bei gewagten Präsentationen: Alles darf man zeigen, wenn man nur die passenden Worte mitliefert.«

»Eigentlich«, sagte Barbara, »kann nichts auf der Welt noch schockieren. Heutzutage ist es jedem möglich, sich die ausschweifendsten Szenen per Fernseher ins Wohnzimmer zu holen.«

»Dagegen bin ich gefeit«, erwiderte der Däne. »Ich habe keinen Fernseher und werde auch nie einen haben. Zugegeben, hin und wieder kann man da was lernen, aber das meiste ist überflüssig, ist Leben aus zweiter Hand.« Er wandte sich an seinen Freund: »Nun, Boy Michel, sollten wir Barbara kurz verlassen, wenn sie's erlaubt. Wir müssen nach draußen und einen Blick auf das Reetdach werfen. Da gibt's ja, wie ich dir neulich schon sagte, einen kleinen Schaden.«

Die Männer verließen den Raum, und Barbara kehrte zum Fenster zurück. Am Strand wurde noch immer Basketball gespielt. Sie musste daran denken, wie sie selbst im Alter von vierzehn, fünfzehn Jahren gelebt hatte. Da gab es keine fröhlichen Spiele mit Gleichaltrigen, keinen Spaß, keine Unbeschwertheit. Nein, nichts von alledem. Für sie gab es neben den Anforderungen der Schule den schwersten Job, den man nur haben konnte: Sie musste für ihre kranke Mutter sorgen, aber das nicht in der Weise, wie man im allgemeinen für leidende Angehörige sorgt, Medizin kaufen, Essen kochen, das Bett machen, denn ihre Krankheit war von anderer Art. Ja, dachte sie, ich muss es schon so formulieren: Sie soff, als gälte es, einen Löschteich leerzutrinken, und das stürzte uns beide ins Chaos!

In der Schule saß ich immer wie auf glühenden Kohlen, weil ich mich fragte: Was passiert jetzt zu Haus? Was macht sie? Zündet sie sich, volltrunken und mit zitternden Händen, eine Zigarette an – und die Wohnung gleich mit? Was veranstaltet sie, um an eine Flasche zu kommen, nachdem ich vor dem Weggehen jeden Winkel und all ihre geheimen Verstecke abgesucht hab', um sicher zu sein, dass sie wenigstens in den Vormittagsstunden trocken bleibt?

Rennt sie einen oder zwei Kilometer, denn die Verkäufer in der Nachbarschaft hab' ich ja geimpft, und kauft sich was zu trinken, weil ich einen Zehnmarkschein zwischen ihren Büchern – sie war mal eine ernsthafte Leserin – übersehen hab'?

Ich kann doch nicht jeden Morgen, bevor es in die Schule geht, sämtliche Regale filzen! Also fischt sie sich, sobald ich weg bin, die zehn Mark aus dem Bord und tigert los, besorgt sich irgendeinen Fusel. Vielleicht schafft sie es ja, auf den ein, zwei Kilometern die Flasche ungeöffnet zu lassen. Aber zu Hause geht's dann los! Balsamisch nennt sie immer den ersten Schluck, ja, balsamisch, wie ein Krebskranker die erlösende Morphiumspritze nennen mag. Und mittags knie' ich - im Kopf noch die Vorhaltungen, die ich wegen nicht erledigter Hausaufgaben hab' einstecken müssen - auf dem Teppich, um die ekligen Flecken zu entfernen, während sie mit glasigen Augen auf dem Sofa hockt und entgeistert fragt: Was machst du mit meinem Teppich?

Nein, Strandtage, wie die da unten sie haben, gab es für mich nicht, da gab es nur Angst und Verzweiflung. Ich hab' damals das Buch *Ich heiße Erika und bin Alkoholikerin* gelesen und da einen Satz gefunden, der von meiner Mutter hätte sein können: ›Ich möchte nie, nie wieder auf dem Fußboden liegen, ungewaschen und ungekämmt, wenn meine Kinder nach Hause kommen!‹ Ja, einmal hat sie das fast wörtlich zu mir gesagt, in einer klaren Stunde, hat dabei geweint, so dass ich sie sofort in die Arme nehmen musste.

Mein Gott, Griechenland! Wie kann mir so was Absurdes einfallen, wo sie doch seit Jahren in der Klapsmühle sitzt und wohl auch nie mehr da rauskommt! Was sagte damals der Arzt? Ja, ich weiß es noch: »Sie hat durch exzessiven Alkoholkonsum ihr Nervensystem zerstört.«

Ich werde sie besuchen, sobald ich wieder in Berlin bin. Vielleicht erkennt sie mich diesmal.

Unten am Strand brach Jubel aus. Die Gewinner feierten ihren Sieg, und die, die verloren hatten, feierten fröhlich mit. Sie sah noch einmal durchs Fernglas. Wie ich euch beneide, ihr Jungs und Mädchen, dachte sie und wandte sich dann um, denn die beiden Männer kamen zurück, setzten sich, und ohne jeden Übergang polterte Lord Nekk los:

»Wir beide, Boy Michel und ich, sind Freunde, sehr gute Freunde, aber manchmal geraten wir aneinander, ziemlich heftig sogar.«

»Jetzt eben auch?«, fragte sie.

»Ja.«

»Und worum ging's diesmal?«

»Um die Kunst«, mischte Boy Michel sich ein.

»Stimmt nicht!« Lord Nekk schüttelte energisch den Kopf. »Von Kunst kann in diesem Fall keine Rede sein. Haben Sie die *Reisenden Riesen im Wind* gesehen?«

»Hab' ich. Auf dem Bahnhofsvorplatz in Westerland. Der wurde ja vor einigen Jahren neu gestaltet.«

»Richtig«, sagte Boy Michel, »und das Rennen hatte ein Bildhauer aus Kiel gemacht, der ein paar Reisende auf den Platz stellte, urige Typen allesamt. Zwei von denen sind an die vier Meter groß. Ich hab' sie schon oft bestaunt und finde sie wirklich gut. Und dass die Figuren schief stehen, schief im Wind, passt ja nun wirklich zu unserem Wetter.«

»Aber vier Meter groß?«, fragte Barbara.

»Warum nicht?«, ereiferte sich Boy Michel. »Die meisten Skulpturen, die im Freien stehen, sind von übernatürlicher Größe. Der riesige Bismarck in Hamburg zum Beispiel. Oder denken Sie an das Hermannsdenkmal im Teutoburger Wald! Das ist mindestens fünfundzwanzig Meter hoch.«

»Mit Schwert«, fuhr Lord Nekk ihm dazwischen.

»Du meine Güte! Dann zieh die paar Meter ab, und du hast immer noch einen gigantischen Cherusker, der unsere Figuren um ein Mehrfaches überragt. Und überhaupt!

Wären die von normaler Statur, würde ich sie trotz ihrer grünen Farbe womöglich ansprechen und um Feuer bitten, so natürlich sind sie dem Künstler geraten.«

»Wir werden uns nicht einig«, sagte Lord Nekk. »Gerade das Natürliche, von dem du sprichst, macht das Unkünstlerische aus. Kein bisschen Verfremdung, wie sie einem Kunstwerk gut täte. Die reinsten Schaufensterpuppen. Und dann das Material! Kunststoff! Jetzt sag bloß nicht, es handle sich ja um Kunst! Da wäre mir ein Naturprodukt lieber gewesen. Zum Beispiel Schnee. Oder das Malheur wäre aus Eisblöcken gemeißelt worden. Das hätte die Leute zwar dazu gezwungen, der Enthüllung bei klirrendem Frost beizuwohnen, aber im Frühjahr wären sie dann ja hinreichend entschädigt worden.«

Barbara musste lachen, doch Boy Michel blickte grimmig drein. Er ärgerte sich über den unverhohlenen Spott des Dänen. Und der machte alles sogar noch schlimmer, als er fortfuhr:

»Okay, es ist wie es ist. Der Kelch ging nicht an uns vorüber. Bei einem Protest wären damals ja auch rechtliche Fragen ins Spiel gekommen. Aber nun stehen die Burschen. Zwecks Linderung der Schmerzen hätte ich allerdings ein paar Vorschläge. Zum Beispiel man ummantelt den Vorplatz mit einer vier Meter hohen Sichtblende, und die Passanten werden außen herum geführt, entweder über den *Trift* oder auf der anderen Seite über den kleinen Parkplatz. Oder: Statt eine Sichtblende aufzustellen, richtet man einen Lotsendienst ein. Ein paar unerschrockene Sylter übernehmen es, die Gefährdeten mit Augenbinden zu versehen und sie über den Platz zu geleiten, gegen Entgelt, versteht sich. Vorschlag Nummer drei: Die Stadt engagiert den rumänischen Verhüllungkünstler Christo, denn was dem einen sein Reichstag, ist dem anderen sein Bahnhofsvorplatz. Christo müsste ihr die Folie dann allerdings in Dauermiete überlassen. Viertens schließlich, und das wäre die kostengünstigste Lösung: Die Stadt legt sich einen neuen Namen zu - Schilda II. Dann müssten die Westerländer sich nicht immerzu entschuldigen. Die Gäste wären ja vorgewarnt. Die Postleitzahl könnte übrigens bleiben.«

Eigentlich war Boy Michel Boysen einer so geballten Portion Sarkasmus nicht gewachsen, aber er versuchte dennoch, wacker mitzuhalten, hatte jedoch so schnell keine passende Antwort parat und griff daher auf das Cherusker-Schwert zurück, als er jetzt zu Barbara sagte:

»So ist er, dieser Mann aus Roskilde, manchmal sanft wie ein Lamm, dann wieder derart bissig, dass es einem fast die Sprache verschlägt. Typisch, als ich das Hermannsdenkmal ins Feld führte, kam er mir mit dem Schwert, das ja nun wirklich nicht den Ausschlag gibt. So was macht er oft. Als wir uns das letzte Mal sahen, sagte ich zu ihm, er müsse wohl auf sein Gewicht achtgeben, denn bestimmt zeige seine Waage zurzeit mindestens fünfundneunzig Kilo an. Und was war die Antwort? ›Ja, aber mit Zigarette.‹ Da sehen Sie, wie er ist. Manchmal nicht auszuhalten. Trotzdem würde ich nicht auf die Idee kommen, zur Strafe seine Miete raufzusetzen.«

»Eine noble Geste«, sagte daraufhin der Däne, »und die soll natürlich honoriert werden. Ich lade euch beide herzlich zu meinem Atelierfest im August ein. Das wird eine zünftige Fete mit hundert geladenen Gästen. Motto der Party: *Farben, Formen und Freuden auf drei Ebenen.* Kostümierung ist willkommen, muss aber nicht sein. Mit meinen Bildern ist es ähnlich. Sie dürfen betrachtet, sogar erworben oder auch ignoriert werden. Alles in allem also ein fröhliches Spektakel, kombiniert mit Vernissage und dänischem Buffet. Die Teilnehmer reisen von überallher an, Paris, London und so weiter, und ihre Berufe sind so kunterbunt gemischt wie die bei einem Klassentreffen nach fünfundzwanzig Jahren. Da kommen Bauern und Banker,

Makler und Maler, Galeristen und Gaukler, Stars und Stewardessen ...«

Boy Michel Boysen unterbrach die flotte Aneinanderreihnung von Stabreimen, indem er fragte: »Hast du an diesem Buchstabenspiel lange herumgetüftelt, oder fällt dir so was spontan ein?«

»Da brauch' ich nicht herumzutüfteln; die Zusammenstellung ergibt sich aus den anreisenden Personen. Ach ja, die Matronen und die Models hab' ich noch vergessen. Also, ihr seid herzlich eingeladen.«

Boy Michel sah Barbara an. »Im August sind Sie hoffentlich noch hier?«, fragte er.

»Ja, erstmal bis Ende Oktober, aber vielleicht hänge ich sogar noch den Winter dran.«

»Das würde mich freuen.« Boy Michel wandte sich an Lord Nekk: »Danke für die Einladung! Ich bin besonders gespannt auf die Bauern. Wahrscheinlich kann man sie mit denen, die sich zu meines Urgroßvaters Zeiten hier abgerackert haben, überhaupt nicht vergleichen.«

»Doch, jedenfalls zum Teil. Zugegeben, einer von ihnen hat Ländereien, die so groß sind wie ganz Sylt, und ich weiß nicht, wie viele Rinder auf seinen zehntausend Hektar weiden. Aber ein anderer, und der steht mir viel näher, hat zwei Kühe, einen Esel, eine Katze und einen Papagei, und seine Kate in einem Dorf bei Nykøbing ist alt und baufällig. Doch er besitzt einen echten Nolde und weigert sich hartnäckig, mir den zu verkaufen. Seine Begründung: ›Ein paar Jahre Luxusreisen und Sekt und Kaviar wiegen nicht eine einzige Stunde auf, die ich vor diesem Bild verbringen darf.‹ Also wisst ihr schon mal, wie dieser Gast einzuschätzen ist. Verlasst euch drauf, es wird eine bunte Gesellschaft.«

»*Farben, Formen und Freuden auf drei Ebenen*«, sagte Barbara, »das ist ein zugkräftiges Motto. Ich freu' mich auf das Fest.«

Ihr war klar, dass Jan Jacob von dieser Entwicklung begeistert sein würde, doch der Gedanke an ihn bereitete ihr Unbehagen, weil sie genau wusste, was es mit seinem Beifall auf sich haben würde.

9.

Am Abend sollte sich ihr Unbehagen verstärken. Wie vereinbart, war sie zu Jan Jacob nach Westerland gefahren, und nun saßen sie sich in seinem Wohnzimmer gegenüber und tranken *Cuba Libre*, sie, weil sie eine Erfrischung brauchte, er aus Verzweiflung.

Sein Glas war schon fast leer, als er schließlich schimpfte: »Mein Onkel muss meschugge sein! Kein normaler Mensch käme auf die Idee, ein derart quasseliges Testament zu verfassen. Vierundzwanzig eng beschriebene Seiten!«

»Und was steht drin?«

»Das ist kein Testament, sondern eine triefige Selbstbespiegelung mit eingestreuten Gnadenbeweisen.«

»Glaub' ich dir ja, aber nun sag schon: Wer kriegt die Kliffburg? Mir scheint, du guckst in die Röhre.«

»So ist es. Und selbst bei dem losen Krimskrams geh' ich leer aus. Dabei gibt es da durchaus ein paar Dinge, mit denen ich was anfangen könnte. Die meisten dieser beweglichen Objekte bekommt Merret, aber ein paar andere Leute bedenkt er auch. Sein Freund Manne Kattun, der hat hier in

Westerland ein Textilgeschäft, kriegt einen echten Sprotte. Das Bild dürfte an die zwölftausend Euro wert sein! Und einen echten Korwan, ebenfalls etliches wert, vermacht er einem seiner Stammgäste, einem Arzt, der kaum jünger ist als er selbst. Was für ein Quatsch, lauter Grufties einzusetzen, statt an die jüngere Generation zu denken! Ach ja, mir lässt er doch was zukommen, nämlich ein schäbiges Kästchen, vollgestopft mit vergilbten Familienfotos. Das ist gezielt! Das ist Schikane! Mit diesen Fotos will er mir vor Augen führen, wie bescheiden und arbeitsam unsere Vorfahren waren. Ich kenne diese Sammlung. Und ich kenne den Alten.«

»Nun sag mir endlich, wer die schöne Burg erben soll, bitte!«

»Du wirst es nicht fassen: irgendeine verdammte Stiftung. Es heißt da...« - Er suchte nach einem bestimmten der auf dem Tisch ausgebreiteten Blätter, fand es, beugte sich darüber und las vor - »...Mein Freund Peer Laurids Rasmussen darf nach meinem Ableben noch für ein Jahr in der *Klefborig* wohnen, und zwar auf der Basis des bestehenden Mietvertrages. Mit meinem Tod geht sie über in den Besitz der Stiftung SEEFAHRT, die unter anderem das HAUS DER VIER WINDE in Hamburg Altona, Simon-von-Utrecht-Straße, betreut. Die Stiftung soll die *Klefborig* nach einem vom Vorstand erstellten Belegungsplan sowohl deutschen als auch ausländischen Seeleuten, und zwar vom Schiffsjungen bis zum Kapitän, für jeweils mehrwöchige kostenfreie Erholungsaufenthalte anbieten. Näheres zu obiger Verfügung befindet sich bei meinen Bank-Unterlagen.« Er richtete sich auf, griff aber sofort nach einem anderen Blatt, las vor: »Das *Süderhaus* geht laut bestehendem Erbvertrag, siehe Anlage, an Frau Merret Butenschön aus Keitum, auf Sylt Merret Paulsen genannt. Sollte es nötig werden, wird sie mich bis zu meinem Tode pflegen. Ich möchte auf jeden Fall im *Süderhaus* sterben.

Dort wurde ich geboren, dort wuchs ich auf. Die vom Wohn- und vom Schlafzimmer aus einzusehenden Wiesen wie auch das Watt davor gehören zu meiner Kindheit, und ich möchte sie auch in den letzten Tagen vor Augen haben...« An dieser Stelle brach Jan Jacob Boysen den durchgehend in ironischem, ja, verächtlichem Tonfall gehaltenen Vortrag ab, schleuderte das Blatt auf den Tisch und sagte: »Entschuldige, ich muss mal 'ne Pause machen, muss mal zwischendurch kotzen, symbolisch jedenfalls. Was er von seiner Kindheit sagt und vom Sterben im eigenen Haus und von Merrets Pflegedienst, kann man zur Not verstehen, aber die Sache mit dem Hamburger Männerverein ist der reinste Schwachsinn. Der Kindskopf will doch tatsächlich Leute zur Erholung an die See schicken, die ihr ganzes Berufsleben auf See verbringen! Das ist..., das ist so, als würde er einem Bäckermeister zum Jubiläum einen Kuchen schenken! Ich krieg' so was Hanebüchenes einfach nicht auf die Reihe.«

»Ich schon«, war Barbaras kühle Antwort. »Auch Seeleute können sich an einem so traumhaften Strand wie dem von Sylt erholen. Nichts spricht dagegen. Und da dein Onkel dich nicht mehr vorgesehen hat, ist es meiner Meinung nach ganz in Ordnung, wenn die den Laden kriegen.«

»Na ja. Wie dem auch sei, jetzt kommt es darauf an, seinen Familiensinn zu reaktivieren. Das musst du unbedingt schaffen! Er soll das Vermächtnis an die Stiftung SEEFAHRT für null und nichtig erklären. Vielleicht braucht er danach ein paar Monate, um sich was Neues auszudenken, und die wären meine Chance, denn in dieser Übergangszeit wäre ich der gesetzliche Erbe. Ja, und nun mal dir bitte aus: Genau dann trifft ihn der Schlag!«

»Klingt ganz schön makaber, was du da sagst.«

»Er verdient es nicht anders. Vielleicht könnte man sogar ein bisschen nachhelfen. Pharmazeutisch. Er ist fünfundsechzig und eigentlich schon jenseits von Gut und

Böse, aber es gibt ja die neuen Pillen, die Wunderwaffe für die Schlaffis. Ich glaub, man nennt sie die blauen Rhomben oder auch die blauen Diamanten, weil einem nach der Einnahme alles in blauem Licht erscheint. Die Dinger sollen für Oldies mit Herz- und Kreislaufproblemen nicht ganz ungefährlich sein, und Onkel Boy hatte ja schon mal 'ne Herzattacke, er kam deswegen sogar ins Krankenhaus. Also musst du ihn mit eben diesen blauen Diamanten füttern. Mensch, das wär 'ne super Abfolge: erst mit Blaulicht auf die Schöne, danach mit Blaulicht in die Klinik und das dann einen Tick zu spät!«

»Ich glaub', du hast sie nicht alle!«

»Wäre doch ein tolles Timing. Sollte während der Zeit, in der die Kliffburg quasi in der Luft hängt, Gott ihn gnädig zu sich rufen ...«

»Hör endlich auf mit solchen Sprüchen!« Barbara war abrupt aufgestanden. »Wie du redest! Ich mag das nicht! Besser, wir überschlafen das Ganze.«

»Komm schon«, versuchte er sie zu besänftigen. »Musst nicht jedes Wort auf die Goldwaage legen. Ich bin eben maßlos enttäuscht.«

»Das ist mir klar. Trotzdem, ich geh' jetzt. Es war ein langer Tag. Kann ich das Testament mitnehmen? Immerhin soll ich eine heikle Mission erfüllen, und da muss ich wissen, wie dein Onkel denkt. Ich bin sicher, aus den Seiten da...« - sie zeigte auf die verstreuten Blätter, die Jan Jacob nun zu ordnen begann - »kann ich eine Menge lernen.«

Er gab ihr den Stapel, den sie einmal faltete und in ihre Handtasche steckte.

»Aber erwähne ihm gegenüber auf keinen Fall irgendwelche Einzelheiten, die du nur aus dem Testament kennen kannst!«, warnte er.

»Da pass' ich schon auf.«

»Und lass das Machwerk nicht herumliegen! Stell dir vor, er besucht dich und entdeckt es auf deinem Tisch!«

»Keine Sorge. Erstens besucht er mich nicht, und zweitens hast du es morgen zurück.«

Er begleitete sie hinaus, gab ihr die Hand. Und dann ging sie, schleuste sich ein in den breiten Fußgängerstrom der Friedrichstraße. Doch sie nahm die vielen Menschen kaum wahr, hing ihren Gedanken nach. Im Kampener *Süderhaus* und in der Burg hatte sie sich wohlgefühlt, hatte das Zusammensein mit Boy Michel Boysen und später auch mit dem imposanten Dänen genossen. Bei Jan Jacob hingegen war sie in eine missmutige, mehr noch, in eine gereizte Stimmung geraten. Wie schon des öfteren seit jenem Abend, an dem er ihr seinen verschwörerischen Plan eröffnet hatte, machte sie sich Vorwürfe. Da haben sich zwei Leute mit verkorksten Lebensläufen zusammengetan, dachte sie, um einen Dritten, dessen Tun und Lassen sauber und geordnet ist, in die Irre zu führen! Ob das ein gutes Ende nimmt?

Sie blickte auf und bemerkte, dass sie nicht, wie beabsichtigt, zum Taxistand am Bahnhof, sondern in Richtung Strand gegangen war. Linkerhand ragte das hell erleuchtete Hotel MIRAMAR auf, rechts stand das Kontrollhäuschen. Aber so spät am Abend wurden die Kurkarten nicht mehr überprüft. Sie ging die Treppe, die zur Promenade führte, hinunter, fand einen freien Strandkorb. Sie setzte sich hinein, öffnete ihre Handtasche, griff nach den Zigaretten und dem Feuerzeug, schob aber beides wieder zurück, hatte in der reinen Meeresluft plötzlich doch keine Lust aufs Rauchen.

Für eine Weile verdrängte der Blick übers nächtliche Wasser ihre fatale Bilanz, ja, sie vergaß die beiden Boysens, den arglistigen jungen ebenso wie den arglosen alten und auch den zu den Erlebnissen dieses Tages gehörenden Maler.

Es war fast windstill. Nur ganz flache Wellen schwappten an den Strand. Doch so beruhigt die See auch war, ein

Rauschen erzeugte sie. Sanft und leise wie ein Schlaflied drang es zu ihr herüber.

Merkwürdig, plötzlich musste sie an ihren Vater denken. Geschah das, weil Boy Michel Boysen nach ihren Eltern gefragt hatte? Sie wusste es nicht. Aber mit einem Male war er da, nicht als der russische Soldat, der mit dem jungen Lachen, der lehmfarbenen Uniform und dem schief aufgesetzten Käppi, nein, es war ein körperloses Wesen, war gleichsam eine Instanz. Vielleicht, dachte sie, hätte diese Instanz, wenn sie denn zur Stelle gewesen wäre, geschafft, was ihrer Mutter nicht gelungen war: sie herauszuhalten aus dem schlechten Umgang, auf den sie sich früh, schon mit sechzehn, eingelassen hatte. Von vermeintlichen Freunden und wohl auch von dem Elend mit ihrer Mutter war ihr der Blick für den richtigen Weg verstellt worden. Fast immer war sie den falschen gegangen. Aus der Summe ihrer Irrtümer rief sie sich jetzt ein paar Stationen in Erinnerung.

In der zehnten Klasse steckte sie den bis dahin durchaus erfolgreich verlaufenen Besuch des Gymnasiums auf, weil sie von anderen immer wieder gesagt bekam, dass man auf der Schulbank lauter verlorene Jahre absitze. Also jobbte sie zunächst einmal in Imbissbuden und servierte in drittklassigen Restaurants, und die ersten eigenen Geldscheine gaben ihr ein Hochgefühl, wie sie es bis dahin nicht gekannt hatte.

Weil sie gut aussah und ideale Maße hatte, gelang es ihr dann, in einem Revue-Kabarett in der Nähe des Kudamms mitzuwirken. Ein bisschen Tanz, ein bisschen Gesang und zwischendurch frivole Sprüche. Doch schon bald musste der Betrieb mangels Zulaufs aufgeben. Sie versuchte es daraufhin bei der Konkurrenz, hatte auch da das Glück, engagiert zu werden, und blieb vier Jahre, was in dem Metier als ein Zeichen von Beständigkeit galt. Diesen Job beendete sie ebenfalls unfreiwillig, und das nicht wegen ausbleibender Kundschaft, sondern weil der Betreiber bei einem im Milieu ausgebrochenen Grabenkrieg unterlegen war und seine Pforten schließen musste.

Später verkaufte sie Schuhe in einem Kreuzberger Laden. Das war eine – wiederum fast vier Jahre während – Phase relativer Stabilität, und zwar sowohl im Hinblick auf ihre Finanzen und damit auf das praktische Leben wie auch auf ihr inneres Gleichgewicht. Doch selbst hier für sie das Aus - als Folge einer Sparmaßnahme. Der Inhaber musste Personal abbauen; nur seine altgedienten Angestellten konnte er behalten.

Dann kam der erste Sommer, den sie jobbend auf der Insel Sylt verbrachte und in dem sie eines Abends in den Westerländer *Admiralsstuben* den zwar etwas windigen, aber ihr im großen und ganzen sympathischen Jan Jacob Boysen kennenlernte. Im Jahr darauf setzte sie, wozu eine erneute Saisonbeschäftigung ihr die Gelegenheit bot, die Beziehung fort, ohne dass sich zwischen ihnen eine intime Annäherung ergab. Sie verstanden sich so, wie Kumpel sich verstehen.

Die Anstellung in der Rezeption des *Adlon* hatte es nie gegeben, wie natürlich auch die Griechenlandreise der Mutter erfunden war.

In ihrem dritten Syltsommer gelang es Jan Jacob, sie für seinen konspirativen Plan zu gewinnen. Doch jetzt, da das Projekt angelaufen und das Opfer in diesem schäbigen Spiel nicht mehr die Zielperson X war, sondern ein Mensch mit seriöser Biographie, dazu ein liebenswerter, plagten sie Skrupel. Trotzdem hatte sie nicht vor, ihre Mitarbeit aufzukündigen. Die Aussicht, irgendwann einmal zu viel Geld zu kommen, elektrisierte sie nach wie vor, aber ihr anfänglicher Eifer war nicht mehr da.

Verdammt!, dachte sie. Ohne jedes Ziel und ohne vorzeigbares Ergebnis bin ich durch die Jahre getingelt, weiß Gott mehr schlecht als recht, und das, was ich jetzt mache, ist vielleicht von allem das Schlimmste.

Sie stand auf, warf noch einen Blick über den Strand, wo gerade eine Gruppe junger Leute johlend durch den Sand lief. Die etwa zwölf Männer und Frauen, alle nackt, hielten auf das Ufer zu und stürzten sich dann ins Wasser. Im schwachen Mondlicht hatte das Getümmel der hellen Leiber etwas Geisterhaftes, wirkte auf sie, vor allem, als die übermütigen Stimmen verstummt waren, wie ein Elfentanz.

Sie kehrte zurück zur Friedrichstraße, die noch immer voller Menschen war. Die meisten Lokale hatten nicht nur ihre Türen geöffnet, sondern zusätzliche Tische und Stühle nach draußen gestellt. Von beiden Seiten her drang fröhliches Stimmengewirr auf sie ein.

Im Strandkorb hatte Müdigkeit sie befallen, aber jetzt war sie hellwach, hatte sogar die Befürchtung, dass sie nach der Lektüre des Testaments keine Ruhe finden würde. Sie sah, dass die *Friesenapotheke* Nachtdienst hatte, kaufte sich dort einen Schlaftee. Am Bahnhof nahm sie ein Taxi.

Es war schon eine halbe Stunde nach Mitternacht, als sie sich über die vierundzwanzig Seiten beugte.

10.

Sie las:

›Ich, Boy Michel Boysen, geboren am 29. Oktober 1945 in Kampen auf Sylt, dort auch wohnhaft, Kapitän im Ruhestand, gebe hiermit meinen letzten Willen bekannt.

Es ist ein zwiespältiges Gefühl, etwas aufzuschreiben, was erst gelten wird, wenn man selbst nicht mehr da ist. Das ist ein bisschen wie der vorweggenommene Tod. Man begibt sich mit seinen Gedanken in Friedhofsnähe. Aber ich bin nun sechzig Jahre alt, und so ist es an der Zeit, festzulegen, was später einmal mit meinem Besitz geschehen soll.‹

Er ist fünfundsechzig, dachte sie, hat dieses Testament also vor fünf Jahren verfasst und somit nach Jan Jacobs Pleite. Bestimmt kommt die hier zum Tragen.

Sie las weiter:

›Als Zwanzig- oder Dreißigjähriger hätte ich meine Verfügungen fröhlicher getroffen, munterer, weil ich noch mitten im Leben gestanden hätte, auf der Seite der Sieger. Nur: In der Regel hat man als junger Mensch nichts zu vererben. So war es auch bei mir, und darum gab es keinen Anlass zu irgendwelchen Verfügungen.

Was ich heute besitze, ist zum Teil ererbt, zum Teil erworben. Dafür, dass es so übermäßig an Wert gewonnen hat, kann ich nichts. Da geht es mir wie dem Texaner, der ein Baumwollfeld besitzt, sich darauf von früh bis spät abrackert, um seine Familie durchzubringen, und eines Tages feststellt, dass ein paar Etagen tiefer ein Schatz liegt, der ihn über Nacht zu einem reichen Mann macht. Wer hätte je gedacht, dass man einmal unseren Boden nicht, wie Feldarbeit und Viehwirtschaft es einst als sinnvoll erscheinen ließen, in Ar und Hektar messen und bewerten, sondern bei Kauf und Verkauf den Quadratmeter zugrunde legen würde! Was die Geestflächen unserer Insel betrifft, hat der Chronist Otto Ottsen vor etwa hundert Jahren einen denkwürdigen Vergleich gezogen. Er schreibt: Drüben, auf den Marschwiesen des Festlandes, können fünfmal so viele Rinder satt werden wie auf einer gleich großen Fläche bei uns. Fünfmal so viele! Das zeigt, wie schwer die Sylter es hatten, ihren Unterhalt durch Viehzucht zu bestreiten. Aber sie waren nun einmal darauf angewiesen, denn Seefahrt und Fischerei boten ja längst nicht jedem ein sicheres Einkommen.

Ich erinnere mich, noch während meiner Kindheit schickten die Bauern ihre *Kraiter* - so das friesische Wort für Rinder - nach Dithmarschen, wo binnen Monaten aus den dürren Kreaturen wahre Musterexemplare wurden. Damals beneideten wir die Festländer um ihre fetten Weiden. Heute sind wir es, die beneidet werden, jedoch nicht um unser Weideland.‹

Sie sah auf. Was für ein seltsames Testament, dachte sie. Kein Wunder, dass es vierundzwanzig eng beschriebene Seiten hat und dass einer wie Jan Jacob mindestens zweiundzwanzig davon für überflüssig hält. Zu Recht? Ich weiß es nicht. Sie las weiter:

›Auch daran erinnere ich mich, und es zeigt einmal mehr, wie arm unsere Vorfahren waren: Die Familie eines Onkels von mir betrieb in Archsum, das heute ein Teil der Großgemeinde Sylt-Ost ist, eine Bauernstelle. Zum Haushalt gehörten sechs Personen, und natürlich gab es, wie bei allen Menschen, bei ihnen dann und wann irgendwelche Krankheiten zu behandeln, sei es, dass die Kinder ihre Mumps- oder Masernphasen durchliefen, sei es, dass es darum ging, den komplizierten Beinbruch des Vaters zu therapieren oder das Altwerden meiner Großtante Sophie medizinisch zu begleiten. Der Keitumer Arzt, der auf einem Motorrad die Ostdörfer abfuhr, um seine Patienten zu besuchen, schickte der Familie nie eine Rechnung, denn er wusste, dass sie die nur unter größten Schwierigkeiten hätte begleichen können. Stattdessen erhielt er jedes Jahr zu Weihnachten eine Ente. Das muss man sich mal durch den Kopf gehen lassen: ein Jahr lang die Krankenbetreuung dreier Erwachsener und dreier Kinder und als Arzthonorar ein lausiges Stück Federvieh fürs Weihnachtsessen.

Ja, der Boden gab spärlichen Ertrag. Auch mit dem Obst der Insel war kaum etwas zu verdienen, weil unsere wenigen Bäume es oft nicht schafften, sich gegen die Stürme zu behaupten. Ein Beispiel für die Mühsal der Gewächse, die so nah am Wind stehen: Ich kam - das war vor vielen Jahren während einer Urlaubswoche, in der sich meine Kiefern in einem erbärmlichen Zustand zeigten - auf die Idee, eine Reihe robuster Ebereschen luvseitig vor die gefährdeten Nadelbäume zu setzen, und zwar in einem Abstand von ungefähr anderthalb Metern. Zum Glück konnte ich das, weil die angrenzende Weide mir gehörte. So standen und stehen noch heute die Kiefern sozusagen im zweiten Glied, und sie gedeihen prächtig, denn die Vogelbeerbäume fangen nicht nur den Wind auf, sondern bewahren meine Koniferen auch vor dem Salz, das er vom Meer heranträgt und das so manchen Nadelbaum braun färbt. Nur mein Sorgenkind, die alleinstehende Schwarzkiefer an der Ostseite des Gartens, die ich später gepflanzt habe, kümmert noch, und sie muss auch immer wieder, weil der Wind sie beutelt, kräftig gestützt werden.

Also, mit dem Obst war es nicht weit her. Einen halbwegs lohnenden Gewinn brachten uns dagegen die Schafe. Auch für diesen Erwerbszweig gibt der Chronist eine interessante Zahl an. Er schätzt, dass um die Mitte des neunzehnten Jahrhunderts die Sylterinnen jährlich zehn- bis zwölftausend Wollprodukte - vorwiegend Jacken, aber auch Strümpfe und Röcke - anfertigten und davon das, was sie nicht selbst brauchten, auf die festländischen Märkte schickten. Das ist wieder, ähnlich der einsamen Ente des Doktors, so eine bizarre merkantile Größe, denn wenn ich heutzutage meine vier Ferienwohnungen nur eine Saison lang vermiete, könnte ich mir - wohlgemerkt: ich allein - vom Erlös etwa tausend Wolljacken kaufen.

Erst mit dem Tourismus ist Geld auf die Insel gekommen, viel Geld, und außerdem hat er den Wert unseres Bodens in eine gigantische Höhe getrieben. Ich bedaure das, denn dieselbe Entwicklung treibt auch andere und gefährlichere Blüten. Sie führt dazu, dass die Insel uns entgleitet. Wer hier nach den Stätten seiner Kindheit sucht, findet sie kaum noch. Aber, und das ist vielleicht das Beklagenswerteste an dieser Entwicklung, die meisten von uns suchen auch gar nicht mehr danach.

Und welche Dimensionen hat dieser Wandel durchlaufen! Noch meine Mutter hat, wie sie oft erzählte, als Kind manchmal zu Hause frieren müssen, weil das Sammeln der *Sjipluurter*, der Schafsköteln, auf unseren Wiesen zuwenig gebracht hatte und es daraufhin der Familie am nötigen Brennmaterial mangelte. Ebenso rührte es mich an, wenn sie vom *Apseten* berichtete, das auch noch zu ihrer Kindheit gehört hatte. Dieses friesische Wort bedeutet Aufsitzen, hat aber nichts mit Reiten zu tun, sondern damit, dass während der Wintermonate die Familienmitglieder, Nachbarn und Freunde bei Einsetzen der Dämmerung zusammenkamen, um das Kommunikative mit dem Nützlichen zu verbinden, nämlich sich im Halbdunkel zu unterhalten und dabei Strom zu sparen.

Natürlich gab es auch damals schon Sylter, die es zu Wohlstand gebracht hatten, ein paar Kapitäne zum Beispiel, aber auch diese Begüterten lebten sparsam, weil sie es von klein auf so gelernt hatten. Und die Kinder von heute? Sie sind in Gefahr, denn mit den Fremden ist eine andere Lebensweise auf die Insel gekommen, eine, in der sie sich noch nicht recht auskennen und die sie dennoch übernehmen. Sie wollen partout mithalten, tanzen auf den falschen Festen und legen sich Gewohnheiten zu, die nicht zu ihnen passen.

Bodo Schütt, Arzt und Dichter, der hier lebte, hat das Dilemma unserer verlorengegangenen Identität in Worte gefasst, hat dem, was uns bedroht, einen Namen gegeben: *Atem von Babylon*. Wir glauben, es den Fremden nachmachen zu müssen, und nicht selten verausgaben wir uns dann. Mein Neffe Jan Jacob ist dafür ein Beispiel. Er hat das Haus seiner Mutter geerbt, das - wie alle anderen Häuser der Insel - im Laufe der letzten zwei, drei Jahrzehnte im Wert enorm gestiegen ist. Es steht in der Fußgängerzone von Westerland an strandnahem Platz. Die drei Wohnungen darin würden ihm ein sicheres Auskommen geboten haben, wenn..., ja, wenn er es nicht bis unter den First mit Hypotheken belastet hätte. Auf diese Weise wollte er den Bau einer Wohnanlage finanzieren. Das trieb ihn in den Konkurs, denn er hatte die standortbedingten Risiken - die Anlage steht an einer Hauptverkehrsstraße - falsch eingeschätzt. Damit nicht genug. Was bei der Zwangsversteigerung seines Westerländer Hauses übriggeblieben war, hat er ins Spielcasino getragen. Ja, leider gehört auch er zu denen, die dem *Atem von Babylon* nicht haben standhalten können.

Wie gern hätte ich ihn anders erlebt, zum Beispiel bei einem Katastropheneinsatz, beim Bergen von Strandkörben, die die Wellen wegzuschwemmen drohen, oder an unserem Nössedeich mit Sandsäcken gegen die steigende Flut ankämpfend oder vielleicht sogar ein Kind rettend, das sich, unkundig im Umgang mit auflaufendem Wasser, zu weit ins Watt hinauswagte und das die See sich holen wollte. Aber dieser Jan Jacob Boysen, ein Mann meiner Familie, ist weder Mitglied der *Söl'ring Foriining*, des Sylter Vereins, noch tut er irgendetwas für den Küstenschutz. Er ist nicht einmal bei der Freiwilligen Feuerwehr, die hier wegen der vielen Reetdachhäuser eine ganz besondere Rolle spielt und bei der mitzumachen für einen Sylter seines Alters Ehrensache ist. Ja, dieser Jan Jacob Boysen ist mit seinem Bauprojekt der Großmannssucht anheimgefallen und dann, als er mit den hochtrabenden Plänen scheiterte, zum Bankrotteur geworden. Er hat unsere Ahnen verraten, und darum vermache ich ihm nicht, wie ich es einmal vorhatte, die *Klefborig*, sondern meine Sammlung alter Fotografien, auf denen unsere Vorfahren abgebildet sind, vor ihren bescheidenen Häusern oder bei ihrem ehrlichen Gewerbe. Er soll sich ganz genau den alten Haulck Boysen ansehen, wie der vor seiner Kate sitzt und die Netze flickt, die ihm die See zerrissen hat. Auch seine Großtante Karen beim Melken oder an ihrem Spinnrad.‹

An dieser Stelle hielt Barbara abermals inne, legte das Blatt aus der Hand. Sie trank vom Schlaftee und zündete sich gleich darauf eine Zigarette an. Einschlaf- und Aufputschmittel, so paradox verläuft mein ganzes Leben, dachte sie. Ich sehne mich nach Ausgewogenheit, nach Ordnung, wie ich sie zum Beispiel während der Zeit im Schuhgeschäft hatte, und dann wieder torpediere ich jeden guten Ansatz mit üblen Ausrutschern und lasse mich schließlich sogar anheuern für eine gemeine Durchstecherei. Und jetzt? Jetzt finde ich den Mann, den ich umgarnen soll, so sympathisch, dass ich mich wohl fühle in seiner Nähe und es kaum erwarten kann, ihn wiederzusehen.

Sie stand auf, löschte das Licht in ihrem kleinen Zimmer, öffnete das Giebelfenster und sah hinaus auf die nächtliche Munkmarscher Szenerie. Trotz des nur schwachen Mondlichts konnte sie die Konturen der im Südosten stehenden Häuser deutlich erkennen, und wieder, wie schon oft, wunderte sie sich darüber, dass Munkmarsch, obwohl den Friesendörfern Keitum, Braderup und Kampen so nahe, fast nur Häuser mit Hartdach hatte.

Ganz links sah sie ein Stück Wattenmeer. Den Hafen konnte sie nicht sehen, aber sie kannte die beiden Bootshäuser und die kleinen Molen mit ihren vertäuten Sportbooten und wusste, dass alles sehr adrett war. Vor allem das zu dem beschaulichen Panorama gehörende *Fährhaus* war Anziehungspunkt für Gäste und Einheimische.

Sie kannte auch ein ganz anderes Erscheinungsbild dieses Hafens. Unten im Hausflur hing ein großes Foto, gerahmt und unter Glas. Es zeigte den Hafenbetrieb zu einer Zeit, als es den Hindenburgdamm noch nicht gab und der Transport von Menschen, Vieh und Waren über die Munkmarscher Wattenmeerstation abgewickelt wurde. Alles machte einen erschreckend unwirtlichen Eindruck. Außer etwa zwanzig Personen, einige von ihnen in Uniform, waren ein paar kleine Schiffe und eine Eisenbahn zu sehen. An die winzige Lok waren zwei Personenwagen gekoppelt, die ihr wie Baracken auf Rädern vorkamen. Der kurze Zug, ein Schienenstrang, eine Weiche und zwei Bretterbuden boten insgesamt nur das Bild einer provisorischen Rangierstation.

Lieber Boy Michel Boysen, dachte sie und schloss das Fenster, wenn Kindheitsstätten so ausgesehen haben, muss man dann unbedingt nach ihnen suchen?

Sie machte wieder Licht, setzte sich und las weiter:

›Womöglich denkt der eine oder andere‹, hieß es jetzt im Text, ›ich würde ihm meinen Kachelofen vermachen.

Sicher, den abtransportieren und woanders wieder aufstellen zu lassen, wäre ein Leichtes. Nur: Er ist ein Teil dieses Hauses, und es können ja Zeiten kommen, in denen er noch gebraucht wird. Vielleicht kämen wintertags dann wieder *Sjipluurter* hinein oder Treibholz, wie es früher auf den Strandauktionen billig an die Bevölkerung verkauft wurde. Jedenfalls lege ich Wert darauf, dass er als das behandelt wird, was er von seiner ursprünglichen Bestimmung und nicht von seinem Delfter Katalog-Rang her ist. Es interessiert mich nicht, wieviel er auf dem Antiquitätenmarkt einbringen würde. Entscheidend ist für mich seine Fähigkeit, Wärme zu spenden. Und sollte ich mich trotz meiner Jahre noch einmal verlieben, könnte ich durchaus wie Ringelnatz empfinden, der in seiner Seemannszeit ein Kollege von mir war und einmal dichtete: *Ich habe dich so lieb/ ich würde dir ohne Bedenken/ eine Kachel aus meinem Ofen schenken...* und hätte dabei ganz gewiss nicht das Gefühl, meiner Liebsten einen Tausender zuzustecken.‹

Das, dachte Barbara, ist wohl eine der Stellen, von denen Jan Jacob meint, die habe einer geschrieben, der meschugge ist. Aber da denk' ich ganz anders.

Sie las weiter:

›So mancher Sylter hat sein Haus verkauft, hat dafür ein Vielfaches dessen bekommen, was das gleiche Haus auf dem Festland wert ist. Ja, er hat es verkauft und musste daraufhin... aufs Festland ziehen. Da lebt er nun von einer fabelhaften Rendite, aber seine Wurzeln hat er verloren.‹

Schließlich gelangte sie an jene Passage, in der es um die *Kliffburg* ging. Obwohl sie den Absatz kannte, las sie ihn von Anfang bis Ende. Und sie verstand: Wieder sollte da etwas, in diesem Fall ein Haus, seinen Gebrauchswert behalten. Seeleuten zeitweilig ein Zuhause zu geben, entsprach Boy Michel Boysens Einstellung. Gleich danach erfuhr sie noch mehr über den Mann, den Jan Jacob der

Selbstbespiegelung bezichtigt hatte. Sie selbst hatte sich auch schon mehrfach gefragt, für wen denn eigentlich all die Familiengeschichten und Inselbetrachtungen bestimmt seien. Zu ihrer Erleichterung fand sie nun den Adressaten. Es war einer, von dem sie meinte, einen passenderen könne es nicht geben.

›Ich möchte‹, stand da, ›dass alles, was ich hier zu Papier bringe - die Verfügungen ausgenommen - , nach meinem Tod der *Söl'ring Foriining* übergeben wird. Das ist ein guter Platz für Geschichten, die nicht erdacht, sondern erlebt wurden. Sie legen Zeugnis ab über die Art und Weise, in der die Sylter einst mit ihrer Insel umgingen.‹

Auf der nächsten Seite wurde ein Vorfall geschildert, der sie besonders anrührte.

›Als Leichtmatrose war ich am Weihnachtsabend in Guayaquil. Die meisten Männer der Besatzung gingen an Land, doch mir war nicht nach einer tropischen Kneipe zumute, und so blieb ich an Bord. Ich sehnte mich nach Zuhause, nach dem kargen Gabentisch, auf dem immer auch von meiner Großmutter gestrickte Wollsocken lagen, sehnte mich nach dem Schnee vor unserer Haustür und nach dem langen Fußmarsch zur Keitumer Kirche, und vor allem nach meiner Mutter, die uns, sobald wir vom Gottesdienst zurück waren, mit ihrer schönen, warmen Stimme die Weihnachtsgeschichte vorlas; aber jetzt, anders als in der Kirche, hörten wir sie auf friesisch. Als ganz junges Mädchen, sie soll da erst dreizehn Jahre alt gewesen sein, hatte sie jene Stelle bei Lukas 2 in ihre Muttersprache übersetzt. Nie zuvor und auch nie mehr danach habe ich eine so starke, so schmerzliche Sehnsucht nach meiner Insel empfunden wie an jenem Abend in Guayaquil.

Da trat - ich hatte gerade das Geschenk der Reederei, einen Kompass im Westentaschenformat, in meinen Spind gelegt - Héctor Castañeda, der Zweite Ingenieur, auf mich zu und sagte: Junge, ich seh' in deinen Augen das Heimweh.

Komm mit! Und ich ging mit ihm, dem vierzigjährigen Ecuadorianer, der aus Guayaquil stammte und den die Familie zum Weihnachtsfest erwartete. Er hatte fünf Kinder, und während wir die Gangway hinuntergingen, sagte er, an dem *pavo*, dem Truthahn, den seine Frau im Ofen habe, könne sich durchaus eine weitere Person satt essen. Kurzum, es wurde ein wunderschöner Abend für mich. Noch heute habe ich Kontakt zur Familie Castañeda. Héctor lebt schon lange nicht mehr. Als Vierundfünfzigjähriger ging er mit einem Erzfrachter bei den Azoren unter. Zwanzig Jahre nach jenem Weihnachtsfest habe ich, als ich endlich mal wieder nach Guayaquil kam, einen seiner Söhne besucht. Da war ich Kapitän. Und viele, viele Jahre später - ich war sechzig und machte meine letzte Fahrt nach Südamerika - besuchte ich abermals die Familie. Mein Schiff lag zwar nicht in Guayaquil, sondern in Callao, doch von dort aus brachte mich ein anderthalbstündiger Flug zu den Castañedas, wo es inzwischen eine Urenkelin des Ingenieurs gab, intelligent, strebsam und beseelt von dem Gedanken, einmal Ärztin zu werden. Aber für einen Schulbesuch bis zum Abitur und ein sich anschließendes Studium reichen die Einkünfte der Familie bei weitem nicht aus. Darum helfe ich dem Mädchen seitdem und möchte, dass diese Unterstützung bis zum vollendeten fünfundzwanzigsten Lebensjahr anhält. So soll, wenn ich diesen Zeitpunkt nicht mehr erlebe, auch nach meinem Tod weiterhin jeden Monat der Betrag von 250.- US-Dollar an Dolores Castañeda gehen. Da dieser Transfer nach Ecuador schon seit Jahren läuft, befinden sich Anschrift und Daten zu diesem Vorgang bei meiner Bank.‹

Warum, dachte Barbara, bin ich nicht Boy Michel Boysens Tochter? Oder seine Frau? Oder die Enkelin eines Russen, der den jungen Sylter Seemann an einem Weihnachtsabend mitgenommen hat in sein Sewastopoler Haus? Oder, verdammt nochmal, von mir aus auch Boy Michel Boysens

Geliebte! Man kann es nicht fassen! Nach Jahrzehnten wird aus einer Einladung zum Truthahnschmaus die Finanzierung eines Medizinstudiums. Aber sowas funktioniert wohl nur bei intakten Familien. Wieso gehöre ich nicht dazu? Wieso lande ich immer bei den falschen Leuten, auch jetzt wieder bei diesem Bruder Leichtfuß, der seinem Onkel vom Blut her ganz nah, aber von der Lebensführung her bestimmt viel fremder ist als etwa diese Castañedas? Was gäbe ich darum, könnte ich die Zeit um vier Wochen zurückdrehen und dann Boy Michel Boysen auf andere Weise kennenlernen, bei einer ganz normalen Wattwanderung zum Beispiel, einer ohne Tricks! Vorhin, als wir uns verabschiedeten, fragte er, ob er mich an einem der nächsten Abende zum Essen einladen dürfe, zu *Fisch-Fiete* oder ins *Landhaus Nösse* oder vielleicht in die *Sansibar*. Ich solle mir, sagte er, das Restaurant aussuchen. Ja, da hab' ich nun dieses bombige Entree, aber es taugt nichts, weil der Portier mich durch die falsche Tür hineingelotst hat.

Es war schon fast drei Uhr, als sie auf das grausige Postskriptum stieß. Gemessen an der sonst geübten Ausführlichkeit war es kurz, doch sein Inhalt wuchs sich für sie zu einem wahren Schrecknis aus. Boy Michel Boysen hatte angeordnet, man dürfe es nach seinem Tod nicht bei der üblichen Leichenschau belassen, sondern müsse durch einen vom Arzt vorzunehmenden Herzstich jeden Zweifel an seinem Ableben ausschließen. Sie hatte durchaus von allerlei Verrichtungen gehört, die man den Gestorbenen angedeihen lässt, der Waschung und der Maniküre, dem Falten der Hände und sogar von dezentem Schminken. Aber ein Stich ins Herz? Sie malte sich aus, wie der Arzt mit seinem Gerät - ja, welchem denn überhaupt, einem Skalpell oder vielleicht einer langen Akkupunkturnadel? - in die Brust des Toten eindringt und sich bis zum Herzen vorarbeitet, um es, falls es wider Erwarten doch schlägt, definitiv zum

Verstummen zu bringen. Prompt gaukelte ihre Phantasie ihr vor, der so Behandelte habe tatsächlich noch gelebt, sei also erst durch diesen Eingriff zu Tode gekommen. Gewiss, das würde wohl kaum bemerkt werden, aber die bloße Vorstellung, dass so etwas geschehen könnte, ließ sie erbeben. Doch diese Möglichkeit war nichts gegenüber der furchtbaren Alternative, dass ein solcher Stich ausbleibt und daraufhin der Fortbestand des Lebens nicht entdeckt wird. Und genau einen solchen Fall führte Boy Michel Boysen als Grund für sein ungewöhnliches Begehren an, wiederum nur mit wenigen Sätzen, die jedoch im Kopf der zutiefst Erschrockenen sofort zu wuchern begannen. Das Ereignis lag mehrere Jahrzehnte zurück und war ihm überliefert worden von einem Freund, der als junger Geistlicher in einer kleinen Gemeinde im Lauenburgischen tätig gewesen war.

Dort hatte der sich noch im Vikariat befindliche Theologe, der später einmal auf einem von Boy Michel Boysen geführten Kombischiff mitfuhr und eines Abends dem Kapitän von seinem Erlebnis berichtete, eine junge Frau bestattet, von der es hieß, sie sei im Kindbett gestorben.

Das von Geburt an kränkelnde Baby, ein Junge, überlebte zunächst, verstarb jedoch acht Tage nach der Beerdigung seiner Mutter. Der Vater äußerte einen für alle Gemeindeglieder begreiflichen Wunsch. Er bat, man möge das noch frische Grab seiner Frau wieder öffnen und ihr den kleinen Leichnam beilegen. Kirchenvorstand und Friedhofsverwaltung sahen keinen Grund, ihm diesen Wunsch zu verwehren, und so machten sich der Totengräber und sein Helfer an die Arbeit, schaufelten den Sarg frei und öffneten den Deckel, mussten dann aber, wie auch der junge Seelsorger und die zur neuerlichen Beisetzung erschienenen Angehörigen, gleich darauf mit einem Anblick fertig werden, der sie erstarren ließ.

Nur ein paar Tage zuvor hatten die Trauernden, bevor sich der Deckel schloss, von der in der kleinen Leichenhalle aufgebahrten Frau Abschied genommen, und da hatte sie, wie seit undenklichen Zeiten bei Bestattungen üblich, auf dem Rücken gelegen, die Hände gefaltet. Nun lag sie auf dem Bauch, und die leicht angewinkelten Beine und die rechts und links gegen die Seitenwände gestreckten Arme ließen erkennen, dass sie sich in einem Akt unvorstellbarer Auflehnung zu befreien versucht hatte, vergebens natürlich.

Barbara Henke war aufgewühlt, erwog sogar, Jan Jacob anzurufen. Sie meinte, diese grauenhafte Begebenheit, so lange sie auch zurückliegen mochte, allein nicht bewältigen zu können. Aber sie unterließ es dann doch, weil sie seinen Zynismus fürchtete. Immerhin hatte er das ganze Testament gelesen und kein Wort über das Ereignis verloren.

Sie ordnete die Blätter und verstaute sie in ihrer Handtasche, blieb dann am Tisch sitzen. Immer wieder drängte sich ihr das Bild auf, von dem sie wusste, dass es sie ihr Leben lang nicht loslassen würde: Die in dem engen, fest verschlossenen und mit zwei Metern Erde zugeschütteten Sarg liegende Frau. Ihr gekrümmter Rücken, der viel zu schwach war, als dass er es hätte schaffen können, dieses Bollwerk aus Holz und Erde zu überwinden. Es konnte sich, so jedenfalls vermutete sie, nur um wenige Sekunden gehandelt haben, um die allerersten nach dem Zuschaufeln, denn für ein späteres Erwachen hätte ihr vermutlich die Luft gefehlt. Vielleicht, dachte sie, hat sie sogar geschrien, aber aus der Tiefe niemandes Ohr erreicht. Und welche Gedanken werden auf sie eingestürmt sein, als sie mit dem Kopf gegen den Sargdeckel stieß, und beim Nachprüfen mit den Händen, dem panischen Abtasten der seidenen Bespannung und schließlich bei der grauenhaften Deutung der sie umgebenden Finsternis! Wie wird er über sie hereingebrochen sein, der eine Moment, in dem sich all diese Wahrnehmungen bündelten zu der Erkenntnis: Man hat mich lebendig begraben? Sogar sie, Barbara, krümmte jetzt den Rücken.

Und wieder einmal brachte sie Verständnis auf für Boy Michel Boysen, diesmal für seinen nur scheinbar abwegigen Wunsch nach einem Stich in die Brust. Ja, sie verstieg sich sogar zu dem Plan, eine solche Garantie, nicht bei lebendigem Leibe beerdigt zu werden, auch für sich selbst zu erbitten.

Wie hat es, überlegte sie, für die junge Mutter zu diesem schrecklichen Ende kommen können? Was für ein Arzt war das, der den Totenschein ausstellte? Sie suchte nach Erklärungen, glaubte schließlich, eine gefunden zu haben. Im Testament stand ja nicht, wann genau es passiert war. Nur von mehreren vergangenen Jahrzehnten war da die Rede, und so hielt sie es für möglich, dass es im Frühjahr 1945 geschehen war, als in Deutschland Eile und Hektik an der Tagesordnung waren, während der Flucht zum Beispiel. Sie wusste, im Osten versuchten damals Abertausende von Menschen, Frauen und Männer, Junge und Alte, Gesunde und Kranke, mit Schiffen nach Schleswig-Holstein zu entkommen. Auch über Land fand der große Exodus statt, mit Pferdefuhrwerken, mit Bollerwagen. Und hatten sie dann nach Wochen der Entbehrung ihr Ziel erreicht, kam es vor, dass da auch Tote ausgeladen wurden. Oder vielleicht waren an einem einzigen Tag hundert oder mehr Menschen aus einem untergegangenen Schiff an den Ostseestrand gespült worden, einige noch gesund, andere krank und wieder andere tot, und bestimmt hatte mancher Arzt die notwendigen Untersuchungen nur unter größtem Zeitdruck vornehmen können.

Ja, so kann es gewesen sein, dachte sie und stand auf, trat noch einmal ans Fenster, sah, dass über dem Watt schon der Tag heraufdämmerte.

11.

Mehr und mehr kreisten Boy Michels Gedanken, ob tagsüber oder des Nachts, vor allem des Nachts, um die junge Frau aus Berlin, und es dauerte nicht lange, da steckte in ihm das süße Gift der Sehnsucht und der Ungeduld. Fast täglich rief er sie an, sei es in ihrer Wohnung, sei es im Hotel, fragte nach ihrem Befinden oder bat um ein Wiedersehen. Hatte sie zugesagt, war seine Freude jedesmal groß.

Und dann kam das Atelierfest. Schon am frühen Abend hatte er sie in Munkmarsch abgeholt. Sie waren ins *Süderhaus* gefahren, wo Merret ihnen mit verschlossener Miene und sperrigen Bewegungen Kaffee eingeschenkt hatte. Als sie in die Küche gegangen war, hatte er gesagt: »Gut, dass wir uns nicht verkleidet haben. Es hätte sie bestimmt noch mehr aus dem Lot gebracht.« Gegen halb zehn waren sie zur *Kliffburg* aufgebrochen.

Das Erdgeschoss war kaum wiederzuerkennen. Die Bilder, die sonst an den Wänden des großen Raumes hingen, waren verschwunden, hatten üppigen Girlanden aus Efeu und roten Rosen Platz gemacht, und auf der marmornen Fläche davor tanzten die Gäste, manche von ihnen kostümiert.

Da war zunächst der Hausherr. Er trug einen wallenden Burnus, doch nicht den vorn offenen weißen Beduinenmantel, sondern die geschlossene maurische Version. Das Auffallendste daran aber war das Stoffmuster, ein Mosaik aus etwa handgroßen, abwechselnd roten und gelben Karos.

Andere hatten sich für den Piratenlook entschieden oder ihre Kostüme der Tierwelt entlehnt, dem Pinguin etwa oder der Katze. Wieder andere hielten es mit phantasievollen Uniformen, an denen Biesen und Litzen und Kragenspiegel prangten. Während ein paar der Gäste Gesichtsmasken trugen, begnügte sich eine größere Anzahl von ihnen mit Larven, die nur Augen und Nase bedeckten. Doch die meisten waren ganz ohne Maske gekommen. Auch Dinner-Jacketts gab es und das Kleine Schwarze und ebenso weiße, blaue und pinkfarbene Jeans. Und - es war ja eine warme Sommernacht - viel Strandkleidung sah man. Ein etwa fünfzigjähriger Mann trug einen schwarz-weiß quergestreiften Badeanzug aus den Zwanzigern und ähnelte damit auf den ersten Blick einem ungefähr gleichaltrigen Tänzer, dem das Zebramuster als Zunftzeichen der Knastbrüder diente; allerdings sorgte bei diesem die auf Brust und Rücken drapierte 33 für eindeutige Zuordnung.

Die Bademode der Damen bot beide Extreme auf. Zwei junge Frauen präsentierten sich in Anzügen, wie sie um 1890 üblich waren, mit in Wadenhöhe abgebundenen Beinkleidern und langer, gegürteter Bluse, so dass hier ein typisches Attribut des heutigen Strandlebens fast völlig fehlte: der Anblick von Haut. Dieser Mangel, wenn man ihn denn als einen solchen empfand, wurde wettgemacht von zwei anderen Schönen. Sie zeigten sich in äußerst knappen, kurzen T-Shirts und winzigen Bikini-Höschen.

Ein schlanker, großgewachsener Mann hatte sich als Türke aus alten Zeiten verkleidet. Er trug weite weiße Hosen, ein weißes Wams über dem roten Hemd und auf dem Kopf einen roten Fez mit blauer Quaste. Sein Gesicht war hinter einer Maske verborgen. Er schien allein gekommen zu sein, denn er beteiligte sich kaum an Gesprächen und wechselte oft die Tanzpartnerinnen.

Was nun die Musik anging, hatte es schon Wochen vor dem Fest einen lebhaften Meinungsaustausch zwischen Lord Nekk und Boy Michel Boysen gegeben. Der Gastgeber war lange unschlüssig gewesen, ob er sich für Musiker aus Fleisch und Blut oder für die Konserve entscheiden sollte. »Eine *band* oder ein Band«, hatte er gesagt und dann, was einem Mann aus Dänemark gut anstand, hinzugefügt: »Das ist hier die Frage. Die Geräte-Musik belässt uns zwar mehr Platz zum Tanzen, aber bei ihr fehlt der überspringende Funke, den nur ein Live-Auftritt entzünden kann.« Er hatte am Ende, nicht zuletzt auf Anraten seines Freundes, die *band* gewählt.

So erfreuten nun von einem etwa kniehohen, eigens für diesen Abend gezimmerten Podest aus ein Schlagzeuger, ein Bassist, ein Gitarrist und, für die sanfteren Melodien, ein Saxophonist die Gäste mit ihren Klängen. Und auch sie, die Klänge, hatte Lord Nekk vorher festgelegt, zwar nicht die einzelnen Stücke, wohl aber das Genre. Rock 'n' Roll sollte es sein, nicht ausschließlich, jedoch überwiegend.

»Rock 'n' Roll«, hatte er zu Boy Michel gesagt, »das ist nicht nur der Sound meiner Jugend, nein, er fasziniert mich noch immer. Kennst du die Faust-Verfilmung von Gustav Gründgens?«

»Nein«, war die Antwort gewesen.

»Wenn es dich interessiert: Den Film gibt's bestimmt auch als Video oder DVD. Darin ist eine Stelle, die dich umhaut. Die wirst du nie vergessen. Es ist die strenge Dom-Szene, die binnen Sekundenfrist zum entfesselten

Furiosum der Walpurgisnacht wird. Da eröffnen die Hexen ihr dämonisches Fest mit einem wilden Tanz, in dem auch Elemente des Rock 'n' Roll zu hören und zu sehen sind.«

Er habe, hatte er dann noch berichtet, vor etlichen Jahren das Rock-Musical *Buddy Holly* in Hamburg gesehen und sei an den nächsten beiden Tagen wieder hingegangen, nein, hingefahren, und zwar von den St. Pauli-Landungsbrücken aus ans andere Elbufer, wo das grandiose Ereignis in einem ebenso grandiosen Mobiltheater stattgefunden habe.

Ja, so war Lord Nekk nun einmal: Was ihm gefiel, wollte er exzessiv. Und darum musste das in der Kliffburg gastierende Quartett vor allem Rock 'n' Roll zu Gehör bringen. Dass zwischendurch auch weniger turbulente Stücke gespielt wurden, war eine Konzession an seine schon etwas betagteren Gäste. Und alle, ob jung, ob alt, tanzten an diesem Abend mit sichtlichem Vergnügen.

Was sich allerdings einer von ihnen als Geschenk, als Mitbringsel sozusagen, hatte einfallen lassen, brachte Boy Michel Boysen zumindest anfangs in eine gewisse Verlegenheit, denn er war sich nicht sicher, ob er dessen Idee reizvoll oder wenigstens akzeptabel oder aber geschmacklos finden sollte. Um Punkt elf war es soweit. Der Schlagzeuger, der auch schon vorher hin und wieder die Darbietungen moderiert hatte, trat ans Mikrophon und verkündete, dass ein Landsmann des Gastgebers, ein Hotelier aus Fredericia, vier professionelle Tanzpaare engagiert habe und nun in ihren Einsatz schicken werde. Die acht jungen Menschen, ausgewiesen als Angehörige eines Kopenhagener Balletts, unter den Männern auch zwei Schwarze, erschienen, eingehüllt in große weiße Tücher, vor dem Podest, gingen dann langsamen Schrittes bis in die Mitte der nun freigemachten Fläche vor und verharrten dort, bis urplötzlich und mit Vehemenz, so als bräche die Musik aus dem Hinterhalt über die Anwesenden herein, *Rock Around The Clock* ertönte. Ebenso vehement schleuderten die Tänzer und Tänzerinnen ihre Tücher zu Boden und stürzten sich, alle nackt, in den wilden Rhythmus.

Boy Michel Boysen erschrak, sah, nicht ohne Beklemmung, seine Begleiterin an, sah sie lächeln. Danach blickte er in die Runde, entdeckte keine Spur von Entsetzen oder auch nur Befremden auf jenen Gesichtern, die unmaskiert waren, verfolgte wieder die Vorführung, die von großer Könnerschaft zeugte, und dachte schließlich: Was ist schon dabei, wenn sie nackt sind? Unten am Strand, keine fünfzig Meter von hier entfernt, kann man tagtäglich Nackte sehen, und kein Mensch ist deswegen empört. So war er bald wieder mit sich im Reinen, und dann freute er sich sogar darüber, dass Barbara nach der Einlage, die anhaltend beklatscht wurde, zu ihm sagte: »Wie schön das war!«

Bevor die Tanzfläche wieder freigegeben wurde, stieg Lord Nekk auf die kleine Empore, hob kurz die Rechte zum Zeichen, dass er um Gehör bitte, und sagte:

»Ich danke meinem Freund Tjeld Larsen für dieses ebenso mutige wie anmutige Geschenk, und ebenso danke ich den Künstlern. Es ist ähnlich wie bei uns Malern: In der darstellenden Kunst steht der durch kein modisches Beiwerk verhüllte menschliche Körper ganz obenan. Und nun der Glücksfall! Das naturbelassene Geschöpf wird zusammengebracht mit Musik, mit dieser Musik, die etwas so Widersprüchliches wie Entfesselung und Disziplin in sich vereint. Also, es lebe der Rock 'n' Roll! Möge er uns auf seine Schwingen nehmen und durch die Nacht tragen. Allerdings möchte ich niemanden dazu animieren, es unseren Artisten in jeglicher Hinsicht gleichzutun. Ich zum Beispiel mit meinen fast zwei Zentnern würde wahrlich keinen erbaulichen Anblick bieten.« Er räusperte sich und verhielt ein paar Sekunden, ehe er fortfuhr: »Und da wir gerade von mir reden, schnell noch ein paar Worte in eigener Sache. Unser Fest ist ja zugleich eine Vernissage, und daher möchte ich mir erlauben, auf meine jüngsten Arbeiten hinzuweisen. Sie finden sie in den oberen Stockwerken. Dort liegen auch die Kataloge aus. Wer sich für eins der Bilder interessiert, kann in dem neben der *Kommandobrücke* eingerichteten Büro mit Sören Mortensen sprechen, der sonst die Ausstellung in meiner Roskilder Mühle betreut und für diesen Abend hierhergekommen ist. Und jetzt wünsche ich Ihnen ein schönes Fest. Im zweiten Stock finden Sie das Buffet. Es ist hiermit eröffnet!« Mit einem Satz, der seinem Gewicht Hohn sprach, sprang er vom Podest, drehte sich um und forderte die Musiker auf, wieder zu spielen.

Boy Michel Boysen wusste, dass er kein guter Tänzer war, doch Barbara schaffte es, ihn glauben zu machen, so schlecht sei er nun auch wieder nicht, und so tanzte er viel unbeschwerter, als er es von früheren Gelegenheiten her gewohnt war. Einmal drohte er mit dem Türken zusammenzustoßen. Sie riss ihn zurück und erklärte gleich darauf: »Entschuldigung, dieser wilde Mann vom Bosporus hätte Sie sonst beinahe umgepflügt.«

»Danke«, antwortete er, und weil er ein bisschen außer Atem geraten war, fügte er hinzu: »Etwas frische Luft würde uns jetzt guttun, finden Sie nicht auch? Aber vorher sollten wir etwas essen.«

Sie labten sich an Aal und Lachs, an Shrimps und dem auf dänische Art süß-sauer eingelegten Heringsfilet, tranken Dom Perignon. Danach gingen sie wieder hinunter, traten aus der Westtür, nahmen ihre Schuhe in die Hand, stapften zum Flutsaum und wandten sich dann nach Norden.

Es war eine ungewöhnlich milde, dabei durchaus nicht windstille Nacht mit abnehmendem Mond. Der schmale Rest an Licht ließ die Konturen von Sand und Wellen und ihren eigenen Gestalten gerade noch erkennen. Sie mochten ein paar Hundert Schritte gegangen sein, da fragte er: »Wollen wir schwimmen?«

Sie zögerte mit der Antwort, gab schließlich zu bedenken: »Um mein Kleid wär's nicht schade, aber Ihre teuren Sachen wären im feuchten Sand schnell ramponiert.«

Da bewies er, dass er an Unvernunft, wie verliebte junge Männer sie an den Tag legen können, noch einiges mehr zu bieten hatte als ungeduldige Telefonate, üppige Komplimente und einmal sogar eine gekippte Wattwanderung, denn mit schwungvoller Geste zog er sein Jackett aus, warf es hinter sich zu Schuhen und Strümpfen, die er dort schon deponiert hatte, und begann, sein Hemd aufzuknöpfen, ehe er dann doch fragte: »Oder geniert es Sie?«

»Nein«, erwiderte sie, »und am Sylter Strand schon gar nicht.« Im Handumdrehen war auch sie ausgezogen.

Als sie nackt nebeneinander am Flutsaum standen, nahm er sie bei der Hand, und da erfolgte das Du. Es kam ganz unauffällig, schlich sich wie versehentlich ein, denn er sagte: »Komm!« und zog sie ins seichte Wasser.

Es lag wohl an der Nacktheit, dass das Du blieb, auch gar nicht erörtert wurde, sondern einfach da war.

»Was schätzt du? Welche Wassertemperatur?«, fragte er.

»Siebzehn?«

»Würde ich auch meinen, und weil das nicht viel ist, müssen wir in die Brandung.«

»Allein hätte ich Angst. Mit einem Seemann und Wattführer an der Seite fühle ich mich sicher.«

Sie liefen los, legten zehn, zwölf Schritte zurück, ehe sie die Brandungswelle erreichten und sich, immer noch Hand in Hand, hineinwarfen. Dabei riss die Wucht des Wassers sie dann doch auseinander, aber er blieb ganz nah bei ihr, und mehr als einmal griff er nach ihr, hielt sie, wollte verhindern, dass sie sich zu ängstigen begann. Dass er die Berührungen als angenehm, ja, als erregend empfand, war ein Nebeneffekt, und er verschaffte ihn sich umso häufiger, je mehr er spürte, dass sie einverstanden war. Einmal holte ein unterhalb der Welle entstandener Rücksog Barbara von den Füßen. Sofort war er bei ihr, half ihr wieder auf, drückte sie an sich, empfand dabei ein tiefes Glück, gab aber den ganz sachlichen Kommentar:

»Das war die gefährliche Unterströmung, die schon vielen zu schaffen gemacht hat. Lass uns jetzt ein Stück hinausschwimmen!«

Sie überwanden die Zone der Brecher, zogen ihre Bahnen. Erst nach einer Viertelstunde kehrten sie zum Strand zurück.

Er hüllte sie in seine Jacke, versuchte, sie damit abzutrocknen. Sie zitterte, und auch ihm war kalt. Aber was zählte das schon in dieser Nacht?

Sie zogen sich an und machten sich auf den Rückweg. Als ihnen aus der Kliffburg die Musik entgegenschlug und kurz darauf das hell erleuchtete Gebäude sichtbar wurde, bemerkten sie, dass auch andere Festteilnehmer am Strand waren, drei, vier Paare. Doch in den Fluten entdeckten sie niemanden. Ein Einzelgänger stapfte vor ihnen zur Burg hinauf.

»Wieder der Muselmann«, sagte Boy Michel. »Offenbar hat er noch keinen Anschluss gefunden.«

»Du hast gute Augen«, antwortete sie. »Ich hätte ihn in diesem Halbdunkel nicht erkannt.«

Sie erreichten die Burg, gingen hinein. Das Fest war nun in vollem Gange. Die Gäste bevölkerten alle drei Stockwerke. Es wurde getanzt, gegessen, getrunken, geredet, gelacht, und weil die Tür zu dem kleinen Büro offenstand, konnten sie auch sehen, dass Sören Mortensen, der Galerist aus Roskilde, viel zu tun hatte.

Die nächste Stunde verging damit, dass Lord Nekk sie beide zu seinen engsten Freunden führte. Er wolle sie, sagte er jedesmal, mit einem Erz-Sylter und immerhin auch jenem Mann, der ihn schon jahrelang in seiner Burg beherberge und damit indirekt Anteil habe an den in ihr entstandenen Bildern, bekanntmachen, und natürlich auch mit dessen reizender Freundin.

So trafen Boy Michel und Barbara unter anderen auf Svend Pedersen, jenen Kätner aus Nykøbing, der partout seinen Nolde nicht verkaufen wollte. Er war ein interessanter Mann, dem man seine dreiundachtzig Jahre nicht ansah.

Auch den Großgrundbesitzer lernten sie kennen, einen smarten Mann von Mitte Vierzig, von dem Barbara hinterher meinte, er sei zu schön, als dass man ihn sich inmitten einer Rinderherde vorstellen könnte.

Einmal ergab es sich, dass sie für eine Weile getrennt waren. Barbara hatte zum Buffet gehen wollen, als er plötzlich vor ihr stand, der Türke. Noch immer trug er seine Maske. Er verbeugte sich leicht, nahm sie an die Hand und führte sie auf die Tanzfläche. Das war ihr nicht recht, aber dann setzte auch schon die Musik ein, und der Fremde umfasste sie. Er war ein ausgezeichneter Tänzer, ein beharrlich schweigender allerdings. Schließlich kamen doch Worte, und die jagten ihr einen eisigen Schrecken ein:

»Hat er dich da unten am Strand flachgelegt? Wenn ja, wären wir bald am Ziel!«

Sie blieb stehen. »Bist du wahnsinnig? Wie bist du überhaupt hier reingekommen?«

»Die Einladungskarten wurden nur am Ost-Eingang verlangt. Also benutzte ich den im Westen.«

Sie waren inzwischen an den Rand der Tanzfläche getreten. »Bist du wahnsinnig?«, fragte sie noch einmal. »Unter diesen hundert Menschen gibt es keinen, den er so gut kennt wie dich!«

»Nun sag schon, hat er dich gebumst? Wenn ja, haben wir in Zukunft leichtes Spiel.«

Sie sah sich um, entdeckte Boy Michel und Lord Nekk am Treppenaufgang. Zum Glück konnte man den Gesten der beiden entnehmen, dass sie in ein Gespräch vertieft waren. »Geh jetzt!«, herrschte sie ihn an. »Womöglich hat er dich längst erkannt.«

»Ich fühl' mich sicher hinter meiner Maske.«

»Es gibt mehr als nur das Gesicht, gibt andere Merkmale. Wie man den Kopf hält, wie man sich bewegt. Und die Statur.« Sie ließ ihn stehen, wandte sich ab, als hätte sie ihm, wenn auch verspätet, einen Korb gegeben, sah sich dann flüchtig nach ihm um, atmete auf; er war ihr nicht gefolgt.

Boy Michel empfing sie mit den Worten: »Hast du eine Eroberung gemacht?«

»Deine Augen sind wirklich gut«, erwiderte sie. »Ja, dieser seltsame Türke fing an, mit mir zu flirten.«

»War er dabei denn wenigstens charmant?«, fragte Lord Nekk.

»Charmant? Nein, er ging ziemlich plump vor. Wollte mich zu einem Glas Dom Perignon einladen, zu *Ihrem* Dom Perignon.« Sie lachte, aber es klang eher abfällig als amüsiert.

Sie blieben noch etwa eine Stunde, lernten weitere Gäste kennen, unterhielten sich gut und tanzten auch wieder. Gegen zwei Uhr verabschiedeten sie sich von Lord Nekk und brachen auf. Sie verließen die Burg durch die Ost-Tür. Auf dem kurzen Weg zum Parkplatz sagte er: »Dieser Eingang war früher anders. Als mein Urgroßvater die Burg gebaut hat, war der Durchlass kaum breiter als einen halben Meter, grad so, dass seine Schafe hindurchpassten.«

Im Auto sprachen sie weiter über Schafe, und sie freute sich, dass auch sie eine kleine Geschichte zu erzählen hatte.

»Anfang Juni«, berichtete sie, »hatten meine Freundin und ich einen ganzen Tag lang nach einer Wohnung für mich gesucht, und abends fuhren wir an den Morsumer Deich. Wir waren nach den vielen Absagen so enttäuscht, dass wir niemanden mehr sehen wollten. Wir parkten das

Auto, und dann hörten wir die Schafe. Sie blökten zum Gotterbarmen und das ohne Unterbrechung. Wir dachten, vielleicht gab es da, wo sie waren, auf der anderen Seite des Deiches, wildernde Hunde. Es war fast unheimlich, wurde auch schon dunkel. Trotzdem gingen wir hin, sahen da dichtgedrängt an die hundert oder noch mehr Schafe, darunter viele ganz junge Tiere. Alles schien in Ordnung zu sein, aber das jämmerliche Blöken hielt an. Auf der Rückfahrt rätselten wir herum und fanden auch eine Erklärung: Wahrscheinlich schrien die Lämmer nach ihren Müttern, die man wohl zum Schlachten abtransportiert hatte. Kann es so gewesen sein?«

Boy Michel Boysen wiegte den Kopf.

»Also wohl doch anders?«, fragte sie.

»Im Ansatz stimmt eure Theorie, nur ist es..., wie soll ich sagen, ein bisschen differenzierter, verrückter. Es ist geradezu skurril. Anfang Juni, sagtest du?«

»Ja. Ich hatte gerade den Hoteljob bekommen und suchte verzweifelt nach einer Wohnung.«

»Ich glaube, ihr habt da draußen am Deich nicht genau hingesehen. Oder es war schon zu dunkel. Die Mutterschafe müssen noch dagewesen sein. Aber sie waren frisch geschoren, und darum haben die Lämmer sie nicht wiedererkannt. Ist wohl was dran, wenn man sagt, Schafe seien nicht sehr intelligent. Sie wollten, wie gewohnt, von unten gegen den mütterlichen Bauch stoßen, um zu trinken, und stellten dann fest, dass es da plötzlich anders war als vorher. Die Wolle neben dem Euter fehlte nun ja. Es waren also nicht ihre Mütter, und darum schrien sie sich lieber die Seele aus dem Bauch, als von der veränderten Stelle zu trinken.«

»Das ist wirklich verrückt!«

»Ist deine Freundin von hier?«

»Nein, sie stammt auch aus Berlin, war nur im Urlaub hier«, log sie. Dass es sich in Wahrheit um einen Mann handelte, mit dem sie am Deich gewesen war, um denselben Mann, der sie soeben, als Türke getarnt, bedrängt hatte, konnte sie ja nicht sagen.

Boy Michel hätte sie gern mit nach Haus genommen, glaubte aber, das sei noch nicht an der Zeit. Außerdem, dachte er, würde Merret Zustände kriegen. Wenn der Kaffee am Nachmittag sie schon fast erstarren ließ, wie würde dann wohl ein Frühstück auf sie wirken! Wird für sie schon schwer genug sein, mit meinen zerknautschten und sandigen Klamotten fertigzuwerden.

Er brachte Barbara nach Munkmarsch. Zum Abschied küsste er sie, und danach fuhr er beschwingt nach Haus.

12.

So frühstückte er allein, denn auch Merret, die ihm beim Morgenkaffee meistens Gesellschaft leistete, wollte er heute nicht um sich haben. Er ging deshalb in die Küche, füllte den Kaffee in eine Thermoskanne, nahm ein Tablett zur Hand, packte alles, was sie aufgetischt hatte, darauf und trug es nach draußen zum Strandkorb, der an der Westseite des Gartens stand, unmittelbar vor der Doppelreihe aus Kiefern und Vogelbeerbäumen.

Auch dort gab es, wie am Haus, einen Tisch aus wetterbeständigem Hartholz. Den deckte er nun und schenkte sich Kaffee ein. Er bestrich seine Brötchen mit Honig, aß, trank, rauchte eine Zigarette, dachte an Barbara und an das gemeinsame Bad in der Nordsee.

Es wehte jetzt heftiger als in der Nacht. Stärke fünf, schätzte er und hatte sofort die dazugehörigen Begleiterscheinungen im Kopf: frische Brise, schwankende Bäume, wenn es nicht gerade dicke Exemplare waren, Geschwindigkeit neun Meter pro Sekunde, die See schon etwas grob und mit Schaumkämmen auf den Wellen. Er blickte hinüber zu seinem Sorgenkind, der Schwarzkiefer, die drüben an der Ostseite stand. Erst vor kurzem hatte er das Hanfseil, mit dem sie an den tief eingerammten Eichenpfahl gebunden war, erneuert. Der Wind bewegte ihre Äste, doch der Stamm schien, wenn er auch etwas schief war, fest in der Erde zu stehen.

»Ach ja, der Wind«, seufzte er halblaut und lehnte sich weit zurück in sein aus Weiden geflochtenes Gehäuse, verlor sich an Erinnerungen. Sein ganzes Leben hatte er am Wind verbracht. Aber ihn lieben? Nein, das tat er nicht. Dafür hatte der oft so rauhbeinige Geselle seiner Insel viel zuviel Schaden zugefügt. Und auch auf den zahllosen Reisen, ob nun als Moses oder Matrose, als Steuermann oder Kapitän, hatte er ihn öfter zum Gegner gehabt als zum Verbündeten, lag doch die Zeit lange zurück, in der die Schiffe, um von der Stelle zu kommen, die Brise brauchten. Heute, da andere Antriebsmittel sie in Gang hielten, bedeutete er, jedenfalls wenn er aus vollen Backen blies, meistens Störung, es sei denn, man befand sich gerade am Äquator und litt auf der Brückennock unter der Vierzig-Grad-Glut, lechzend nach einem Hauch.

Einmal war es durch den Wind zu einem furchtbaren Erlebnis für ihn gekommen. Es wirkte bis heute in ihm nach, hatte ihn für immer mit Schuld beladen. Als er jetzt daran dachte, ging es ein gehöriges Stück zurück in der Zeit. Seine Erinnerung sauste durch das halbe Jahrhundert und landete in Chile. Die NEPTUN hatte damals, von Antwerpen kommend, Valparaíso angelaufen, und nach dreiunddreißig Tagen auf See - die Fahrt durch den Panama-Kanal war dabei nur für die Augen und für sonst nichts eine Unterbrechung gewesen - drängte es die Männer an Land, auch ihn, Boy Michel.

Wer als junger Bursche sein erstes erotisches Abenteuer haben will, und das in einer fremden Stadt, braucht einen, der sich auskennt. Er geriet an Benno Rohlfs, den etwa fünfzigjährigen Bootsmann aus Aurich, der leidlich Spanisch sprach und dem - eigenem Bekunden nach - zwischen Arica und Punta Arenas alle erwähnenswerten Kaschemmen vertraut waren.

Der Ostfriese sagte zu ihm: »Wenn du es eindeutig willst, fragst du den Taxifahrer nach einer *casa con chicas*, einem Haus mit Mädchen. Willst du dich nur ganz allgemein vergnügen, sagst du *algo, donde hay baile* - irgendwas, wo es Tanz gibt.«

So war das also. Aber er wollte sich seine verheißungsvolle Premiere nicht kaufen, wollte - weniger aus Gründen der Sparsamkeit als um der Selbstachtung willen - für die Liebe, oder was er dafür hielt, keine Pesoscheine hinblättern, nannte daher dem Fahrer das Wort *baile*, hoffend, der Mann bringe ihn in ein ähnliches Milieu, wie es die bald nach dem Krieg wiedereröffneten ländlichen Tanzdielen seiner Insel zu bieten hatten. Denn bei aller Neugier auf das bislang Unerprobte war er nicht frei von diffusen Ängsten.

Der Chilene hinter dem Steuer der klapprigen *Lincoln*-Limousine fuhr - warum sollte es in Valparaíso anders zugehen als in Hamburg oder New Orleans? - nicht zu einem der nächstgelegenen Tanzlokale, von denen es am Hafen viele gab, sondern sorgte für eine möglichst kilometerfressende Tour. Sein junger Fahrgast musste sich das gefallen lassen. Für einen Protest fehlten ihm die beiden entscheidenden Voraussetzungen: die Kenntnis der Stadt und die der Sprache.

Doch zunächst war er durch etwas ganz anderes als die Befürchtung, die Tour könnte ihm zu teuer werden, in Anspruch genommen. Schon beim Verlassen des Schiffes, gegen neun Uhr am Abend, hatte ein unangenehmer, trockener Wind die Männer empfangen. Der fegte auch jetzt durch die Straßen, wirbelte Staub auf, trieb Kehricht vor sich her, versetzte Verkehrsschilder und hochhängende

Ampeln in bedrohliches Schwanken und rüttelte in den Parks die Palmen so stark, dass ihre Schäfte sich krümmten und ihre harten Blätter knatterten. Was er damals noch nicht wusste, später jedoch aus eigener Anschauung erfuhr, war, dass diese athmosphärischen Turbulenzen, die er seither für sich, dabei die Kurzform des Namens Valparaíso verwendend, die widrigen Valpo-Winde nannte, von Zeit zu Zeit durch die Stadt peitschten, oft Kopfschmerzen verursachten und die Menschen in die schützenden Häuser trieben. Vom Auto aus sah er dem Toben zu und dachte, dass es wohl besser gewesen wäre, an Bord zu bleiben. Doch er war nun einmal unterwegs, und so ließ er sich ans Ziel bringen. Dass der Preis trotz der langen Fahrt maßvoll ausfiel, lag an der chilenischen Währung. Für umgerechnet gerade mal einen amerikanischen Dollar landetete er, weit entfernt von der City, in einer zwischen Valparaíso und Viña del Mar gelegenen Ansiedlung, in der zwei bis drei Dutzend ärmlicher Häuser eine unbefestigte und von zurückliegenden Regenfällen zerklüftete Straße säumten.

Der Fahrer hatte vor dem viertletzten Haus haltgemacht. Das Licht einer vom Sturm bewegten Bogenlampe ließ erahnen, dass es jenseits dieses Viertels ins freie Feld ging.

Nachdem er den Mann bezahlt hatte, versuchte er, ihm zu erklären, dass er noch ein paar Minuten warten solle, so lange nämlich, bis feststand, dass er in dem Haus bleiben würde. Doch der Chilene verstand ihn nicht, wendete und ruckelte zurück in Richtung Innenstadt.

Das Haus, vor dem der junge Seemann stand, war ein zweistöckiges, aus Holz errichtetes Gebäude. Nur an wenigen Stellen wies die verwitterte Fassade noch ein paar Farbflecken auf, dunkelgrau oder dunkelblau, genau war das nicht auszumachen. Die in blau leuchtenden Neon-Buchstaben über der Eingangstür angebrachte

Aufschrift lautete *El Fuente*. Er wusste, das Wort bedeutete soviel wie Quelle oder Brunnen. Er hatte es auf den Mineralwasserflaschen gelesen, die an Bord auf den Tisch kamen, wenn die Proviantübernahme in einem südamerikanischen Hafen erfolgt war.

Er hörte Musik durch die geschlossene Tür, undeutlich und in der Lautstärke wechselnd, je nachdem, ob gerade ein Windstoß die Töne verzerrte oder nicht.

Nach zwei, drei Minuten des Zögerns trat er ein. Er setzte sich an die Theke, wählte aber gleich darauf einen anderen Platz, einen an ihrem äußersten Ende. Dort war er der in voller Lautstärke spielenden Musikbox weniger nah. Er bestellte ein Bier, sah sich um.

Auf der linken Seite des Saales saßen, aneinandergereiht wie Hühner auf ihrer Stange, acht Mädchen und Frauen im Alter zwischen fünfzehn und fünfzig. Ihnen gegenüber und an der Theke gab es ein Dutzend Männer, ebenfalls gemischten Alters. Der größte und zugleich wohl auch der jüngste unter ihnen war er selbst.

Die Musik machte eine Pause, und der Wirt, ein schmalbrüstiger, kleiner, etwa vierzig Jahre alter Mann mit einem mächtigen schwarzen Schnurrbart, nutzte sie, um Getränke auszuteilen. Bei deren Konsum löste sich das Problem der Tischsitten von selbst, denn es gab keine Tische, die Theke ausgenommen. Flaschen und Gläser wurden auf dem hölzernen Fußboden abgesetzt, oder die Gäste behielten sie in der Hand.

Schon bald nach seinem Eintritt war ihm ein Mädchen aufgefallen. Sie mochte sechzehn Jahre alt sein, war von zierlichem Wuchs und hatte tiefschwarzes, in langem, dichtem Schwall nach hinten fließendes Haar. Sie machte einen stillen, ja, traurigen Eindruck, und er fand sie schön, diese sonderbare Mischung aus Jugend und Melancholie.

Doch als die Musik wieder einsetzte, wagte er nicht, zu ihr zu gehen, um sie zum Tanz aufzufordern, schickte stattdessen nur sehnsüchtige Blicke hinüber. Das schien ihr zu gefallen, denn sie antwortete mit einem Lächeln. Aber es kam ihm so vor, als sei es nur ihr Mund, der lächelte, ihre Augen hingegen nicht.

Der Blickkontakt machte ihn verlegen, weil er spürte, dass nun eigentlich etwas folgen müsste. Er nahm Zuflucht zu seinem Bier, sah sich dabei die hinter der Theke aufgereihten Flaschen mit spanischen und zum Teil auch englischen Bezeichnungen an. Der nervös hantierende Wirt schenkte jedoch vorwiegend Bier und *Chicha* aus, offenbar einen Maisschnaps, denn auf dem Etikett der Flasche war ein praller gelber Maiskolben abgebildet. Nur einer der Gäste, ein Mann mit Sombrero und Poncho, hatte sich einen *Pisco* geben lassen. Er, Boy Michel, kannte diesen vor allem in Peru, doch auch in anderen Ländern der Kordillere gebrannten Indianerschnaps. Bei der Weihnachtsfeier in Guayaquil hatte er ihn zum ersten Mal getrunken.

Als er sein Glas absetzte, berührte eine Hand ihn am Arm, und er sah in ein Gesicht, das zwar auch ein Lächeln zeigte, aber nicht seiner melancholischen Favoritin gehörte. Die Frau mochte doppelt so alt sein und hatte rötliches, kurzgeschnittenes Haar. Sie sagte etwas, doch er verstand sie nicht, und so antwortete er mit zwei Wörtern, die er kannte und von denen er annahm, dass sie passten: »*No gracias.*« Nein, danke. Das war, was immer sie ihm gesagt haben mochte, eine höfliche Erwiderung, zugleich eine Absage, und die schien sie zu respektieren. Sie klopfte ihm leicht auf die Schulter und kehrte an ihren Platz zurück.

Er blickte erneut hinüber zu dem Mädchen. Diesmal verfehlte er ihre Augen, denn sie sprach mit einem Mann, der dem Alter nach ihr Großvater hätte sein können. Er sah, dass der Alte zudringlich wurde, ihr sogar an die Brust griff, woraufhin sie seine Hand energisch beiseite schob, ihm dabei ein lautes »*Vete!*« zurief und, als das nichts nützte, aufsprang und ihm mit beiden Händen einen kräftigen Stoß versetzte, der ihn wenn auch nicht umwarf, so doch taumeln und schließlich das Feld räumen ließ. Leicht schwankend ging er zur Tür und verschwand dahinter.

Die Musik endete, und die beiden Paare, die sich mit nur mäßigem Einsatz auf der kleinen Tanzfläche gedreht hatten, steuerten auf die ihnen jeweils bestimmte Stuhlreihe zu.

Und dann erneut die Blicke hin und her. Er wertete es als etwas besonders Verbindendes, dass sie beide fast zur gleichen Zeit jemanden, der wesentlich älter war, abgewiesen hatten. Das machte ihm Mut. Er stand auf und ging auf sie zu.

Sie kam ihm entgegen, und kurz darauf begannen sie, sich nach den Klängen der schon reichlich zerkratzten La-Paloma-Platte zu wiegen. Der schlanke Körper des Mädchens schmiegte sich gegen seinen Leib, und er hielt die zarte Gestalt so fest in seinem Arm, als müsste er sie beschützen. Worte waren gar nicht nötig, und so geschah es wie selbstverständlich, dass sie, als die Musik verstummt war und er seine und auch ihre Rechnung beglichen hatte, eng umschlungen hinausgingen. Dort wütete weiter der Sturm. Sie beeilten sich, eine Zuflucht zu erreichen. Die bot ihnen das nächste Haus. Es war das drittletzte in der Reihe. Dort schien das Mädchen zu wohnen, denn sie nahm ihn an die Hand und zog ihn die hölzerne Stiege hinauf. Das Zimmer war nur spärlich eingerichtet. Es gab ein Bett, zwei Stühle und eine Kommode, auf der ein Krug mit Wasser und eine Schüssel standen. An der Wand neben dem kleinen Fenster ragte eine Stehlampe empor, die das Mädchen gleich nach dem Eintritt ins Zimmer eingeschaltet hatte. Einen Schirm hatte sie nicht. Die nackte Glühbirne verteilte ihr kaltes Licht bis in den letzten Winkel der armseligen Kammer. Auf dem Fußboden, der aus unbearbeiteten Brettern bestand, lagen Zeitschriften, teils gestapelt, teils aufgeschlagen. Auf einer Doppelseite entdeckte er Bilder der englischen Königsfamilie.

Die Tür war zu. Sie standen sich gegenüber. Sie tippte auf ihre Brust und sagte: »Mariluz«. Er wusste, dass es den Namen Michael auch im Spanischen gab. »Miguel«, antwortete er also. Die Begegnung war nun nicht mehr völlig anonym, und so fielen im Laufe der nächsten Viertelstunde, in Ermangelung anderer Möglichkeiten, immer wieder die beiden Vornamen, und fast wetteiferten sie damit, dem Klang dieses geringen Vorrats ständig neue Nuancen zu geben.

Doch erstmal zogen sie sich aus. Obwohl er es so gewollt hatte, genierte es ihn, vor einem Mädchen die Kleidung abzulegen und gleichzeitig, Stück um Stück mehr, auch ihre Nacktheit zu sehen.

Mariluz kannte sich aus. Sie hatte schnell begriffen, dass sie einen Debütanten vor sich hatte, der hin und wieder sogar versuchte, sein Geschlecht mit der Hand zu verdecken. Ja, selbst als seine Premiere zu Ende und der Rausch vorüber war, schien er die Scham noch nicht verloren zu haben. Die trat vielmehr verstärkt zutage, als sie Krug und Tuch holte und ihn zu waschen begann, denn dagegen wehrte er sich. Doch sie wusste Rat: Das grelle Licht musste abgeschwächt werden! Sie legte das Tuch aus der Hand, ging zu dem Stuhl, auf dem seine Kleidung lag, griff ein Stück heraus. Es war sein Hemd, ein buntes Panamahemd aus leichtem Stoff. Das warf sie über die Glühbirne, und sogleich war die Kammer in ein mildes Halbdunkel getaucht. Sie fuhr fort, ihn zu waschen, küsste ihn zwischendurch, strich ihm übers Haar, flüsterte »Miguel!« und dann »Miguelito!«, die zärtlichere Version.

Doch nicht lange, und es war vorbei mit dem schummrigen Licht. Schon nach wenigen Minuten kam es zum Gegeneffekt: Die heiße Glühbirne setzte das Hemd in

Brand. Es gab keine Warnung, kein vorausgehendes Schwelen. Die gelbe Lohe war sofort da, und noch ehe die beiden zupacken konnten, fiel das brennende Hemd zu Boden, wo das Feuer überreichlich Beute fand. Im Handumdrehen hatte es die Berge von Papier erfasst. Dass er, Boy Michel, nach raschem Zugriff das Wasser aus dem noch halbgefüllten Krug über die Flammen schüttete, führte lediglich zu einem kurzen Aufzischen. Das Feuer fraß sich weiter, erfasste die Holzwände, und da gab es kein Halten mehr. Gluthitze und beißender Rauch trieben sie und ihn aus dem Zimmer. Im Hinausstürmen griffen sie nach ihren Kleidern. Sie sprangen die Treppenstufen hinunter, rannten auf die Straße, zogen sich in fieberhafter Eile an. »*Incendio! Incendio!*«, schrie Mariluz. Und auch er schrie dieses Wort in die Nacht, nahm an, es hieß soviel wie Feuer.

Inzwischen hatten die Flammen weiter um sich gegriffen. Bald brannte das ganze Haus. Und dann packte der Wind zu. Im Nu schleuderte er das Feuer gegen das Nachbarhaus und danach weiter, so dass schließlich alle drei Gebäude, die zwischen dem Tanzlokal und der freien Fläche standen, brannten.

Da der Wind nur in die eine Richtung wehte, blieben die leeseitig stehenden Häuser verschont. Dennoch war es ein riesiges Feuer, das die Nacht erhellte und die Menschen auf die Straße trieb. Als die Feuerwehr eintraf, war nicht mehr viel zu retten. Die Männer bemühten sich vor allem darum, zwischen dem Brandgeschehen und dem Lokal eine Wasserwand zu errichten, damit die intakt gebliebene Häuserzeile nicht doch noch, vielleicht durch ein plötzliches Drehen des Windes, in Gefahr geriet.

Mariluz, die zwar in größter Erregung ihre Alarmrufe hinausgeschrien hatte, schien sich wenig später gefasst zu haben, denn sie half mit, Möbel zu bergen, soweit das noch möglich war. Als auch er Hilfe zu leisten begann, rief sie ihm zu: »*Vete!*« Sofort erinnerte er sich: Das hatte sie auch zu dem Alten gesagt, als der sie bedrängte. Er hatte gedacht, es müsse wohl so etwas wie »Verschwinde!« oder »Mach, dass du wegkommst!« bedeuten, und in der Tat, genau wie bei dem alten Mann blieb es nicht bei diesem Zuruf. Sie versuchte, ihn wegzuschieben, und dabei hämmerten ganze Kaskaden spanischer Wörter auf ihn ein, von denen er nicht ein einziges verstand, aber zwischendurch kam immer wieder das »*Vete!*«.

Er war verwirrt, wusste nicht, ob sie aus Wut so drastisch reagierte oder vielleicht aus Sorge, er könnte in unangenehme Ermittlungen hineingezogen werden. Oder dachte sie, seine bloße Anwesenheit am Unglücksort würde als Indiz für ihre eigene Schuld gelten? So sehr sie drängte und einmal sogar mit der ausgestreckten Hand in die Ferne wies, er begriff zwar, dass er gehen sollte, doch das Motiv für ihr heftiges Bemühen blieb ihm verborgen.

Schließlich hielt auch er selbst es für ratsam, den Ort des noch immer tobenden Feuers zu verlassen, denn würde er hier festgehalten werden, von der Polizei oder von aufgebrachten Hausbewohnern, könnte er das Auslaufen der NEPTUN verpassen.

So zog er davon, bekleidet nur mit Unterzeug, Hose und Schuhen, lief aber nicht, ging eher langsam und zögernd, blieb einmal sogar stehen, wandte sich um und starrte in die nun etwa hundert Meter entfernt lodernden Flammen, setzte dann seinen Weg fort.

Es wurde ein langer Fußmarsch, weil weit und breit kein Taxi zu sehen war. Orientierung hatte ihm ein Mann gegeben, der trotz der späten Stunde mit einer Schubkarre unterwegs gewesen war. Auf ihn war er zugetreten, hatte gefragt: »*Puerto?*« Hafen? Das eifrige Gestikulieren hatte ihm den Weg gezeigt.

Der Wind hatte mittlerweile nachgelassen. Er heulte und pfiff nicht mehr und wirbelte auch keinen Unrat mehr auf.

Als er endlich in eine halbwegs belebte Gegend kam, stieß er auf ein Taxi. Müde und mit schmerzenden Füßen warf er sich in den Fond. »*Puerto*«, sagte er, diesmal nicht fragend, und dann: »*Por favor*!« Bitte.

Die langen Sätze, die folgten, verstand er nicht. Erst als der Chilene anfing, auf englisch zu radebrechen, wurde ihm klar, dass es um sein fehlendes Oberhemd ging. »*It's very hot here in Valparaíso*«, antwortete er – und fror wie ein Schneider.

Eine Viertelstunde später war er auf seiner NEPTUN. Der Wachmann an der Gangway, ein Leichtmatrose aus Finkenwerder, empfing ihn mit den Worten: »Also, so weit solltest du es beim Pokern wirklich nicht kommen lassen!«

Boy Michel Boysen nahm einen Schluck Kaffee, rieb sich das Gesicht, wollte die alten Bilder wegwischen. Doch sie blieben noch für eine Weile.

Es gibt eben, dachte er, nicht nur die zerstörerische Allianz von Wind und Wasser, sondern auch die von Wind und Feuer. Obwohl..., Auslöser des Unglücks war ja nicht der Wind. Wenn man's genau nimmt, war es meine verfluchte Verklemmtheit.

Und während er sich wieder zurücklehnte, dachte er an das Nachspiel seines ersten erotischen Abenteuers. Das fand gut zwanzig Jahre später statt. Er war wieder einmal in Valparaíso, war dort als Kapitän eines großen Frachters. Mit einem Taxi wollte er sich in jene Siedlung bringen lassen, in der er damals, mit dem Losungswort *baile* auf der Zunge, gelandet war. Und fand sie natürlich nicht wieder. Die Gegend schon, nicht aber die Häuser. Sah nur große graue Mietblocks. Und der Gedanke, dort zufällig auf Mariluz zu treffen, war absurd, das hatte er schon vorher gewusst. Dennoch war er hingefahren. Und hatte - wohl aus Schuldgefühl und Überheblichkeit zugleich - einem Bettler am Straßenrand ein dickes Bündel Pesoscheine in die Hand gedrückt. Der drehte beinahe durch vor Freude, lief hinter ihm her, zwang ihn stehenzubleiben, wollte ihm unbedingt die Hände küssen. Und er ließ es zu. Es gefiel ihm sogar.

Und heute, wieder Jahrzehnte später, fand er es nicht gut, dass es ihm damals gefallen hatte.

13.

Merret war von kräftiger Statur und hatte trotz ihrer fünfzig Jahre ein noch junges Gesicht. Das stets mit Sorgfalt frisierte blonde Haar aber zeigte den ersten Ansatz von Grau.

Sie hatte die Keitumer Volksschule durchlaufen und war danach nicht dem Rat ihrer Lehrer gefolgt, sich in der Westerländer Realschule weiterzubilden, sondern hatte den Besuch einer Lehranstalt für Hauswirtschaft in Nordenham vorgezogen. Schon als Neunzehnjährige hatte sie dann den von dort stammenden Onno Butenschön geheiratet und in Emden gelebt, weil ihr Mann bei einer Emdener Reederei beschäftigt war. Die Ehe war zu ihrem großen Kummer kinderlos geblieben. Als sie nach elf Jahren die Nachricht erhielt, dass ihr Mann zusammen mit drei weiteren Besatzungsmitgliedern beim Untergang der TRITON zu Tode gekommen war, hatte sie ihren bisherigen Wohnsitz aufgegeben und war ins Elternhaus zurückgekehrt. In der Keitumer Gemeindeverwaltung wurde sie natürlich als Merret Butenschön eingetragen, doch für die Dorfbewohner blieb sie Merret Paulsen. Und auch für Boy Michel Boysen blieb sie eine Paulsen. Sie war ihm bei der Vermietung eine große Hilfe, und ebenso ließ sie es in der persönlichen Fürsorge an nichts fehlen. Daher sah er es denn auch als recht und billig an, dass sie nach seinem Tod das *Süderhaus* bekommen sollte, zumal nicht vorauszusehen war, was ihr dereinst an häuslicher Pflege noch aufgebürdet sein würde. So war es nun mal um die auf eine ungewisse Zukunft ausgerichteten Überlassungsverträge bestellt: Allein vom zeitlichen Umfang der Leistungen her waren zwanzig Tage ebensogut möglich wie zwanzig Jahre und mehr.

Was nun Merret betraf, muss gesagt werden, dass es ihr weder bei Abschluss des Erbvertrages noch in der Gegenwart vorrangig um Besitz ging. Viel wichtiger war ihr damals wie heute der Mensch Boy Michel Boysen. Sein Wohlbefinden, seine innere Ruhe lagen ihr am Herzen, und so war sie entsetzt über das plötzliche Auftauchen der Fremden aus Berlin. Allein der große Altersunterschied musste doch früher oder später zu Problemen führen! Was wollte die Frau von ihm? Wie war es ihr überhaupt gelungen, in seine Welt einzudringen? Ständig gingen Merret diese und ähnliche Fragen durch den Kopf, und weil sie nicht mehr weiter wusste, lag es, so grotesk es von der Konstellation her auch war, für sie nahe, sich mit ihrem heimlichen Kummer ausgerechnet dem Mann anzuvertrauen, der der Verursacher des Ungemachs und damit der ungeeignetste Adressat überhaupt war. An einem Nachmittag, als sie Boy Michel für Stunden im Watt wusste, rief sie seinen Neffen Jan Jacob an. Sie müsse etwas mit ihm besprechen, sagte sie, aber nicht am Telefon. Worum es denn gehe, wollte er wissen, doch darauf erwiderte sie nur: »Wenn es dir recht ist, bin ich in einer halben Stunde bei dir.«

»In Ordnung. Ich koch' uns einen Kaffee«, war die Antwort.

Sie setzte sich aufs Fahrrad, fuhr nach Westerland und kam, als sie Jan Jacob gegenübersaß, sogleich zur Sache, wie immer auf Friesisch:

»Im *Süderhaus* passieren Dinge, die lieber nicht passieren sollten und die vielleicht, wer weiß, deinem Onkel Schaden zufügen werden.«

Jan Jacob hatte nach Merrets Anruf geahnt, welche Sorge sie bedrückte, und daraufhin nicht ohne Belustigung geplant, ihr gegenüber eine ganz bestimmte Taktik zu verfolgen.

»Wieso?«, fragte er. »Benimmt er sich daneben?«

Das war nun allerdings genau die Art, die sie an ihm nicht mochte, doch diesmal sah sie ihm die Respektlosigkeit nach und antwortete, indem sie ihre Worte sorgfältig abwog:

»So sollte man es nicht nennen. Ich glaube vielmehr, er läuft da in etwas hinein, von dem er nicht ahnt, wohin es führen kann.«

»Mach es nicht so spannend, Merret! Er ist ein erwachsener Mann und hat bisher immer bewiesen, dass er genau weiß, was er will. Und das war meistens gut für ihn, wenn auch nicht für andere, für mich zum Beispiel. Also, worum geht's?«

Sie senkte die Stimme, als könnte ein Unbefugter mithören. »Mir scheint, er hat sich verliebt, und zwar in ein ganz junges Ding. Diese Frau, die seine Tochter sein könnte, wickelt ihn um den Finger.«

»Verliebt?« Jan Jacob lachte laut auf. »Hast du Beweise? Ich meine jetzt keine Mutmaßungen, sondern was Konkretes.«

»Durchaus. Bei einer Wattwanderung hat er eine junge Berlinerin kennengelernt, und seitdem geht die bei uns ein und aus. Wenn er abends das Haus verlässt, was früher so gut wie nie vorkam, besucht er mit ihr die teuersten Restaurants. Neulich fand ich in seinem Büro Streichhölzer vom *Landhaus Stricker*, und vor zwei Wochen waren beide in die *Klefborig* eingeladen, wo ein großes Fest stattfand. Am nächsten Morgen hab' ich sein Jackett aufgebügelt. Das war noch feucht vom Salzwasser und auch voller Sand, als hätte er sich mitten in der Nacht am Strand hingelegt, und so was tut man ja nicht, wenn man allein ist.«

»Sieh mal einer an! Oben eher grau, und unten grünt es wieder. Aber da würde ich mir keine Sorgen machen. Man kennt das doch: Noch mal ein bisschen mitmischen, wenn es auf den Rest zugeht. Ich finde, du solltest ihm den Spaß gönnen, vorausgesetzt, es wird nicht mehr daraus.«

»Ich befürchte sogar, dass es schon jetzt mehr ist. Sie verschlingt ihn mit ihren Blicken, und er fällt darauf rein. Er wirkt auf mich wie ein alter Gockelhahn, der plötzlich entdeckt, dass er noch krähen kann, und dabei vergisst, wie alt er ist. Er macht sich doch lächerlich! Ich glaub' sogar, die Leute reden schon über ihn.«

»Merret, du weißt genau, was im Sommer hier los ist! Da hält so mancher Oldie nach jungem Gemüse Ausschau, und das junge Gemüse sagt nicht nein.«

»Ja, bei den Gästen, aber doch nicht bei uns! Da gehört sich so was nicht.«

»Du irrst dich. Die Grenzen sind längst verwischt. Wir haben gleichgezogen mit den Fremden, haben von ihnen gelernt. Wirklich, wenn ein alter Knabe wie Onkel Boy für eine Saison was Knackiges aufgabelt, regt sich hier niemand mehr darüber auf.«

»Du scheinst dich ja auszukennen.«

»Na klar! Ich hab' doch Augen im Kopf. Aber sag mal, denkst du etwa, er ist auf eine ernsthafte Beziehung zu dieser..., woher kommt sie nochmal?«

»Aus Berlin.«

»... zu dieser Berlinerin aus?«

»Ich weiß nicht, was ich denken soll. Irgendwie erkenne ich ihn nicht wieder. Neulich wollte ich einen seiner

Anzüge in die Reinigung bringen, und als ich nachsah, ob noch was in den Taschen war, fand ich zehn Zweihundert-Euro-Scheine. Stell dir das vor: zweitausend Euro in bar! Bestimmt hatte er vor, dieser ..., dieser ... Person ein teures Geschenk zu machen, und die nimmt natürlich mit, was sie kriegen kann. Ob ich mich mal an Lord Nekk wenden sollte? Ganz im Vertrauen? Ihn bitten, mit deinem Onkel zu reden? Vielleicht hört er auf ihn.«

»Da würdest du den Bock zum Gärtner machen. Der wäre mit Sicherheit der falsche Ratgeber, zumal in Bezug auf Frauen. Er würde Onkel Boy eher ermuntern, sich drei Berlinerinnen zuzulegen statt nur eine, egal, was das kostet. Aber da wir gerade über den verrückten Dänen reden: Wer erbt eigentlich mal die Burg?«

»Keine Ahnung. Darüber spricht dein Onkel nicht. Vielleicht gibt's in seinem Schreibtisch ein entsprechendes Papier, aber der ist abgeschlossen, und gleich zu Anfang, als es losging mit meiner Arbeit im *Süderhaus*, sagte er, im Büro hätte ich freie Hand, muss ich ja auch haben, weil ich oft genug die Vermietung mache, nur sein Schreibtisch im Wohnzimmer sei tabu. Und daran halte ich mich. Eher würde ich mir die Hand abhacken, als da seine Sachen zu durchwühlen.«

»Du hast also wirklich keinen Schimmer?«

»Keinen. Allerdings...«

»Na?«

»Vor ein paar Jahren hatten wir mal Besuch. Ein Kapitän aus Altona. Seinen Namen weiß ich nicht mehr. Von dem Gespräch kriegte ich einiges mit. Da war dauernd von der *Klefborig* die Rede, auch von den einzelnen Zimmern. Nach dem Essen fuhr dein Onkel mit ihm hin, kehrte aber nochmal um, weil er die Bauzeichnungen vergessen hatte. Als die beiden weg waren, hab' ich auf dem Schreibtisch die Visitenkarte von dem Mann gesehen. HAUS DER VIER WINDE stand da. Ich fand den Namen komisch, und darum hab' ich ihn wohl noch in Erinnerung. Damals dachte ich, der Mann könnte ein neuer Mieter sein. Das war er aber nicht, denn Lord Nekk blieb ja da wohnen. Ob dieser Kapitän irgendwas mit der Burg zu tun hat?«

Er schüttelte den Kopf. »Weiß ich nicht. Sollte er mal wiederkommen, musst du die Ohren spitzen und mir hinterher erzählen, was du gehört hast.«

»Tu ich. Aber wahrscheinlich kommt er nicht mehr. Ist ja auch schon so lange her. Sorge macht mir diese Frau aus Berlin. Einmal, im Garten, als es plötzlich kühl wurde, hat Boy Michel ihr seinen Schifferpullover gegeben, und den trug sie bis zum Abend. Das fand ich doch sehr intim.« Sie nahm einen Schluck Kaffee, und obwohl sie von dem angespannten Verhältnis zwischen den beiden Boysens wusste, meinte sie dann: »Und wenn du mal mit ihm redest? Vielleicht ist Blut ja doch dicker als Wasser, selbst bei euch. Könntest du nicht einfach sagen, du hättest ihn mit dieser Frau gesehen und müsstest ihm leider mitteilen, dass sie dir auch schon in anderen Kreisen aufgefallen sei, in sehr ..., na ja, lockeren, und nun machst du dir Sorgen, dass sie ihn ausnutzen würde? Versteh mich richtig, das mit den lockeren Kreisen wäre ziemlich gemein, nur soll es ja einer guten Sache dienen, soll ihn vor Dummheiten bewahren.«

Wenn du wüsstest!, dachte er und schüttelte abermals den Kopf. »Das läuft nicht. Ich bin sicher, Onkel Boy würde mich zum Teufel jagen.«

»Trotzdem, irgendwas müssen wir unternehmen! Man kann ihn doch nicht in sein Unglück rennen lassen!«

Nach diesem mehr kläglich als energisch vorgebrachten Appell beschloss Jan Jacob, die Gelegenheit nun endlich beim Schopfe zu packen und Merret vor seinen Karren zu spannen.

»Onkel Boy«, antwortete er, »hält das Techtelmechtel wohl eher für einen Glücksfall, und das würden weder du noch Lord Nekk noch ich ihm ausreden können. Wie heißt die Frau überhaupt?«

»Barbara Henke. Sie arbeitet hier in Westerland in einem Hotel.«

»In welchem?«

»Ich weiß es nicht.«

»Und wie sieht sie aus?«

»Das ist es ja gerade!«

»Merret, was soll ich denn mit so einer Antwort anfangen?«

»Na gut, ich sag's dir. Sie ist wunderschön. Große dunkelbraune Augen, schwarzes Haar, schlank, mittelgroß.«

»Also ist es wohl kein Wunder, dass Onkel Boy sozusagen in Flammen steht.«

»Da bin ich anderer Meinung. Er darf doch sein Alter nicht außer Acht lassen! Was meinst du, sollten wir Manne Kattun bitten, dass er mit ihm redet?«

»Als letzten Ausweg könnte man das ins Auge fassen. Erstmal warten wir ab, wie die Sache sich entwickelt. Oft läuft sich so was ganz von selbst tot. Eines allerdings wäre ratsam, nämlich dass du in einem ganz bestimmten Punkt deine Skrupel fallen lässt. Du sprachst von einem Papier in seinem Schreibtisch ...«

»Sicher ist es nicht, dass da was liegt, aber ich vermute es. Zum Beispiel sein Testament könnte er da aufbewahren.«

»Sein Testament? Das müsstest du doch kennen! Bist ja beteiligt.«

»Es gibt einen Vertrag zwischen ihm und mir, der das *Süderhaus* betrifft und die Aufgaben, die ich übernommen habe. Bis zu seinem Tod. Von diesem Vertrag hab' ich eine Kopie. Aber darin steht nichts über die Burg.«

»Trotzdem, in seinem Testament wird auch über dich was stehen. Und einiges mehr. Wenn er jetzt wirklich seinen zweiten Frühling durchläuft und dabei voll auf diese

Berlinerin abfährt, kann es passieren, dass er Änderungen einbringt, und darum solltest du von Zeit zu Zeit in den Schreibtisch gucken. Das ist die sicherste Methode, herauszubekommen, wie weit es mit den beiden geht. Hättest du, wenn du wolltest, denn den Zugang?«

Sie zögerte mit der Antwort, wich dann aus: »An seinen Schreibtisch geh' ich nicht ran.«

»Das könntest du aber, oder? Du weißt doch bestimmt, wo er den Schlüssel hat.«

»Na ja, ich wische schließlich fast jeden Tag Staub in dem Zimmer.« Hastig ergänzte sie: »Und in den anderen Zimmern auch.«"

Er begriff, dass es für sie einen Unterschied gab zwischen Reden und Handeln. Mit dem Tun ging man einen Schritt weiter, und da gab es bei ihr eine Barriere. Er bohrte, was die Schlüsselfrage betraf, nicht weiter, ließ dennoch nicht vom Thema ab. »Wenn wir Onkel Boy tatsächlich in Gefahr sehen, müssen wir alles daransetzen, diese Gefahr auszuschalten. Also ist es nötig, herauszufinden, ob er sein Testament ändert, bloß weil eine junge Frau ihn bezirzt hat. Ich hab' mal gehört, dass die *Klefborig* an einen gemeinnützigen Verein gehen soll. Vielleicht ist es die GESELLSCHAFT ZUR RETTUNG SCHHIFFBRÜCHIGER, oder er denkt an eine Einrichtung, die ganz allgemein mit der Seefahrt zu tun hat. Immerhin war er Kapitän. Also, wir müssen rauskriegen, ob er seine Verfügungen ändert.« Er machte eine Pause, überlegte eine Weile, dachte dann, dass es nicht schaden könne, in der spröden Merret ganz konkrete Vorstellungen zu wekken, und so fragte er: »Hat sie eigentlich schon mal im *Süderhaus* übernachtet?«

Er glaubte, dass sie sogar ein bisschen errötete. »Nein«, war die Antwort, und die kam ganz leise.

»Umso besser. Aber was auch geschieht, du musst mich auf dem Laufenden halten.«

Um Merret gänzlich für sich einzunehmen und sie zu einer sicheren Informationsquelle zu machen, bedachte er sie nun mit ein paar Artigkeiten, fragte nach ihrer Gesundheit, nach ihrer Mutter, nach Haus und Garten in Keitum, ja, er erkundigte sich sogar nach ihren Erfolgen beim Skat und erfuhr von einer jüngst erworbenen Trophäe.

Als sie gegangen war, hatte er nichts Eiligeres zu tun, als Barbara anzurufen und ihr zum Stand der Dinge zu gratulieren.

Dass seine Mitteilungen sie eher bedrückten als beglückten, wurde ihm vor lauter Eifer zunächst gar nicht klar. Erst nach dem Gespräch kam ihm der Gedanke, zwischen Munkmarsch und Kampen sei womöglich ein Gespinst aus ganz anderen Fäden als den von ihm ersonnenen entstanden. Er erschrak, malte sich aus, Barbara würde ins andere Lager überwechseln. Ihm fiel wieder ein, wie zornig sie auf sein Erscheinen bei dem Fest reagiert hatte. Bis jetzt war er der Meinung gewesen, die Gefährdung der gemeinsamen Sache hätte sie verärgert, doch nun, nach Merrets Besuch, hielt er es für möglich, dass sie dem Onkel mehr Sympathie und Neigung entgegenbrachte, als für ihren Auftrag vonnöten war. Oder wollte sie in Kampen sogar ihr eigenes Ding abziehen? Verdammt, dachte er, ich muss auf der Hut sein! Doppelt gut, dass Merret hier war. Sie wird mir auf zweierlei Weise von Nutzen sein. Ich werde erfahren, ob sich in Onkel Boys Verfügungen was ändert, und gleichzeitig wird sie mir helfen, Barbara zu kontrollieren. Also, kein Grund zu übermäßiger Sorge. Ich krieg' das schon hin.

Er ging ins Schlafzimmer, öffnete den Kleiderschrank, klaubte aus dem Wäschestapel ein paar Geldscheine, setzte sich aufs Bett und zählte. Es waren sechshundert Euro. Wenn ich davon vierhundert investiere, sagte er sich, ist nicht alles weg, und vielleicht, ganz vielleicht gelingt mir ja diesmal der große Wurf. Wer nicht wagt, der nicht gewinnt. Ich wage es.

Er zog sich um, steckte vier Hundert-Euro-Scheine ein, verließ das Haus. Heute nur Transversale und Kolonnen, dachte er und bog in die Paulstraße ein. Und kein einziges Mal auf Plein, auch wenn die Permanenzen es mir noch so sehr nahelegen. Bin ja kein Hasardeur.

14.

Und dann wurde er doch zu einem, wurde in dieser Nacht zu einem Hasardeur der hemmungslosesten Art. Nicht gleich. Zunächst hielt er sich brav - sofern man einem ausgemachten Spieler ein solches Attribut überhaupt zubilligen kann - an seinen Vorsatz, kleine Einsätze weit zu streuen, erzielte aber auf diese Weise innerhalb einer ganzen Stunde nur einen Gewinn von knapp zweihundert Euro. Er wurde nervös, wurde ungeduldig, warf schließlich doch einen Blick auf die im Hintergrund mit Leuchtziffern angegebenen Permanenzen und ließ sich zusätzlich einige ältere Tabellen ausdrucken. Er stellte fest, dass von den vier seiner seit eh und je favorisierten Zahlen, die alle auf biographische Daten zurückgingen, zwei seit langem nicht gekommen waren: die Vierzehn und die Sechsundzwanzig.

Er setzte ein Weile aus, verfolgte nur das Spiel und notierte. Als nach zwölf Einsätzen ohne seine Beteiligung diese beiden Zahlen noch immer nicht aufgeleuchtet waren, befand er, dass ihre Fälligkeit nunmehr gewissermaßen in der Luft lag. Er setzte also, begnügte sich dabei nicht mit den beiden Pleins, sondern belegte auch jeweils eines der zum Umfeld seiner Zahlen gehörenden Carrés, und zwar, genau wie die Pleins, mit zwanzig Euro pro Chance. Das kostete ihn insgesamt achtzig Euro. Sein derzeitiger Bestand würde es ihm erlauben, siebenmal nach dieser Methode vorzugehen. Das war nicht eben viel. Nur zu gut wusste er, welche Bedeutung der lange Atem hatte, der es einem auf ein bestimmtes Schema fixierten Spieler erst möglich machte, auch eine anhaltende Verlustserie zu durchstehen.

Die Kugel surrte. Das »Nichts geht mehr« ertönte, und blitzschnell flogen noch ein paar Jetons auf das grüne Tuch. Das Scheppern in den Kassetten, der Stillstand der Kugel, und damit die Stille über dem Tisch. Und dann das Resultat: »Dreiundzwanzig, Rot, nichts auf der Nummer!« Er war noch einmal davongekommen, denn die Dreiundzwanzig befand sich in der Nachbarschaft seiner Sechsundzwanzig, gehörte damit zu einem seiner beiden Carrés und bescherte ihm immerhin, wenn auch nur dort, das Achtfache des Einsatzes, also hundertsechzig Euro. Außerdem blieb ihm der erfolgreich platzierte Chip erhalten, so dass, übers Ganze, dieses Spiel einen Gewinn von hundert Euro einbrachte.

Auf ein Neues! Er hätte, während die Kugel ihre Bahn durch die Rundung des Kessels zog, gern eine Zigarette geraucht, aber das war ja nicht mehr erlaubt. Wie bei jedem Casinobesuch der letzten Jahre störte ihn auch die Neuerung, dass im Stehen gespielt wurde. Es nahm, so empfand er, bei allem sonst im Saal aufgewandten Komfort dem Spiel ein gut Teil seiner Annehmlichkeit, machte ein hektisches Platzieren noch hektischer, weil man sich nicht zurücklehnen konnte.

Außer ihm standen sechs Personen am Tisch, vier Männer und zwei Frauen. Er schätzte ihr Durchschnittsalter auf sechzig bis siebzig Jahre, wähnte sich also inmitten einer Rentnerversammlung, womit er, den sparsamen Einsätzen nach zu urteilen vermutlich richtiglag.

»Nichts geht mehr!«

Ein sehr alter Mann mit ausgemergeltem, aber braungebranntem Gesicht wollte noch schnell fünf Euro, das Minimum, auf die die untersten Nummern des Spielfeldes abdeckende Transversale Simple setzen. Als ihm dabei der Jeton verrutschte, rief er aufgeregt seine Querreihe in die Runde. Der Croupier hätte, weil das »Nichts geht mehr!« schon ertönt war, den Einsatz zurückweisen können, doch er akzeptierte ihn noch und schob die Spielmarke zurecht.

»Einunddreißig, Schwarz, nichts auf der Nummer!«

Wie ein kleines Kind klatschte der Greis in die Hände, nickte eifrig, und seine lebhaften braunen Augen heischten Anerkennung, die seine Nachbarin, eine Frau etwa gleichen Alters, ihm denn auch nicht versagte. Mehrmals klopfte sie ihm auf die Schulter.

Jan Jacob Boysen verzog, obwohl er leer ausging, keine Miene. Er setzte erneut, sich streng an das gewählte Schema haltend.

Dann die Überraschung. Zum zweiten Mal kam, unmittelbar aufeinanderfolgend, die Einunddreißig. Der alte Mann donnerte seine Faust erst auf den Tisch und dann gegen die Stirn, denn er hatte nicht nur seinen Gewinn, sondern auch den ihm belassenen Einsatz abgezogen und ärgerte sich nun über die ihm entgangenen weiteren fünfundzwanzig Euro. Auch Jan Jacob haderte, allerdings ohne es zu zeigen und nicht mit sich selbst, sondern mit den Launen der kleinen elfenbeinernen Kugel, setzte dennoch auf sein einmal gewähltes Arrangement aus zwei Pleins und zwei Carrés.

Und wieder ging er leer aus, verlor zum dritten Mal den Einsatz und sah mit Besorgnis seinen Geldfundus dahinschmelzen, sagte sich aber: Jetzt bloß nicht in den Fehler verfallen, auszusteigen! Meine Reihe ist ja nur dann eine, wenn ich sie nicht unterbreche.

An seinem Tisch räumte eine Dreiergruppe die Plätze. Ihr Abgang und die entstandene Leere hatten etwas Mahnendes, wirkten auf ihn jedenfalls so, als wollten sie ihm sagen: Man muss aufhören können! Oder auch: Der sicherste Schutz vor Verlusten ist das Wegbleiben von diesem Ort! Doch er ließ sich nicht beirren, konterte im stillen: Das Wegbleiben muss, wenn es denn geboten erscheint, schon zu Haus beschlossen werden, und das Aufhören, so heißt es ja immer, sollte erfolgen, wenn es am schönsten ist. Aufs Roulette übertragen, bedeutet das: wenn man gewonnen hat. Ich aber bin zur Zeit unterhalb meines Startkapitals und damit außerhalb des gepriesenen Zustands, bei dem es aufzuhören gilt.

Ein neues Spiel, ein neues Glück! Oder ein neues Pech.

Jedenfalls eine neue Chance. Diesmal war die Kugel ihm wohlgesonnen, brachte die Vierundzwanzig, so dass wieder eines seiner Carrés beteiligt war.

Die fünf nächsten Male musste er abliefern, geriet damit in ein bedrohliches Tief, denn nun hatte er gerade noch einhundertsechzig Euro. Es war ein scheußliches Gefühl, das Surren der Kugel zu verfolgen und dabei zu wissen, dass nach einem nochmaligen Fehlschlag ein erneuter Einsatz in der gewohnten Höhe nur noch einmal möglich sein würde.

Doch da kam endlich, endlich die Vierzehn und bescherte ihm achthundertsechzig Euro. Mit den beiden erhalten gebliebenen Einsätzen und seinem Restgeld verfügte er somit über neunhundertachtzig, und nun schlug sie, die Stunde des Hasardeurs, denn statt bei einem guten Tropfen an der Bar ein bisschen zu entspannen, blieb er und verfünffachte spontan den Einsatz, setzte auf seine Felder je hundert Euro.

Hätte nach diesem Spiel die Harke des Croupiers alles weggerafft, hätte er sich einen gleich hohen Einsatz nur noch ein einziges Mal leisten können. Doch es kam die Siebenundzwanzig, Anrainerin seiner Sechsundzwanzig, und er kassierte wieder, diesmal achthundert Euro. Gleich darauf kam der zweite Volltreffer, nicht die lange erwartete Sechsundzwanzig, sondern erneut die Vierzehn, was im Hinblick auf den kürzlich erfolgten Doppelschlag der Einunddreißig alle vier am Tisch verbliebenen Spieler überraschte und den glücklichen Jan Jacob Boysen in den Stand versetzte, nach einem noch vor wenigen Minuten drohenden Totalverlust mit gut fünfeinhalbtausend Euro operieren zu können.

Wie üblich und wie auch schon beim ersten größeren Gewinn schob er dem Croupier einen Jeton zu und sagte, wie es ebenfalls üblich war: »Für die Angestellten!« Der Mann am Kessel bedankte sich. Danach ging Jan Jacob, beide Jackentaschen voller Plastikgeld, doch an die Bar und bestellte ein Glas Champagner.

Während er sich das angenehm prickelnde Getränk schmecken ließ, überlegte er, wie er fortan vorgehen sollte. Die Vierzehn hielt er für ausgereizt, aber die Sechsundzwanzig war noch immer nicht gefallen, verhieß also gute Chancen. Der Gedanke, nach Hause zu gehen, kam ihm nicht, obwohl er oft genug nach einem beachtlichen Gewinn ganz schnell wieder bei Null angelangt war. Für einen Moment erwog er, den Tisch zu wechseln, verwarf die Idee jedoch, fühlte sich - als gäbe es ausgerechnet an diesem Ort so etwas wie gegenseitige Treue - seinen Zahlen verpflichtet. Ein Überwechseln an einen der drei anderen Tische hätte die nun schon über Stunden mit Bangen und Hoffen verfolgten Reihen, die ihm ja letztlich Erfolg gebracht hatten, wertlos gemacht.

Er beschloss, von den fünfeinhalbtausend Euro anderthalbtausend zu bunkern, ja, tauschte sie sogar an der Kasse gegen Scheine ein, um der Gefahr zu begegnen, sie bei einer Durststrecke spontan ins Gefecht zu schicken. Die übrigen Jetons betrachtete er als Spielmaterial, mit dem es erneut das Glück herauszufordern galt. Wieder sollte es zunächst das System sein, mit dem er den Abend begonnen hatte, jetzt aber mit wesentlich höheren Einsätzen.

Das Spiel begann. Er setzte fünfhundert Euro auf das erste und fünfhundert Euro auf das dritte Dutzend, weil das mittlere Dutzend, wie die Permanenzen anzeigten, während der letzten Spiele überproportional häufig gewonnen hatte. Es kam die Elf, und er erhielt tausend Euro, hatte also, weil der Einsatz ihm blieb, fünfhundert Euro gewonnen.

Als er die zehn Spiele, die er sich vorgenommen hatte, und bei denen er zwischen den Dutzenden hin und hergewechselt war, überstanden hatte, betrug sein Überschuss aus dieser Phase zweitausend Euro. Eine solche Variante war, das hatte er schon oft empfunden, eintönig, doch es war ja auch nur darum gegangen, sich wieder einmal einen möglichst langen Atem zu verschaffen. Die mittlerweile hoch favorisierte Sechsundzwanzig war noch immer nicht gekommen, und so bepflasterte er sie nun, belegte das Plein sowie die vier Carrés des Umfeldes mit je hundert Euro. Das kostete ihn insgesamt fünfhundert Euro. Zwölfmal würde er dieses Schema durchhalten können.

»Fünfzehn, Schwarz, nichts auf der Nummer!«

Wieder setzte er fünfhundert Euro.

»Sieben, Rot, Plein!«

Sein Gegenüber, ein kleiner, dicker, rotgesichtiger, schwitzender Mann mit Schnurrbart und Vollglatze und einer viel zu kleinen, fast aus den Nähten platzenden Pepita-Jacke, schmatzte hörbar, als hätte er gerade einen leckeren Happen verspeist, grinste und verkündete laut: »So muss man es machen!«, schnappte sich seinen Gewinn und verschwand.

»Sechsunddreißig, Rot, nichts auf der Nummer!«

»Mist!«, fluchte Jan Jacob leise und war mit seinen Gedanken nun doch bei den Scheinen, die er in seiner Jackentasche hatte.

Das Surren, das Klicken gegen die Kassettenränder. Und dann war sie da! Der Croupier, sonst unbewegten Gesichts bei seinen Ansagen, lächelte ihn an, als er verkündete:

»Sechsundzwanzig, Schwarz, Plein, Carré!«

Er beherrschte sich, strich so lässig, als hätte er während des ganzen Abends nichts anderes getan, den Gewinn ein, stopfte ihn in die Taschen, verließ seinen Platz und setzte sich in einen der im Saal, nicht jedoch in Tischnähe, verteilten Sessel, zählte nicht nach, sondern machte die Rechnung im Kopf.

Sechstausendsiebenhundert Euro plus Einsätze. Recht hübsch, dachte er, wenn auch noch nichts zum Jubeln. Er nahm Jetons von insgesamt dreitausend Euro in die Hand, kehrte zum Tisch zurück, setzte je tausend auf die einfachen Chancen: Rouge, Pair, Manque. Pair verlor, Rouge und Manque gewannen. Erfolgsbilanz: tausend.

Er prüfte die zuletzt angefallenen Dutzende, setzte je tausend auf das zweite und dritte. Es kam die Vierundzwanzig. Gewinn: wieder tausend.

Es ist mein Tag, dachte er. Nun noch einmal je dreitausendfünfhundert auf die einfachen Chancen, diesmal Noir, Impair und Passe. Es kam, zum zweiten Mal an diesem Abend, die Neunundzwanzig. Es war wirklich sein Tag. Plus: zehntausendfünfhundert.

Nun hätte er sich eigentlich eingestehen müssen, dass die Marotte mit den penibel beobachteten Zahlen ihm nicht halb soviel eingebracht hatte wie die großen, rigorosen Einsätze der letzten Minuten. Aber das tat er nicht, glaubte vielmehr an eine magische Verkettung aller seiner seit Beginn durchgeführten Spielzüge, bei denen kein einziger Schritt hätte fehlen dürfen. Er hatte gut fünfundzwanzigtausend Euro gewonnen, und jetzt gesellte sich ein zweiter glücklicher Umstand hinzu: Er hörte auf, unterlag diesmal nicht dem Wunsch, das Ergebnis mit weiteren drastischen Wagnissen noch aufzubessern, sondern dachte: Was ich hab', das hab' ich, und das soll mir keiner wieder wegnehmen! Er wechselte die Jetons an der Kasse um und verließ die Spielbank.

Beschwingt eilte er nach Hause, verstaute, sobald er dort angekommen war, seinen Schatz im Schrank, holte eine noch dreiviertel volle Flasche *Ballantine's* und ein Glas aus der Küche und setzte sich an seinen Tisch.

Er nahm, so als gälte es aufzuholen, in rascher Folge drei Gläser des hochprozentigen Getränks zu sich, pries dabei immer wieder jenen Impuls, der nach Merrets Besuch seine Schritte in Richtung Rathaus gelenkt hatte, unter dessen schmuckvollem Dach es links das Standesamt und rechts das Casino gab. Fünfundzwanzigtausend! Das war der größte Betrag, mit dem er je zurückgekommen war. Davor hatte er schon einmal, das war lange her, rund zwanzigtausend gewonnen, damals allerdings noch Mark, und insgesamt mochten es zwölf bis fünfzehn größere Gewinne gewesen sein, die er hatte verbuchen können, mit Beträgen zwischen vier- und jenen zwanzigtausend. Diesen Zahlen stand allerdings ein wesentlich höheres Defizit gegenüber, aber daran wollte er in dieser Nacht - es ging mittlerweile auf zwei Uhr - nicht denken.

Wieder schenkte er sich ein und trank, und danach hob er an zu einem halblaut gesprochenen Monolog:

»Schade, dass du jetzt nicht hier bist, Barbara! Du würdest endlich einsehen, dass du dich irrst, wenn du behauptest, dieses Gebäude, in dem linkerhand die Ehen geschlossen werden und rechts der Rubel rollt, sei für mich der falsche Ort. Heute hab' ich so viel wie die Provisionen einer ganzen Saison nach Hause gebracht. Sobald es dir passt, lade ich dich groß ein. Soll nicht immer nur dieser Gruftie sein, der dich ausführt. Du kannst dir das Restaurant aussuchen und auch, was auf den Tisch kommt, kannst du bestimmen, Hummer oder Sylter Royal, das natürlich nur vorneweg, und danach...«

Es musste am zu reichlich genossenen Whisky liegen, dass seine heitere Stimmung plötzlich kippte und er sich in einem Dickicht aus düsteren Vorstellungen verfing. Die hatten mit dem Onkel zu tun und mit dem großen Gewinn, aber sicher auch damit, dass er stundenlang mit Zahlen beschäftigt gewesen war und - das gehörte nun mal zum Ausklügeln von Chancen und Risiken - mit den vier Grundrechenarten.

Mit zweihundert, dachte er wütend, muss ich meinen heutigen Gewinn multiplizieren, um den Gegenwert der *Klefborig* zu erreichen. Auf dreieinhalb bis fünf Millionen wird der geschätzt, und ich hab' sogar gehört, dass jemand zehn Millionen geboten hat. Ein Typ wie aus Tausend-und-einer-Nacht soll das gewesen sein. Na gut, das war also wohl eher ein Märchen, aber die Hälfte davon dürfte eine realistische Größe sein. Und wenn ich nun tatsächlich fünf Millionen für die *Klefborig* ansetze und durch den Stress von heute nacht, also durch fünfundzwanzigtausend, teile, kommt heraus, dass ich zweihundertmal durch die Hölle gegangen sein muss, um bei dem Betrag zu landen, den der Alte dieser verdammten Hamburger Stiftung zukommen lassen will!

Ja, er ist ein Schuft, ist beinhart und herzlos, denn sonst hätte er mir nach meinem Malheur mit der Wohnanlage eine zweite Chance gegeben! Er ist überheblich und selbstgerecht, und darum ist es nur folgerichtig, wenn ich ihm den Tod an den Hals wünsche.

Vom achten oder neunten Glas an war, was ihn umtrieb, dann nicht mehr ein von göttlicher Hand gelenktes Dahinscheiden. In seinem Zorn ging er plötzlich sehr viel weiter, dachte: Ich glaube, ich könnte es tun, könnte ihn umbringen! Oder ich such' mir jemanden, der es für ein

Handgeld macht, sagen wir: zehntausend. Mein Schrank gibt das ja her.

Schließlich, die Flasche war fast leer, schwand ihm gänzlich der Sinn fürs Reale. Er verstieg sich zu grotesken Phantastereien, tat so, als wäre die Hauptarbeit schon getan und nun ginge es darum, alle Spuren zu verwischen. Die Erinnerung an das Biikefest, diese alte nordfriesische Tradition, lieferte ihm das furchtbare Szenario, das er für den Onkel erfand. Ganz deutlich hatte er es vor Augen, das riesige Feuer und dazu den aus den Flammen aufragenden Pfahl, der die mit Teer gefüllte Tonne trug.

Ja, Boy Michel Boysen, frohlockte er, in diesen kochenden schwarzen Brei tauche ich dich, drücke dich ganz hinein, und dann brennst du, brennst lichterloh!

15.

Es war, von außen betrachtet, der Wind, der die Harmonie, die nun schon seit Wochen zwischen Boy Michel und Barbara waltete, ins Wanken brachte. Dabei hatte der Tag so schön begonnen. Sie waren in Hörnum gewesen, dort um die Südspitze gewandert und hatten sich mit dem Fernglas die Nachbarinseln Föhr und Amrum ganz nah herangeholt. Er hatte ihr, im Sand sitzend, eine Karte gezeigt, auf der die drei großen nordfriesischen Inseln noch eine zusammenhängende Landmasse bildeten, und dann von früheren Sturmfluten berichtet, die im Laufe vieler Jahrhunderte aus dem kontinentalen Sockel die Inselwelt mit den Halligen hatten entstehen lassen. Den Untergang Rungholts hatte er erwähnt und die *Große Mandrenke* und ihr schließlich erklärt, dass man auf Sylt, Föhr und Amrum zwar friesisch spreche, die Bewohner der einen Insel die der anderen aber nicht immer verständen, so groß seien die sprachlichen Abweichungen. Staunend hatte sie ihm zugehört.

Später war ein steifer Nordwest aufgekommen. Sie hatten sich wieder ins Auto gesetzt und waren nach Kampen zurückgekehrt.

Merret hatte *Molk-Spar* gekocht. Schon im Auto hatte Boy Michel erzählt, dass seine Mutter ihm dieses Essen oft vorgesetzt hatte und dass es auch bei den Paulsens in Keitum seit Generationen auf den Tisch kam. Es handelte sich, wie Barbara erfuhr, um ein einfaches Gericht, das durchaus nicht nach jedermanns Geschmack war, denn man kombinierte Zutaten, die, jedenfalls nach landläufiger Meinung, nicht zueinander passten: Milch und geräucherten Schinken oder Salzfleisch. In wohlhabenden Familien gab man schon mal einen ganzen Trumm aus Geräuchertem oder Gepökeltem in den Topf, und in den ärmeren waren es eher Schwarten und Knochen, auf denen man die Milchsuppe kochte. Während der Begriff *Molk* auch jedem, der außerhalb Nordfrieslands lebt, verständlich ist, war die Bedeutung des Wortes *Spar* selbst Boy Michel für lange Zeit unbekannt, bis er, und das war erst vor wenigen Jahren gewesen, auf eine Archsumerin stieß, die es von ihrem Elternhaus her kannte. Dort nämlich pflegte der Vater, wenn man sich zum Mittagessen versammelt hatte, zu verkünden, so als spräche er ein kurzes Gebet: »*Nü jevt dit jestjens üüs Müski-Spar.*« Das hieß auf deutsch: Nun gibt es erstmal unsere Mäuse-Mahlzeit. *Molk-Spar* war also schlicht die Milchmahlzeit.

Ein dritter Bestandteil durfte ebenfalls nicht fehlen, wenn es bei der Zubereitung dieser Suppe authentisch zugehen sollte. Das waren die Grießklöße. Sie wurden aus dem separat gekochten Grieß mit einem Esslöffel geformt und dann der Suppe beigegeben. Deshalb hieß sie auch mit vollem Namen *Molk-Spar en Klumper*, Milchmahlzeit und Klöße.

Für Boy Michel war dieses Essen eines seiner Lieblingsgerichte. Er schätzte den an die Strenge von Ziegenmilch erinnernden Geschmack und auch die Kombination von

Grieß und geräuchertem oder gesalzenem Fleisch. Wenn Merret es etwa alle zwei Monate zubereitete, war es jedesmal ein Festtag für ihn, und so hatte er den Wunsch gehabt, Barbara nach den Köstlichkeiten der exquisiten Sylter Gastronomie zu diesem hausgemachten Mittagessen, das auf keiner Speisekarte zu finden war, einzuladen.

Als sie sich nun zu Tisch gesetzt hatten und Merret, nachdem sie auffallend wortlos serviert hatte, wieder in die Küche gegangen war, sagte er:

»Jetzt bin ich gespannt, wie's dir schmeckt.«

Sie probierte, nahm nach dem ersten Löffel gleich den zweiten, beide Male auch ein Stückchen Fleisch und eine Ecke Grieß, und dann kam ihr Urteil:

»Exotisch ist das und..., ja, gewöhnungsbedürftig. Wenn es das nicht schon gäbe, könnte ich mir vorstellen, dass es irgendwann deinem Freund Lord Nekk einfallen würde, so etwas zusammenzubrauen.« Sie aß weiter, verhielt schließlich und sagte: »Bei Milch und auch bei Grieß ist man ja eigentlich auf etwas Süßes eingestellt. Dass das Ganze salzig ist, muss erstmal bewältigt werden, aber man findet durchaus Geschmack daran. Wirklich, diese Suppe ist..., wie heißt sie noch gleich?«

»*Molk-Spar en Klumpor*. Milchmahlzeit und Klöße.«

»Sie ist interessant.«

Als Merret erneut mit der Terrine und dem Schöpflöffel hereinkam, machte Barbara ihr ein Kompliment, und daraufhin brach die Keitumerin nun doch ihr Schweigen, indem sie sagte:

»Das gibt es im *Adlon* wohl nicht, oder?«

»Ganz bestimmt nicht«, antwortete Barbara.

Sobald Merret gegangen war, meinte Boy Michel: »Wenigstens hat sie endlich den Mund aufgemacht.«

Aber Barbara befürchtete, ihre angebliche Tätigkeit in dem illustren Hotel werde von Merret angezweifelt; sie äußerte ihre Sorge jedoch nicht, sondern sagte leise:

»Ich glaube, sie wünscht mich nach Berlin zurück, was ich verstehen könnte.«

»Na, na! Sie ist meine Haushälterin und sonst nichts. Solche Wünsche ständen ihr nicht zu.«

Barbara, von Jan Jacob gründlich darüber informiert, was Merret von ihr hielt, fühlte sich unbehaglich bei diesem Thema, kehrte daher schnell zu der kuriosen Speise zurück, zeigte auf ihren Teller und sagte: »Auf einer Milchsuppe kleine, gelbliche Fettaugen zu entdecken, macht das Ungewöhnliche komplett.«

Zum Nachtisch gab es Birnenkompott, und dann tranken sie Kaffee, den Boy Michel immer besonders stark haben wollte, so dass Barbara ihn sich mit heißem Wasser verdünnte.

»An diesem starken Gebräu«, sagte er, »sind die Köche schuld, die auf meinen Schiffen fuhren. Was aus ihren Kombüsen kam, war meistens kein Kaffee, sondern Mokka.«

Ihrem Gespräch wurde eine Wendung gegeben, weil der Himmel sich plötzlich, obwohl es erst kurz nach zwei Uhr war, verdunkelte und der Nordwest deutlich zunahm. Er heulte ums Haus, keuchte, stöhnte, und man sah es den Bäumen an, wie sie unter dem Hin und Her ihrer Äste litten. Viele kleine, braunglänzende Birkenzweige rissen ab und wirbelten durch den Garten.

»Die kann ich«, sagte Boy Michel, »nachher zu Hunderten aufsammeln.« Sie waren ans Fenster getreten und sahen dem heftigen Treiben zu. »Neuerdings«, fuhr er fort, »denke ich, wenn es losgeht, immer: Hoffentlich wird daraus kein zweiter *Anatol*.«

»So hieß der letzte schwere Sturm, der bei euch so viel Schaden angerichtet hat, nicht wahr?«

»Ja. Eigentlich sind wir im Herbst und im Winterhalbjahr auf Stürme eingestellt, aber *Anatol* war weit schlimmer als die üblichen. Tausende von Bäumen mussten dran glauben, vor allem das Nadelholz, weil es flachere Wurzeln hat als die Laubbäume. Hinzu kam, dass es vorher viel geregnet hatte und der Boden aufgeweicht war und leicht nachgab. Kiefern und Tannen von zwanzig, dreißig Zentimetern Durchmesser am Stamm wurden mit ihren Wurzeln aus der Erde gerissen, und bei der *Kupferkanne*, nur einige Hundert Meter von hier entfernt, sah es aus wie nach einem Erdbeben oder einem Bombenangriff.«

»Und bei dir? Gab's da auch Schäden?«

»Sie hielten sich in Grenzen. Ein paar Bäume, ein paar kleine Schadstellen im Dach, zwei Fensterscheiben. Ach ja, und das Auto eines Gastes hatte eine Delle, weil ein dicker Ast daraufgefallen war.«

»Nicht mehr, obwohl so nah an der *Kupferkanne*?«

»*Anatol* hatte eine regelrechte Schneise durchs Gelände geschlagen, und was links und rechts davon lag, blieb mehr oder weniger verschont.«

»Sylt«, sagte sie darauf, »ist ja immer im Gespräch, im Guten wie im Schlechten. Und wenn es ums Schlechte geht, ist oft von eurer angenagten Küste die Rede. Manchmal hab' ich den Eindruck, bei den Leuten ist dann auch Schadenfreude im Spiel, fast so, als gönnten sie euch diese schöne Insel nicht.«

»Das ist für mich ein ganz ernstes Thema«, antwortete er. »Natürlich ist Sylt gefährdet, und das seit eh und je. Mein Großvater sagte oft: *Wer am Wind wohnt, muss sich zu wehren wissen.* Im Grunde ist sein Spruch eine Variante der alten Devise: *Wer nicht will deichen, muss weichen.* Man muss den Stürmen etwas entgegensetzen, Deiche und Warften. Heute ist es im Westen die Sandvorspülung. Sie schützt uns, und darum wird es uns auch in hundert Jahren noch geben. Du hast Recht, man überbietet sich im Ausmalen von Horrorszenarien. Bei Zeitungsartikeln mit Überschriften wie *Wann geht Sylt unter?* packt mich die Wut. Als ob feststünde, dass es untergeht! Es gibt eine *Fallstudie Sylt*, die schon vor einigen Jahren erstellt wurde, und zwar von Umweltnatur- und Umweltsozialwissenschaftlern. Auftraggeber war das Bundesministerium für Bildung und Forschung. Der Text umfasst mehrere Hundert Seiten, und es geht darin um den Einfluss der globalen Klimaveränderung auf unsere Insel. Ergebnis: Ihre Anfälligkeit ist durchaus in den Griff zu bekommen, sofern man das bewährte System der Sandvorspülung weiterbetreibt und noch intensiviert. Also noch einmal: *Wer am Wind wohnt, muss sich zu wehren wissen!*«

»Ist dieser teure Sand nicht auch ein Reizthema in den Zeitungen und im Fernsehen? Ich las neulich mal, dass die Festländer die vielen Steuergelder beklagen, die ein solches Programm jedes Jahr verschlingt.«

»Stimmt. Aber diese Leute können nicht rechnen. Wer sich darüber aufregt, dass die Sandvorspülung immer wieder Millionen erfordert, vergisst den Jubel über die vielen Steuermillionen, die wir regelmäßig abführen. Wir würden unsere Schutzmaßnahmen gern selbst bezahlen, wenn man uns dafür die Steuern erließe. Klar, dass so was nicht geht, nur soll man sich dann auch nicht beschweren. Bei uns verbringen Jahr für Jahr sechshundertfünfzigtausend Menschen ihre Ferien, und davon leben wir gut, aber der Staat eben auch. Und noch was! Mit seiner Länge von vierzig Kilometern ist Sylt ein dem Festland vorgelagertes mächtiges Riff, ist ein Bollwerk, das den ersten Ansturm der Wellen auf das dahinter liegende Festland abfängt. Auch deshalb muss man alles daransetzen, diesen Vorposten intakt zu halten.«

Sie schwiegen eine Weile, verfolgten das Getöse ringsum. Der Sturm hatte mittlerweile die Stärke neun bis zehn erreicht. Als Barbara bei einem besonders heftigen Schlag zusammenzuckte, legte Boy Michel seinen Arm um ihre Schulter.

»Keine Angst!«, sagte er. »Hier bist du sicher.« Nach einer Weile ergänzte er: »Wahrscheinlich muss ich gleich nach draußen.«

»Warum?«

Er ließ sie los und wies hinaus in den Garten. »Siehst du dahinten die einzelne Kiefer?«

»Die krumme?«

»Ja. Man sieht ihr an, was sie im Laufe der Zeit durchgemacht hat. Sie ist gebeugt wie der Rücken eines Mannes, der sein Leben lang zentnerschwere Säcke geschultert hat. Dieser Baum hat mir schon viel Kummer bereitet, aber ich hänge an ihm, wie man an einem kranken Kind hängt, von dem man weiß, dass es besondere Pflege braucht. Und ..., guck mal, wie er sich windet!«

»Was, wenn er kippt?«

»Er ist gesichert, aber es kann sein, dass der Strick nicht hält. Ich hol' mal eben einen neuen aus dem Keller.«

Er ging, und als er zurückkam, hatte er ein gebündeltes Hanfseil in der Hand.

»Wenn du raus musst, helfe ich dir«, sagte sie.

»Lieber nicht. Du kommst gegen den Wind nicht an, wiegst ja viel weniger als ich.«

»Ein so leichtes Mädchen bin ich nicht.«

Er lachte, wurde aber gleich wieder ernst und legte erneut seinen Arm um ihre Schulter. »Bist genau richtig«, sagte er, »bist so, wie die Frau sein soll, von der ich möchte, dass sie eine Weile bei mir bleibt, möglichst lange, sehr lange, am liebsten für immer.«

»Bisher war ich eigentlich nicht der Typ, der bleibt«, antwortete sie. »Eher ein Wandervogel oder, wie meine Mutter es mal sehr boshaft formuliert hat, eine Wandergans. Sie ärgerte sich darüber, dass meine Beziehungen immer in die Brüche gingen.«

»War das wirklich so?«

»Ja, ich hab' immer nur die falschen Männer getroffen. Meistens waren sie zu jung, zu unreif.«

»Ich glaube, ich liebe dich«, sagte er.

»Das sollte man eigentlich nicht glauben, sondern wissen. Findest du nicht auch?«

»Stimmt. Aber ich wollte dich nicht erschrecken, wollte es dir ganz behutsam sagen. Also, ich weiß es natürlich längst. Aber ich weiß auch, dass es da eine Barriere gibt. Ich bin etwa doppelt so alt wie du, und wenn ich dir, um es altmodisch auszudrücken, einen Antrag machen wollte, müsste er eigentlich lauten: Willst du meine Tochter werden?«

Sie war verwirrt, doch das nicht so sehr, weil er sich ihr offenbart hatte, als vielmehr wegen der Worte, die ihm dazu in den Sinn gekommen waren. Deutlich erinnerte sie sich an die Nacht, in der sie sein Testament gelesen hatte und auf jene Passage gestoßen war, die das ecuadorianische Mädchen betraf. ›Warum bin ich nicht Boy Michel Boysens Tochter oder, verdammt nochmal, von mir aus auch seine Geliebte?‹, hatte sie damals gedacht. Ja, und nun sprach er etwas aus, was in eben diese Richtung wies, denn ob nun Tochter oder Geliebte, es war das, wonach sie sich gesehnt hatte, nämlich Geborgenheit. Welche Rolle ihr dann zufallen würde, war zweitrangig. Es kam nur darauf an, dass er sie an die Hand nahm und wegführte von den vielen Stolpersteinen, die bisher auf ihrem Weg gelegen hatten.

Sie wollte gerade antworten, hätte dabei auch keine Bedenken gehabt, ihn an das gemeinsame nächtliche Bad in der Nordsee zu erinnern und an die Küsse und ihm zu sagen, dass sie die Vater-Tochter-Rolle wohl schon verwirkt hätten, sie aber trotzdem gern an seiner Seite bleiben würde, als Freundin oder als Geliebte, jedenfalls in einer Weise, die gegenseitige Nähe bedeutete – da riss der Strick, der die Kiefer gehalten hatte. Tief neigte sich der Baum nach Osten, drohte zu fallen. Sie sah es. Er sah es. Natürlich war ihre Erwiderung ihm wichtiger als sein gefährdeter Baum, doch ganz tief in seinem Innern hatte er Angst, fürchtete, sie könnte nein sagen, und also flüchtete er sich in das stürmische Geschehen vor seinen Augen. Immer noch hielt er in der Linken das Ersatzseil. Er hob es kurz hoch und sagte: »Nun ist es passiert, und ich muss was tun.«

Er ging in die Garderobe, nahm seinen Mantel vom Bügel und wollte ihn anziehen, aber plötzlich stand sie neben ihm, sagte noch einmal: »Ich helfe dir«, und da legte er ihr den schützenden Mantel um.

Sie traten vors Haus. Es stürmte unvermindert. Er nahm sie, die es schwer hatte, sich gegen die Böen zu behaupten, bei der Hand.

Als sie den Baum erreicht hatten, sahen sie, dass er kurz davor war, vollends zu kippen. Die Erde hatte im Bereich des Wurzeltellers tiefe Risse bekommen. Ganz sicher würde, wenn sie jetzt untätig blieben, der Ballen nach einer der nächsten schweren Böen mitsamt seinem unterirdischen Geflecht bloßgelegt sein. Neben dem Stamm lag der zerrissene Strick, ebenso die Manschette aus schwarzem Gummi, die die Rinde vor Einkerbungen geschützt hatte und auf die auch bei der neuerlichen Bindung nicht verzichtet werden durfte.

Er machte sich an die Arbeit, brachte die Manschette an, befestigte ein Ende des Hanfseils am Stamm, schlug einen Rundtörn und hielt Barbara das andere Ende hin, sagte, wobei er fast schreien musste, um verstanden zu werden:

»Ich versuche, die Kiefer aufzurichten, und wenn ich ›jetzt‹ sage, ziehst du stramm! Danach wird verknotet!«

»Gut!«, schrie sie zurück und griff nach dem Seil.

Er schob sich unter den Stamm und wuchtete ihn, der nun auf seinem Rücken lag, mit aller Kraft nach oben. Ganz langsam, Zentimeter für Zentimeter, richtete er sich auf, und dieses Bild, der von unten her mit äußerster Anstrengung gegen die Kiefer drückende Boy Michel Boysen, war die Ursache dafür, dass sie die Selbstbeherrschung verlor. Blitzartig waren vor ihren Augen zwei fast identische Hergänge nebeneinandergerückt: der unter seiner Last ächzende Mann, dessen Rücken sich gegen das Holz stemmte, und die Frau, die in ihrem Sarg ein Gleiches tat. Ohne jede Überlegung rief sie aus:

»Mein Gott, wie damals die Mutter!«

Erst als sie heraus waren, diese sechs verheerenden Worte, befielen Barbara der Schreck und das Entsetzen über ihr Versagen. Dennoch versuchte sie aufzufangen, was eigentlich nicht aufzufangen war, versuchte es verweifelt:

»Meine Mutter..., damals, vor vielen Jahren, das war im Grunewald... Da waren Holzfäller. Sie waren bei der Arbeit. Sägten die dicken Stämme. Und..., und einer schrie: Vorsicht! Und stemmte sich gegen einen Baum. Und..., und... meine Mutter half ihm, weil auch Kinder da waren, ich und auch andere Kinder. Und dann fiel der Baum, aber..., aber die beiden, der Mann und meine Mutter, hatten ihn in eine andere Richtung geschoben, so dass keinem was passiert ist. Und du da eben..., das sah so ähnlich aus.«

Sie wusste nicht, konnte es nicht einschätzen, ob es ihr gelungen war, sich herauszuretten aus ihrer Not, gab sich alle Mühe, gelassen zu wirken. Aber Gelassenheit war unmöglich, weil, wie die Worte selbst, so auch deren hilflose Aufarbeitung Schreien bedeutet hatte, Schreien gegen den Sturm.

Und er? Er hatte die Worte, ganz dicht an seinem Ohr und überlaut gesprochen, wohl vernommen, aber zunächst nicht begriffen. Erst nach der so auffallend hilflos vorgebrachten Erklärung war ein böser Verdacht in ihm aufgekommen. Er ließ den Baum wieder sinken, kroch unter dem Holz hervor und richtete sich auf, sah Barbara an, irritiert, ratlos, traurig, klammerte sich dann aber doch an die Grunewald-Version. Doch die Zweifel kehrten sofort zurück. Wegen eines einzigen Wortes. Wieso hatte sie gesagt: *die* Mutter und nicht *meine* Mutter? Er fragte nicht danach, hatte zu große Angst, ihre Antwort würde ihn nicht überzeugen. So sagte er: »Arbeiten wir weiter! Er muss gestützt werden, sonst ist er verloren.«

Und erneut ging er ans Werk, mühsam und plötzlich sehr müde. Er bückte sich, kroch unter den Stamm, rückte die Manschette, die sich verschoben hatte, zurecht, drückte, stöhnte, richtete den Baum auf, und als er ihn in der gewünschten Höhe hatte, rief er: »Jetzt!« Aber dieses *Jetzt* kam nicht engagiert, wie es zur Team-Arbeit und zur Erwartung des gemeinsam errungenen Erfolgs gepasst hätte, kam nicht fröhlich, sondern ganz unbeteiligt, kam wie von einem, dem die Lust an seinem Tun vergangen war.

Sie hatte das Ende, das ihr entglitten war, wieder aufgenommen, hielt es ihm hin. Er packte es, machte noch einen Rundtörn und verknotete es mit zwei halben Schlägen. Dann kämpfte er sich heraus aus dem Gewirr der schweren Äste, und sie gingen zum Haus, nicht mehr Hand in Hand und beide mit unsicheren Schritten.

Alles war nun anders geworden, und er wie auch sie sehnten sich danach, allein zu sein. Sie fand einen Weg. Er war wenig überzeugend, aber sie wusste keinen besseren.

»Mir ist nicht gut. Ich würde mich gern ein bisschen hinlegen. Bei mir zu Hause.«

Er akzeptierte das sofort. Es hätte nahegelegen, dass sie sich in seinem Haus ausruhte, aber er schlug es nicht vor. So stiegen sie trotz des Unwetters in den Rover.

Es wurde eine schweigsame und schwierige Fahrt. Ihm war es nur recht, dass er hinterm Steuer seine ganze Konzentration aufbieten musste und sogar Mühe hatte, das Lenkrad zu halten. Und auch sie blieb stumm, fand vor Scham keine Worte.

In Munkmarsch gaben sie sich die Hand, keinen Kuss wie sonst beim Abschied.

»Gute Besserung!« Keine Frage, was es denn sei, Kopfschmerzen oder Übelkeit oder vielleicht ein Schwächeanfall wie damals im Watt. Nur: Gute Besserung!

»Danke.«

Er fuhr zurück, hatte es schwer, beides zu bewältigen, das Wetter und die Verstörung. Immer wieder griff der Wind nach dem Rover, und er musste gegensteuern. Und immer wieder packten ihn quälende Zweifel an ihr, der er kurz zuvor seine Liebe gestanden hatte.

Missgelaunt erreichte er sein Haus, sagte zu Merret, dass er einen verspäteten Mittagsschlaf halten wolle, und zog sich zurück.

Oben, in seinem Schlafzimmer, legte er sich angezogen aufs Bett, und da begann die Gedankenmühle erst so richtig sich zu drehen.

Wieso *die* Mutter und nicht *meine*? Es hätte damals, im Grunewald, natürlich irgendeine Mutter gewesen sein können, und dann hätte es gestimmt, aber in der Holzfällergeschichte war es keine andere Mutter, sondern ihre, und also hätte es auch bei ihrem Schreckensruf *meine* heißen müssen und nicht *die*.

Oder? Es war ein kläglicher Versuch, der Ungereimtheit mit Hilfe einer kleinen sprachlichen Betrachtung beizukommen. Trotzdem machte er ihn: Ich weiß, manche Menschen sagen, auch wenn die eigene gemeint ist, *die Mutter hat es verboten*. Oder: *Die Eltern hatten etwas anderes mit mir im Sinn*. Das wirkt sehr distanziert. Doch es muss nicht unbedingt Kälte bedeuten, ist oft nur regional bedingt. Aber sofort kamen ihm Zweifel: Als sie von der Griechenlandreise und von der Krim erzählte, hieß es *meine* Mutter und *mein* Vater. Also kennt sie es von Haus aus so und nicht anders, und folglich ist eine Lüge im Spiel.

Noch einmal spulte in seiner Vorstellung die Gartenszene ab, und die Erinnerung ließ einen bestimmten Umstand besonders deutlich zutagetreten. Es war keine Einzelheit, war keine Nuance, sondern ein ganz dickes, unübersehbares oder vielmehr unüberhörbares Faktum. Nie vorher hab' ich sie stottern hören, dachte er. Da draußen, neben meiner Kiefer, tat sie es. Die Grunewald-Geschichte kam nicht glatt heraus. Sie arbeitete daran, erfand sie offenbar erst beim Erzählen, wollte damit etwas anderes bemänteln. Ständig fügte sie etwas hinzu, die Holzfäller, die dicken Stämme, die Kinder..., alles kam stückweise. Ich darf mir nichts vormachen: Sie kennt die Geschichte von der Frau, die man lebendig begraben hat. Woher? War sie an meinem Schreibtisch? Wenn ja, warum? Ist sie je allein in meinem Wohnzimmer gewesen, und das nicht nur für einen Augenblick, sondern für einen Zeitraum, der ausreicht, den Schreibtisch zu öffnen, die Kopie des Testaments zu lesen und bei den vielen Seiten ausgerechnet auf die Stelle zu stoßen, die diesen Fall behandelt?

Ihm fiel ein, dass er einmal, als Merret unterwegs war, angerufen wurde und kurz ins *Kaamp Hüs* musste. Barbara war während der halben Stunde allein. Aber wie gelangte sie an den Schlüssel? Überhaupt: Was war der Anlass, meinen Schreibtisch zu durchwühlen?

Seine Gedanken gingen einen weiten Weg zurück, bis an den Anfang. Und da war es dann wieder, das Rätsel um die verlorengegangene Wattwanderin, das er schließlich durch ihren Bericht über die Ohnmacht und den Orientierungsverlust für geklärt gehalten hatte. Natürlich, dachte er, da draußen kann man, wie an jedem Ort der Welt, plötzlich die Kräfte verlieren. Hab' das ja schon mal bei einem aus meiner Gruppe erlebt. Der lange Fußmarsch, die sengende Sonne..., unbegreiflich ist so ein Kollaps nicht, und darum hab' ich geschluckt, was sie uns auftischte, als wir sie wieder auf den Beinen hatten. Aber ein bisschen war es wohl auch so, dass ich ihr glauben *wollte*. Doch jetzt melden sich meine Zweifel gleich mehrfach. Erstens: Sie ist jung, und der andere war fünfzig. Zweitens: Sie wollte partout nicht in die Klinik. Drittens: So einen Schwächeanfall kriegt doch irgend jemand aus der Gruppe mit. War das Ganze also nichts anderes als ein Manöver?

Er war aufgewühlt, zerrissen. Die schönen Wochen mit all ihren Höhepunkten, der Bernstein-Stunde, den vielen Spaziergängen, dem Fest bei Lord Nekk, dem nächtlichen Bad im Meer, sie schienen sich als ein Irrtum, schlimmer noch, als ein Betrug zu erweisen.

Aber: Was war der Grund?

Am späten Nachmittag war das Wetter etwas besser geworden. Er zog seinen Mantel an und machte sich auf den Weg, fuhr zum *Ellenbogen*, ließ den Wagen in der Nähe des Leuchtturms stehen und ging hinunter zum Strand, hatte den Wind von vorn. Doch der traktierte ihn nicht nur, sondern kühlte ihm auch den Kopf.

Als er nach drei Stunden wieder zu Hause war, stand sein Entschluss fest. Er wollte die abrupte Wende ins Böse oder auch nur ins Dubiose nicht kampflos hinnehmen, wollte eine Reise machen, die vielleicht Licht ins Dunkel bringen würde. Er wollte für ein paar Tage nach Berlin fahren.

16.

So groß das Ansehen Boy Michel Boysens war, dem Neffen Jan Jacob blieb der Respekt versagt. Zwar war auch er auf der Insel bekannt, aber eher in der Weise, dass man hinter vorgehaltener Hand über ihn sprach, und dabei ging es dann meistens nicht gerade wohlmeinend zu. Einige nannten ihn einen Versager, andere bezeichneten ihn als Windhund oder Filou. Bei ihm waren schon in ganz jungen Jahren Phantasie und Bosheit eine unheilvolle Verbindung eingegangen. So war er zum Beispiel als Fünfzehnjähriger auf die Idee verfallen, einer fast Gleichaltrigen mit Hilfe eines perfiden Tricks einen wahrlich hinterhältigen Streich zu spielen.

Zu jener Zeit hatte seine Mutter - der Vater war da schon gestorben - Besuch aus Skagen. Es handelte sich um eine Schulfreundin, die mit einem Dänen verheiratet war. Dessen vierzehnjährige Nichte Karen hatte sie auf die Wochenendreise mitgenommen. Die beiden Frauen hatten sich viel zu erzählen und ließen die Kinder weitgehend allein.

Das Mädchen konnte kein Wort Deutsch, und so unterhielt sich Jan Jacob mit ihr in einem Gemisch aus Schulenglisch und dem bisschen Dänisch, das er, wie viele Grenzlandbewohner, sprach. Als Karen ihn bat, ihr doch wenigstens einen kompletten Satz in seiner Sprache beizubringen, kam er diesem Wunsch mit heimlicher Freude nach. Aus seinem dänischen Wortschatz kramte er *Ich will mit dir schwimmen gehen* hervor und präsentierte ihr statt der tatsächlichen deutschen Entsprechung eine höchst schlüpfrige Bemerkung, trug sie mit so unschuldiger Miene vor, als wäre sie der Vers eines Weihnachtsgedichtes, und ergötzte sich an dem Eifer, mit dem sie so lange übte, bis der Satz ihr fehlerfrei gelang.

Der üble Scherz hatte ein Nachspiel. Die Familie, genauer gesagt, Mutter und Sohn und Tante und Nichte, saß im Wohnzimmer bei Kaffee und Kuchen, als ein Nachbar der Boysens ins Haus schneite und zum Bleiben gebeten wurde. Dieser Mann, ein Angestellter des Marschenbauamtes, wollte eigentlich nur ein bisschen Konversation machen, als er Karen fragte, ob sie denn auch etwas Deutsch könne. Ihre Tante übersetzte die Frage ins Dänische, und prompt ließ der Teenager sich vernehmen: »Lass uns eine flotte Nummer schieben!« Damit war es natürlich um die gemütliche Kaffeestunde geschehen. Die Erwachsenen, der konsternierte Marschenmensch eingeschlossen, bekamen rote Köpfe und wussten nicht, wohin mit ihrer Betroffenheit; Karen sah verstört in die Runde, und Jan Jacob schlich sich aus dem Zimmer.

Später, am Abend, wurde das Strafgericht über den missratenen Sohn abgehalten, der schnell als Urheber des Eklats ausgemacht worden war. Für drei Monate wurde ihm das Taschengeld gestrichen. Und Karen? Sie hatte lange damit zu tun, das peinliche Resultat ihres Fremdsprachenunterrichts zu verwinden.

Der Vorfall machte, weil es einen außerfamiliären Zeugen gegeben hatte, in Westerland schnell die Runde und trug dazu bei, dass man Jan Jacob außer der bei einem Jugendlichen ja nicht seltenen Dreistigkeit eine ernster zu nehmende moralische Verkommenheit nachsagte.

Und auch sein schulischer Werdegang ließ zu wünschen übrig. Von der Begabung her war er durchaus ein Kandidat fürs Abitur, doch er trachtete danach, möglichst früh an eigenes Geld zu kommen. Bereits als Zehnjähriger hatte er in der Sommerzeit die Keitumer und Tinnumer Wiesen nach Staticen abgesucht, um sie in der Friedrichstraße an Kurgäste zu verkaufen. Pro Bund bekam er zwanzig Pfennige, und nicht selten hatte er am Abend drei, vier Mark beisammen. Seiner Mutter, besorgt um das Ansehen der Boysens, missfiel dieser Handel; jedoch verbot sie ihn nicht. Nur als sie dem Jungen auftrug, sich für den Straßenverkauf manierlicher anzuziehen, und er ihr darauf erwiderte, das passe nicht zur Rolle eines angeblich in Armut lebenden Kindes und darum sei eine zerschlissene Hose viel passender, blieb sie hart und ließ ihn mit seinem prallgefüllten Staticenkorb erst gehen, nachdem er sich umgezogen hatte.

Dieses *Jilfortiine*, dieses Geldverdienen, führte er in späteren Jahren fort, wobei es fast immer darum ging, den Kurgästen nun nicht mehr die Groschen, sondern die Markstücke abzuluchsen. Er bewachte Parkplätze in Sansibar und Samoa, hin und wieder auch bei der legendären Buhne 16, trug Gepäckstücke vom Westerländer Bahnhof in die Hotels oder bot sich Ortsunkundigen als Inselführer an. Diese Tätigkeiten, die nicht auf die Ferienwochen beschränkt blieben, hatten zur Folge, dass er in seinen Schulleistungen deutlich nachließ, einmal sogar im Zeugnis den Vermerk *Versetzung gefährdet* nach Haus brachte. Daraufhin engagierte seine Mutter einen Nachhilfelehrer und versuchte, ihrem Sohn klarzumachen, dass ihre und seine Einnahmen und Ausgaben in eine Gesamtrechnung eingebracht werden müssten. Wenn er pro Stunde fünf Mark verdiene, sie aber mindestens das Dreifache auszugeben habe, um sein schulisches Defizit auszugleichen, sei das eine unbefriedigende Bilanz. Er hingegen wollte von einer Gesamtrechnung nichts wissen und wagte es sogar, auf die Unterhaltspflicht der Mutter zu verweisen. Doch seine Einwände waren vorgeschoben. Im Grunde zielte er damit auf etwas ganz anderes ab, was er dann auch verwirklichte: Er machte einfach Schluss mit der Schule, bekam daher nicht einmal die Mittlere Reife.

Einige Jahre später baute er das, was er vorher nur aushilfsweise betrieben hatte, zum Beruf aus, verschaffte sich, wozu die Insel gute Voraussetzungen bot, eine Dauerbeschäftigung als Hausmeister und Verwalter von Ferienwohnungen. Durch diese Tätigkeit, die ihn in die verführerische Nähe zu fremdem Besitz gebracht hatte, entstand sein Wunsch, selbst eine Wohnanlage zu errichten. Als dann seine Mutter gestorben war und er ihr Westerländer Haus und ein nördlich von Keitum gelegenes Grundstück erbte, schienen ihm seine finanziellen Verhältnisse so günstig zu sein, dass er den heiklen Schritt auf den Immobilienmarkt riskierte und ein großes Objekt erstellte, damit jedoch wegen mangelnder Erfahrung und falscher Einschätzung scheiterte. In diese Zeit zermürbender Finanzierungsnöte fiel seine unglückselige Entdeckung, dass die kleine Elfenbeinkugel mit Chancen lockte, wie normale Geschäfte sie nicht hergaben. Dem vorausgegangen war eine entscheidende Änderung in den Statuten des Westerländer Spielcasinos. Während den Einheimischen bis dahin der Zugang zu den grünen Tischen verwehrt gewesen war, stand fortan auch für jeden erwachsenen Sylter die Casinotür offen.

Jan Jacob Boysens Debüt beim Roulette war furios. Am ersten Abend gewann er satte fünftausend Mark. Die beiden nächsten Besuche brachten zwar etwas weniger ein, waren aber auch erfolgreich. Doch dann schlug das Pendel zur anderen Seite aus. Er verlor, verlor mehr, als er gewonnen hatte, und damit hatte sie ihn auch schon erfasst, die teuflische Spirale der Einbußen und der zwanghaften Versuche, diese wettzumachen. Das ging nicht gut. Mochte der letzte Casinobesuch auch unter einem extrem günstigen Stern gestanden haben, übers Ganze gesehen war die Spielleidenschaft für den nunmehr Zweiundvierzigjährigen mit hohen Verlusten verbunden.

Bis vor kurzem allerdings hatte er seine Lage nicht als bedrohlich eingeschätzt, denn immerhin war es ihm gelungen, Barbara dem Onkel so nah zu positionieren, dass er hoffen konnte, zunächst einmal die Stiftung SEEFAHRT aus dem Rennen zu werfen und später vielleicht doch wieder als Erbe der Kliffburg in Betracht zu kommen.

Aber dann war Merret bei ihm erschienen, und seit ihrem Bericht über die Vorgänge im *Süderhaus* beschäftigte ihn die Frage, wie weit er Barbara vertrauen konnte, und so hatte es ihn doppelt hellhörig gemacht, dass sie sich an diesem Morgen mit dem Hinweis, es gebe etwas Wichtiges zu besprechen, für zehn Uhr bei ihm angesagt hatte.

Als Treffpunkt hatte er das Café *Orth* vorgeschlagen, doch sie war wegen der Gefahr, beobachtet zu werden, gegen eine so markante Westerländer Adresse gewesen und hatte gemeint, der sicherste Platz sei seine Wohnung.

Dort erschien sie zur vereinbarten Zeit. Aus dem lukullischen Frühstück mit Lachs und Kaviar, das ihm vorgeschwebt hatte, wurde ein simples Wasser. Sie saßen sich gegenüber, genau wie an jenem Tag, als es darum gegangen war, die heimlich beschaffte Kopie des Testaments zu lesen und zu besprechen.

Hatte sie einst, nach dem gelungenen Manöver im Watt, emphatisch gesagt: *Es hat funktioniert! Es hat tatsächlich funktioniert!*, so kamen diesmal ganz andere Worte von ihren Lippen. Es war ein einzelner kurzer Satz. Weil Jan Jacob und sie im Zusammenhang mit ihrem konspirativen

Vorhaben oft von einem Plan gesprochen hatten, verkündete sie ohne Umschweife:

»Er ist geplatzt!«

Da er mit dieser Aussage nichts anfangen konnte, leistete er sich zunächst einmal, wie es seine Art war, einen zugleich frivolen und makabren Scherz.

»Wer oder was ist geplatzt?«, fragte er. »Dein Reifen? Hast ja gar kein Auto! Ein Pariser? Nimmst doch, wie ich annehme, die Pille! Oder am Ende Onkel Boy? Wär' nicht der richtige Zeitpunkt.«

»Immer erstmal zynisch; kannst wohl gar nicht mehr anders«, antwortete sie und fuhr dann sehr ernst, sehr bekümmert fort: »Nein, geplatzt ist unser Plan.«

»Wieso denn das? Es lief doch bis jetzt sehr gut! Hattet ihr plötzlich Streit? Hat er dich etwa vor die Tür gesetzt?«

»Ja, so könnte man sagen. Zwar hat er mich noch nach Munkmarsch gefahren, gestern nach dem Sturm, aber der Abschied war kurz und frostig und, wie es scheint, für immer.«

Jetzt verdüsterte sich sein Gesicht. »Red nicht so lange drum herum!«, brauste er auf. »Was ist passiert?«

»Ich hab' mich verraten, leider. Ich weiß, du hast mich gewarnt, als ich das Testament mitnahm, hast gesagt: Pass auf, dass du nicht irgendwas von dir gibst, was du nur aus dem Testament wissen kannst! Oder so ähnlich hast du's gesagt. Und genau das ist gestern passiert.«

Sie erzählte. Vom Wind, der zum Sturm wurde. Von der Kiefer, deren Strick gerissen war, und davon, dass sie zu zweit die Bindung erneuern wollten. Ja, und wie sie dann eine Sekunde lang unkonzentriert war und versagte. Sie gab die sechs unheilvollen Worte wieder und sprach von ihrem kläglichen Versuch, eine Geschichte zu erfinden, die Grunewaldgeschichte. »Es ist klar«, sagte sie noch, »es hätte nicht passieren dürfen, aber es ist nun mal passiert. Hängt wohl davon ab, wie mächtig etwas auf einen einwirkt.«

Jan Jacob zögerte mit der Antwort. Er überlegte, wie er Barbara davon überzeugen könnte, dass sie ihn um nichts in der Welt verraten durfte.

»Wir müssen nachdenken«, sagte er schließlich. »Uns muss etwas einfallen. Weiter auf deine Grunewald-Story zu setzen, wäre sinnlos. Die hat er nicht geschluckt und würde sie auch bei einer Nachbesserung nicht schlucken. Es muss ein Geständnis her und ein Reuebekenntnis, klug ausgedacht, überzeugend. Gleichzeitig muss zu hundert Prozent feststehen, dass ich darin nicht vorkomme. Bitte, versteh das! Erst einmal solltest du ihm schreiben.«

»Und was?«

»Weiß ich noch nicht. Fest steht bis jetzt nur, dass wir eine Erklärung brauchen, eine, die glaubwürdig und rührselig zugleich ist. Dabei spielt der Schlüssel zum Schreibtisch natürlich eine große Rolle. Wenn du nicht erklären kannst, wie du an den gekommen bist, fehlt etwas ganz Entscheidendes.«

»Ich könnte mit einem Dietrich gearbeitet haben.«

Er schüttelte den Kopf. »Ist mir zu simpel. Wem nichts Intelligentes einfällt, der greift zur Allerweltslösung.«

»Danke!«

»Nicht beleidigt sein! War nicht so gemeint. Im übrigen würde er dir den Dietrich kaum abnehmen. Den Schreibtisch hat er sich mal aus Argentinien mitgebracht, war auf seinem Schiff ja kein Problem. Und das Schloss ist ein amerikanisches Fabrikat, robust und trotzdem kompliziert. Mit einem normalen Dietrich wäre das gar nicht zu knacken. Aber ich glaube, ich hab' die Lösung! Irgendwer, sagen wir, eine Antiquitäten-Mafia, hat dich auf Raritäten angesetzt. Zunächst ging es nur um Ortung und Besichtigung. Die Leute haben rausgekriegt, dass im Nobelort Kampen ein Kachelofen steht, der eine Viertelmillion wert ist. Du hattest den Auftrag, dir das Ding anzugucken und mit dem Besitzer in Kontakt zu kommen, vielleicht sogar eine

Expertise auszugraben, den Ofen dann nebst Zeugnis zu fotografieren und deine Bosse über alles zu unterrichten. Und da du ihn dir also genau angesehen hast, von allen Seiten, bist du auch an den Schlüssel geraten. Das Loch dazu zu finden, war nicht schwer. Wirklich, die Abfolge ist plausibel: Beim Inspizieren des Ofens bist du auf den Schlüssel gestoßen. Der hat dir den Schreibtisch geöffnet. Darin hast du nach einer Expertise für den Ofen gesucht und dabei den roten Ordner entdeckt. Den hast du in die Hand genommen. Hast drin geblättert und bist ausgerechnet auf die haarsträubende Sache mit der Leiche gestoßen, die noch lebte. Und diese Gruselgeschichte saß von da an so penetrant in deinem Kopf, dass sie dir zwangsläufig einfiel, als der Alte unter dem Baum seine Gymnastik machte. So, das ist das Gerüst, der Rohbau sozusagen. Jetzt geht's an die Feinarbeit. Natürlich wird er Näheres über diese Mafia wissen wollen. Sie sitzt in Berlin. Könnten Russen sein. Die müssen ja neuerdings für alles Mögliche herhalten. Du weißt nichts Näheres. In einer Kneipe sind die Leute an dich herangetreten. Das Übliche: Woher? Wohin? Was machst du, wenn du nicht gerade in der Kneipe sitzt? Hättest du Lust, etwas Geld zu verdienen? Und so weiter. Als du denen erzählt hast, dass du im Sommer nach Sylt fährst, haben sie ihren Mafia-Katalog gewälzt, darin die Insel gefunden und Kampen und den Hinweis, dass da das Objekt, sagen wir NF IV, zu finden ist. NF steht für Nordfriesland. Es handelt sich um einen kostbaren Kachelofen. Alte Delfter Manufaktur. Kannst ihm die Burschen noch ein bisschen genauer schildern. Nadelstreifen. Rolex. Smarte Jungs, die generalstabsmäßig zu Werke gehen.«

»Ist das alles nicht viel zu dick aufgetragen?«, unterbrach Barbara Jan Jacobs von großen Gesten begleiteten Redefluss.

»Ist es nicht. Jeder, auch ein Boy Michel Boysen, weiß, was sich heutzutage abspielt. Es wimmelt doch nur so von schrägen Figuren, die nichts anderes wollen als abzocken.«

Sie zeigte mit dem Finger auf ihn. »Zu denen du ja wohl auch gehörst.«

»Klar, hab' ich auch nie bestritten. Aber das Leben ist hart. Bei der Pleite mit der Wohnanlage hättest du meine Banker mal hören müssen! Die waren nicht hart, die waren knallhart. Und dass ich damals noch die Kliffburg in Aussicht hatte, änderte daran überhaupt nichts. Ich konnte ja kein Papier vorzeigen. Schwamm drüber! Zurück zum Hier und Jetzt! Wie schlimm die Zustände sind, kannst du auf Schritt und Tritt sehen. Das beschränkt sich ja nicht auf Drogen und Prostitution und Geldwäsche. Da gibt's noch viel mehr. Nimm allein mal die Werbung! Okay, sie ist in der Regel legal und manchmal auch ganz witzig, doch oft geht sie zu weit. Oder denk an die Drückerkolonnen, die der armen Oma klarmachen, dass sie ohne die Zeitschriften, die sie ihr unter die Nase halten, am Leben vorbeidämmert und sich genausogut gleich einen Strick nehmen kann. Kurzum, der Handel mit gestohlenen Antiquitäten ist nur eine von vielen Möglichkeiten, andere Leute abzuzocken, und deshalb wird mein Onkel es dir abnehmen, dass du da in etwas hineingeraten bist. Doch nun kommt der Knüller, der seelische Salto: Der Mann, dessen Heim und Herd du auskundschaften solltest, ist ein so hinreißendes Exemplar, dass du längst die Seiten gewechselt hast. Erzählst ihm, tief betroffen, deine Geschichte, die von deiner anfänglichen Bereitschaft, bei den bösen Buben mitzumachen, und die von deiner Wandlung.«

»Jan Jacob, ich kann das nicht.«

»Klar kannst du das! Der Kontakt zu ihm darf nicht abreißen.«

»Ist er ja schon.«

»Also muss er wiederhergestellt werden, und dafür brauchen wir eine Story. Die wahre kannst du nicht erzählen, es sei denn, du opferst mich, und damit wäre ich auf Sylt ein für allemal erledigt.«

»Ich kann nicht. Es hieße, eine Lüge ausgleichen zu wollen durch eine andere.«

»Überleg doch mal, diese andere wäre barmherzig. Du würdest nicht nur mich schonen, sondern auch ihn, denn natürlich würde es ihn umhauen zu erfahren, dass sein Neffe, sein eigen Fleisch und Blut, ihn hat reinlegen wollen. Hast in seinem Testament doch gelesen, dass er letztlich an der Sippe hängt, dass Familie ihm was bedeutet. Er wünscht sich ja, dass ich mich ändere, damit der Name Boysen wieder einen guten Klang hat. Und nun so was! Es würde ihn so tief treffen, dass ich nicht mehr die geringste Chance bei ihm hätte. Er würde mich zum Teufel jagen und dich gleich mit. Die Mafia-Masche dagegen, die würde er dir verzeihen. Das sind anonyme Gauner. Du warst total pleite und hast dich deshalb von denen einwickeln lassen. Eine Kumpanei mit mir dagegen würde definitiv das Ende eurer Beziehung bedeuten.«

Noch einmal sagte sie: »Ich kann nicht.« Und setzte hinzu: »Ich kann ihn nicht schon wieder belügen. Mein Eintritt in seine Welt war eine Lüge, folglich auch jeder Tag unseres Zusammenseins. Und Grunewald war eine Lüge. Die hat er durchschaut. Und nun soll die nächste kommen. Es hört nicht auf. Mir ist das Ganze auch zu bombastisch, das Ding mit der Mafia...«

»Aber eine letzte Lüge muss es noch geben. Sonst ist alles zu Ende.«

Sie dachte nach, sagte schließlich:

»Wie wäre es denn mit einer kleinen? Einmal war ich tatsächlich allein in seinem Haus. Merret war nicht da, und er musste plötzlich ins *Kaamp Hüs*. Er wird sich daran erinnern. Da könnte ich mir alles in seinem Wohnzimmer genau angesehen haben, auch den Ofen und den eben auch von hinten. Damit wäre das Schlüssel-Problem gelöst. Und der Weg zu seinem Schreibtisch kann dann ganz einfach, ganz logisch erfolgt sein. Hab' sofort gesehen, wohin der Schlüssel gehört.«

»Aber der Grund! Warum hast du seinen Schreibtisch durchwühlt? Ist doch nicht die feine englische Art. Verdammt, es muss etwas absolut Plausibles her!«

»Neugier. Die Berliner Göre aus kleinen Verhältnissen wollte wissen, wie ein Mann, der Stil und Lebensart und Geschmack hat, so lebt. Unverzeihlich, doch nicht unerklärlich. Ist ja bekannt, dass soziale Unterschiede so manche Begehrlichkeit wecken, und mit Neugier fängt so was meistens an.«

»Magst recht haben«, antwortete er und fügte hinzu: »Eine Lüge wäre das allerdings auch.«

»Eine, mit der ich leben könnte, weil sie nicht so dick ist, nicht so pompös. Und neugierig auf alles, was ihn angeht, war ich ja wirklich und bin es noch immer. Doch eines sag ich dir klipp und klar: Von dieser letzten Lüge abgesehen, ist jetzt Schluss mit allem Taktieren, also auch mit dem, was du als Überzeugungsarbeit bezeichnet hast. Unser Programm ist zu Ende. Ich hab' mich damals auf deinen Plan eingelassen, hab' mitgemacht, und das war leichtfertig, denn die möglichen Folgen habe ich nicht genügend bedacht, hab' mir nicht vorgestellt, dass da, wenn alles klappt, ein Mensch mir Vertrauen entgegenbringt, dass er Gefühle investiert, auf denen er, wenn ich ihn im Stich lasse, sitzenbleibt, enttäuscht, traurig, verletzt. Nie wieder darf ich so mit einem Menschen umgehen, schon gar nicht, wenn er mir etwas bedeutet. Glaub mir, ich könnte vor Scham im Boden versinken! Mit anderen Worten: Ich brauche Abstand, will eine Weile allein sein, will untertauchen, zwar hier bleiben, aber für Boy Michel erstmal unauffindbar sein. Im Hotel hab' ich mich schon abgemeldet. Das ging, weil die Saison sich neigt, ohne Schwierigkeiten über die Bühne. Die Wohnung gebe ich auch auf. Das große Problem ist nur, dass ich nicht genug Geld habe und darum eine ganz billige Unterkunft finden muss.«

»Da mach dir mal keine Gedanken! Ich hab' genügend Quartiere an der Hand, die in Frage kommen könnten. Und damit du nicht verhungerst, ... « Er stand auf, trat an den Schrank, griff unter einen Wäschestapel, und als er sich wieder gesetzt hatte, zählte er zu Barbaras Verblüffung aus einem beachtlichen Bündel Geld etliche Scheine auf den Tisch. Den Rest steckte er ein. Dann zeigte er auf die vor ihr ausgebreiteten Fünfhunderter und sagte: »Das sind zwölftausendfünfhundert Euro. Ich schenke sie dir. Damit kommst du erstmal über die Runden. Es ist genau die Hälfte von dem, was ich kürzlich gewonnen habe. Ich hab' also ehrlich geteilt.«

Sie war sprachlos, starrte auf das Geld und schüttelte staunend den Kopf.

»Das reicht zum Untertauchen«, sagte er, »aber tauche nicht zu tief, damit er dich irgendwann wiederfindet.«

»Danke!«, sagte sie endlich, und weil sie aus ihrer Tingeltangel-Zeit das Nowak-Lied von Hugo Wiener kannte, das nicht nur in Schwabing, sondern auch in ihrem Berliner Kabarett und auf vielen anderen Bühnen häufig gesungen wurde, fuhr sie fort, und es klang sogar ein bisschen feierlich, ganz abgesehen davon, dass in ihrem Tonfall Versöhnliches mitschwang: »Ja, ja, der Jacob lässt mich nicht verkommen!«

17.

Berlin irritierte ihn. Er kannte Shanghai und Sydney, Río und San Francisco und viele andere große Städte, und immer hatte er sich in ihnen schnell zurechtgefunden. Sie hatten Häfen, und die Schiffe dort sorgten, nicht selten bis hinein in die Randzonen, für ein ganz eigenes, ihm vertrautes Ambiente. Ausflugsdampfer und Fähren und Schuten dagegen hatten für ihn nichts wirklich Nautisches, waren die Spielzeugvarianten seines Metiers, wie die Havel-Seen und die Spree Planschbecken waren.

Er unternahm, nachdem er im Hotel angekommen war und seine Reisetasche ausgepackt hatte, als erstes eine Stadtrundfahrt, die kleine Version, die zwei Stunden dauerte und die wichtigsten Sehenswürdigkeiten im Programm hatte. Er wollte sich wenigstens einen flüchtigen Einblick verschaffen in Barbaras Umfeld.

Ja, Berlin schien ein verwirrendes Revier zu sein. Es war in zweifacher Hinsicht eine Metropole im Umbruch. Durch die Verschmelzung von Ost und West waren die beiden vorher so unterschiedlichen Stadthälften dabei, sich einander anzugleichen, was den Bewohnern, so erzählte der Reiseleiter, eine jahrelange Bautätigkeit beschert und manche zum Jubeln, andere zum Jammern veranlasst hatte. Auch das zweite historische Ereignis hatte ein regelrechtes Baufieber ausgelöst, der Umzug der Regierung von Bonn in die alte Reichshauptstadt. Für die Realisierung der zum Teil gigantischen Projekte reichten zwei Jahrzehnte nicht aus, und so erblickte der Besucher von der fernen Insel neben vielen vollendeten Neubauten auch einige erst halbfertige Betonquader, gewaltige Gruben, gähnende Schächte. Und in den Himmel ragende Kräne sah er, von denen er wusste, dass sie mit Schiffsladungen, Werften und Container-Terminals nichts zu tun hatten.

Nach der Rundfahrt kehrte er ins Hotel zurück. Es war eins der mittleren Kategorie und befand sich in der Nähe des Zoos. Er zog sich um, rief ein Taxi und fuhr zum *Adlon*.

Er hatte zwei Bücher in seinem Reisegepäck, die ausführlich über das legendäre Haus informierten, einen großformatigen bebilderten Band und eine Monographie des Hotels. Schon bald nach Barbaras erstem Besuch im *Süderhaus* hatte er sie gekauft, ihr jedoch davon nichts gesagt, um den womöglich entstehenden Eindruck von Übereifer zu vermeiden. Während der Bahnfahrt war er lange in seine Lektüre vertieft gewesen, hatte sich auch die zahlreichen Fotos genau angesehen, und so erkannte er, als er nun vor dem imposanten, vorwiegend beigefarbenen, im obersten Stockwerk jedoch mit einer leuchtend grünen Fassade versehenen Gebäude stand, viele Einzelheiten wieder. Und es dauerte dann auch nicht lange, bis er bereit war, den vielen diesem Haus geltenden Superlativen, die man allenthalben las und hörte, Glauben zu schenken, als da waren:

Erste Adresse in Berlin! Luxus! Tagungsstätte und Logis für die Elite aus Kultur, Wissenschaft, Politik, Wirtschaft und Medien!

Ihn faszinierten die großen Namen der Vergangenheit, die vor allem 1997 anlässlich der Wiedereröffnung in Presse, Funk und Fernsehen noch einmal genannt worden waren und auch in seinen Büchern nicht fehlten: Albert Einstein, Yehudi Menuhin, Charlie Chaplin, Thomas Mann, Richard Tauber, Josephine Baker und viele mehr. Ja, so detailliert waren in seiner Lektüre die Darstellungen und Berichte, dass sich darin sogar kleine Episoden aus dem Leben dieser First-Class-Gesellschaft fanden, die dem Leser ebenso informativ wie amüsant von den Meriten und den Marotten einiger der prominenten Gäste erzählten.

Er hatte Fotos gesehen von den Trümmern, die übrigblieben, nachdem ein großer Teil des Gebäudes Anfang Mai 1945 ein Opfer der Flammen geworden war. Und von der Merkwürdigkeit hatte er erfahren, dass das *Adlon* abbrannte, als der Kampf um Berlin bereits beendet war und kein Schuss, keine Granate, keine Bombe mehr fiel.

Hatten ihn bereits während der Taxifahrt und auch nach dem Aussteigen die Stätten des Umfeldes, das *Brandenburger Tor*, die Straße *Unter den Linden*, die *Straße des Siebzehnten Juni*, der *Pariser Platz*, beeindruckt, so flößte das Hotel selbst ihm geradezu Respekt ein. Schon die Eingangshalle war zum Staunen. Sie hatte riesige Ausmaße und war dennoch auf jedem Quadratmeter so erlesen, so edel, dass ihn das Gefühl beschlich, auf falsches Terrain geraten zu sein.

Er ging noch nicht zur Rezeption, sah sich erst einmal die vielen Räumlichkeiten an: den Ballsaal, den Wintergarten, die Bibliothek, das Kaminzimmer, die Lobby-Bar, das Bundeszimmer, die Restaurants.

Obwohl es ihn drängte, ließ er sich Zeit, die Frage zu stellen, deretwegen er die weite Reise unternommen hatte. Er war hierhergekommen, um Nachforschungen über eine junge Frau anzustellen. Hatte er jetzt Angst vor dem Ergebnis? Er wusste es selbst nicht genau. Doch wahrscheinlich war es so, denn während seines Rundgangs schwirrten ihm mögliche Antworten durch den Kopf wie: »Ja, die hat hier mal gearbeitet, wir mussten sie entlassen.« Oder gar: »Die Henke? Erinnern Sie mich bloß nicht an die!« Zugleich befürchtete er, aus Gründen des Datenschutzes keinerlei Information zu erhalten.

Er entschloss sich, mit seiner Frage noch zu warten, ging in den Wintergarten, bestellte Kaffee.

Jan Jacob fiel ihm ein, aber das nun nicht in Verbindung mit Barbara, nein, die Assoziation entstand ganz anders, ging zurück auf die schon vor Reisebeginn getroffene Entscheidung, nicht im *Adlon* abzusteigen, sondern mit drei Sternen zufrieden zu sein. Jan Jacob, dachte er jetzt, wäre, wenn ihn die Tourismusbörse oder die Aktion *Eine Tüte Sand* oder sonst ein der Insel dienender Werbefeldzug in diese Stadt verschlagen hätte, auch dann im *Adlon* abgestiegen, wenn er für die drei Übernachtungen von dem die Kosten tragenden Verband grad mal dreihundert Euro bekommen, am Abend vorher aber im Casino dreitausend gewonnen hätte. Und wären es fünftausend oder mehr gewesen, hätte er statt eines Zimmers eine Suite gewählt. So ist er, mein sauberer Neffe! Und darum hat er es auch zu nichts gebracht.

Es lag wohl an diesem illustren Ort, dass er sich nun für eine ganze Weile an Gedanken über Herkunft und Zugehörigkeit verlor und ihm dazu ein Lied einfiel, das er mochte und das er sich zu Hause immer mal wieder anhörte. Es war die von Shmuel Rodensky gesungene traurige Weise von der ungerechten Verteilung der Güter dieser Welt, vom Glück des Löwen und vom Leid des Lamms, die in der an den Lieben Gott gerichteten Klage gipfelte: »Sag, warum ich zu den Lämmern kam!« Er musste lächeln, weil ausgerechnet das Lamm nicht nur im übertragenen Sinn zu den Lebensumständen seiner Vorfahren gehört hatte.

Doch verfiel er keineswegs in Wehleidigkeit. Im Gegenteil. Während der Besinnung auf den eigenen Werdegang und die darin errungenen Ziele dachte er daran, dass es außer den mächtigen Löwen und den genügsamen Lämmern ja noch andere Tiere gab, die edlen Pferde zum Beispiel und die starken Bären, die possierlichen Pinguine und die lustigen Springböcke. Ich liege wohl, sinnierte er, irgendwo dazwischen, aber wahrscheinlich hab' ich auch etwas von einem ausgewachsenen Esel, der sich von einer schönen, jungen Frau hat hereinlegen lassen.

Er begann, Bilanz zu ziehen. Ganz oben rangierten seine beiden Immobilien, das *Süderhaus* und die *Klefborig*, mit dem jeweiligen Inventar. Es folgte, was er in vier Jahrzehnten Seefahrt zusammengespart hatte. Das war beachtlich, denn er hatte Monat für Monat nach der jetzigen Währung etwa tausendfünfhundert Euro, den Mittelwert der Einkünfte aus seiner Matrosen-, Offiziers- und Kapitänszeit, zurücklegen können. Es war möglich gewesen, weil er keine Familie hatte, die es zu ernähren galt, und weil er stets bei freier Kost und freiem Logis gefahren war. Und etwas anderes kam hinzu: Der Frachtumschlag vollzog sich seit langem erheblich schneller als beispielsweise gleich nach dem Krieg. Ein fünfzigtausend Tonnen großer Bulk-Carrier konnte seine Erz- oder Getreideladung in Tagesfrist löschen oder laden, und auch die modernen Container wurden in kürzester Zeit gestaut oder von Bord gehievt. Wenn nun aber, wie also seit langem üblich, die Hafenaufenthalte quasi Blitzvisiten waren, die Fahrtstrecken, nicht selten über den halben Globus hinweg, jedoch mehrere Wochen beanspruchten, lag es auf der Hand, dass der Seemann kaum Gelegenheit hatte, Geld auszugeben.

Ja, da ist so einiges zusammengekommen, dachte er, zumal ich es immer gut angelegt habe.

Er schob die Bilanzen beiseite und beschäftigte sich wieder mit dem Zweck seiner Reise, fragte sich, ob man ihm grundsätzlich, selbst wenn es über Barbara ausschließlich Positives zu berichten gäbe, die Auskunft verweigern würde. Dann, so überlegte er, muss ich das hinnehmen und mich ganz auf die zweite Berliner Spur konzentrieren. Er zahlte, stand auf, wechselte hinüber in die Halle und ging zum Empfang.

Entgegen der landläufigen Meinung können Friesen, wenn sie wollen, durchaus Charme entwickeln. An diesem Nachmittag jedenfalls ließ da einer dieser als spröde geltenden Nordmänner seine ganze Liebenswürdigkeit spielen, als er der etwa dreißigjährigen Angestellten seinen Namen nannte und erklärte:

»Ich hoffe, Sie können mir weiterhelfen. Wenn Sie so nett sind, wie Sie hübsch sind, müsste ich mit meinem Anliegen eigentlich Erfolg haben. Ich brauche dringend eine Auskunft und vermute, dass ich sie nur von Ihnen oder von jemandem aus Ihrem Kollegenkreis bekommen kann. Ich bin eigens dafür fünfhundert Kilometer weit gefahren. Ich suche nach einer jungen Frau, der ich in einer Familiensache eine wichtige Nachricht überbringen muss. Sie soll bis vor etwa einem halben Jahr in diesem Hotel gearbeitet haben. Ich weiß nicht, in welcher Abteilung. Es könnte die Rezeption gewesen sein, aber auch die Verwaltung oder irgendein anderer Bereich. Sie heißt Barbara Henke, ist Berlinerin und dreiunddreißig Jahre alt.« Er fügte, obwohl er es anders wusste, hinzu: »Vielleicht arbeitet sie sogar jetzt noch bei Ihnen. Es geht mir darum, an die Privatadresse von Frau Henke zu kommen oder Verwandte von ihr ausfindig zu machen. Können Sie mir helfen?«

»Also mir«, war die spontane Antwort, »ist eine Barbara Henke nicht bekannt. Aber ich frag' mal eben nach. Bitte, entschuldigen Sie mich einen Augenblick.«

Sie ging, und als sie nach wenigen Minuten zurückkam, brachte sie einen älteren Herrn mit. Auch ihm stellte Boy Michel Boysen sich vor und wiederholte sein Anliegen.

»Es tut mir leid«, sagte daraufhin der Mann, »aber eine Frau Henke war hier bei uns zu keiner Zeit tätig. Wer hat Sie, wenn ich fragen darf, denn auf das *Adlon* gebracht?«

»Ein Bekannter von ihr«, erwiderte Boy Michel Boysen, »der aber auch nicht weiß, wo sie abgeblieben ist. Er meinte, dass sie hier gearbeitet haben könnte. Ja, dann war das wohl ein Irrtum. Bitte, entschuldigen Sie, dass ich sie bemüht habe.«

Er verließ das *Adlon*, fuhr erst einmal zurück in sein Hotel, zog die Schuhe aus und legte sich aufs Bett. Eigentlich, dachte er, hätte ich damit rechnen müssen. Wer bei *einer* krummen Sache erwischt wird, hat meistens auch noch andere krumme Sachen auf dem Kerbholz, und seien es simple Lügen. Das *Adlon* war also pure Protzerei, ein Herumprahlen mit der feinen Adresse. Was alles mag sonst noch erfunden sein? Der russische Vater? Kaum, denn der ist nichts zum Angeben. Und das Hotel in Westerland stimmt auch, schließlich habe ich sie gleich zu Beginn an der Rezeption mal besucht.

Er sah auf die Uhr. Es war noch Zeit, den Streifzug durch die Kreuzberger Schuhgeschäfte zu beginnen, aber er fühlte sich plötzlich zu müde dazu. Und er war skeptisch geworden, dachte: Ein solcher über mehrere Jahre innegehabter Arbeitsplatz hat zwar kein großartiges Renommee, ist aber doch eine vorzeigbare Station und darum wohl auch erfunden. Trotzdem, ich bin nun mal hier. Morgen geh' ich auf die Suche.

Wie von selbst ergab es sich, dass er noch einmal die Szene vor Augen hatte, in der die verhängnisvollen Worte gefallen waren. Sie muss, dachte er wieder, von dem Begräbnis der jungen Mutter gewusst haben, und das heißt, dass sie an meinem Schreibtisch gewesen ist. Wieso? Und bei welcher Gelegenheit? Warum hab' ich sie nicht einfach danach gefragt? Ich glaube, das hatte mit ihrer so erschreckend hilflos vorgebrachten Grunewald-Geschichte zu tun. Die nahm ich ihr nicht ab. Aber weil ich zugleich sah, wie sie litt, habe ich nicht gefragt.

Ja, dachte er, so war es! Ich wollte sie davor bewahren, sich in immer neue Lügen zu verstricken. Ich wollte sie schonen, denn, verdammt nochmal, ich liebte sie, und ich liebe sie noch immer!

18.

Es bedurfte, um an einer Rezeption entgegenkommend behandelt zu werden, nicht unbedingt des *Adlons*. Auch in seinem Hotel stieß er auf hilfsbereite Angestellte. Ein gewisser Giovanni mit venezianischen Vorfahren, der aber sicher auf Örtlichkeiten wie *Köpenick* und *Kudamm* mit mehr Aussicht auf Erfolg anzusprechen war als auf solche wie *Murano* und *Markusplatz* und der das Berliner Idiom so waschecht beherrschte wie der Steppke an der Ecke, erbot sich, im Internet die Kreuzberger Schuhgeschäfte herauszusuchen, die Liste auszudrucken und ihm nachher ins Zimmer zu bringen. Es dauerte gar nicht lange, da klopfte er an Boy Michel Boysens Tür, gab ihm die Seite mit den Namen und Adressen und erklärte:

»In ganz Berlin wären es an die dreihundert gewesen. Gottseidank brauchen Sie ja bloß die in Kreuzberg, und da sind es gerade mal diese fünfzehn.«

So gewappnet, stieg Boy Michel Boysen ins Taxi, vereinbarte einen Preis, bei dem die Uhr ausgeschaltet blieb und jede angefangene Viertelstunde zählte. Die Liste hatte er nach vorn gereicht, damit der Fahrer die alphabetische Reihenfolge ändern konnte in eine, die sich von den zu bewältigenden Strecken her anbot.

Der erste Laden, den er betrat, hatte den nicht gerade von Einfallsreichtum zeugenden Namen *Shoe Shop*. Auch hier, wie tags zuvor im *Adlon*, musste eine Angestellte ihren Chef bemühen. Der kam nicht sofort, weil er telefonierte. So sah Boy Michel Boysen, wenn auch ohne großes Interesse, auf die in den Regalen ausgestellten Schuhe, beobachtete, ebenfalls ohne es wirklich wahrnehmen zu wollen, wie ein sehr dicker, älterer Mann, flankiert von geöffneten Kartons, auf einem Hocker saß und kritisch an seiner Leibesfülle entlang auf die Füße hinabäugte, sich bückte, unter offensichtlichen Mühen die Schuhspitzen knetete, sich erhob und vor einem mannshohen Spiegel auf und ab ging. Das Ergebnis dieser Prüfung brauchte Boy Michel Boysen nicht abzuwarten, denn der Herbeigerufene, ein Graukopf in schwarzen Jeans, grünlichem Hemd und schwarzer Weste und mit einem goldenen Ring im rechten Ohr, erschien und fragte ihn, womit er dienen könne.

Die Litanei. Dann auf der anderen Seite das Stirnrunzeln, das Kopfschütteln. Daraufhin der Dank und das Aufwiedersehen.

Der nächste Laden, in der derselben Straße, das gleiche Ergebnis. Das dritte Geschäft, ein Eckgebäude, war ein Schuhkaufhaus mit acht großen Schaufenstern und mindestens einem Dutzend Verkäufern und Verkäuferinnen. Er geriet an eine liebenswürdige Frau, die sich als die Inhaberin herausstellte und also bei niemandem nachfragen musste. Doch auch sie war nicht in der Lage, ihm zu helfen, pries aber, als das Frage-und-Antwort-Spiel vorüber war, so wortreich und eindringlich die neue Kollektion italienischer Schuhe an, die gerade eingetroffen sei, dass er sich fast hätte überreden lassen, ein Paar zu kaufen, am

Ende jedoch erwiderte, er sei nur wegen der genannten Frau in Berlin und habe zu Hause einen ganzen Schrank voller Schuhe.

Laden vier und fünf waren kleine, adrette Geschäfte mit jeweils nur einem Verkäufer. Sie bedauerten ebenfalls. Dabei erfolgte im Laden fünf wieder der Hinweis auf gerade hereingekommene Ware, diesmal in Frankreich hergestellt und in allen Größen vorrätig, dazu im Preis drastisch heruntergesetzt, was der Umworbene als glatten Widerspruch zu der soeben erfolgten Anlieferung empfand. »Danke, nein!«, sagte er und ging.

Als er ins Taxi stieg, war der Fahrer dabei, sein Frühstücksbrot auszupacken. Er wollte es wieder ins Papier wickeln, aber Boy Michel Boysen meinte, er solle es in Ruhe essen und erst dann weiterfahren.

Im sechsten Geschäft stimmte der Nachname, Alter und Geschlecht hingegen machten auch aus diesem Versuch einen Fehlschlag, denn mit dem vor zwei Monaten in den Ruhestand getretenen Roland Henke war ihm nicht gedient.

Die Sieben brachte den Volltreffer! Zwar war die hübsche Asiatin, die er zunächst fragte, allein schon vom Sprachlichen her überfordert, doch der Geschäftsinhaber erwies sich als der Mann, der Barbara Henke vor einigen Jahren entlassen hatte.

»Es ging nicht anders«, erklärte er. »Der Umsatz war so schlecht, dass ich auf die beiden jüngsten Zugänge, Herrn Lambert und Frau Henke, verzichten musste. Schon ein Jahr später wollte ich beide wieder einstellen, aber bei Frau Henke gelang mir das nicht. Sie war wegen einer schweren Erkrankung ihrer Mutter zu Haus unabkömmlich geworden. Schade, denn sie war sehr tüchtig und bei den Kollegen wie auch bei den Kunden außerordentlich beliebt.«

Das zu hören, tat Boy Michel Boysen wohl. Und auch ganz konkret, nämlich im Hinblick auf den nächsten

Schritt, konnte der etwa Sechzigjährige, der, wie seine Mitarbeiter, einen hellblauen Kittel trug und dessen bis auf die Schultern herabhängende Mähne ein bisschen an Lord Nekks Haarpracht erinnerte, ihm weiterhelfen, denn er hatte sogar die Adresse, schränkte allerdings ein:

»Vielleicht stimmt sie heute nicht mehr. Soweit ich mich entsinne, erwog Frau Henke, ihre Mutter, mit der sie zusammen wohnte, in ein Heim zu geben. Na ja, wenigstens haben Sie damit eine Anlaufstelle. Nachbarn werden Ihnen ja vielleicht weiterhelfen können.« Er holte eine Akte aus seinem Büro, schrieb daraus die Anschrift ab und gab Boy Michel Boysen den Zettel. »Ich hoffe«, sagte er dann, »die Nachricht, die Sie Frau Henke zu überbringen haben, ist erfreulich.«

»Es ist die Mitteilung, dass ein Verwandter, der in Argentinien lebt, den abgerissenen Kontakt wieder aufnehmen möchte. Er ist zur Zeit in Deutschland, macht gerade Urlaub auf Sylt und hat eine Ferienwohnung in meinem Haus gemietet, und da ich für ein paar Tage nach Berlin reisen musste, erbot ich mich, hier mal meine Fühler auszustrecken. Ich freue mich darüber, dass ich wenigstens Ihr Geschäft habe ausfindig machen können.«

»Woher wussten Sie denn von uns?«

»Der Mann aus Argentinien sagt, Frau Henke habe in einem Brief ein Kreuzberger Schuhgeschäft erwähnt. Aber das war ihr letzter. Danach hat sie nichts mehr von sich hören lassen.«

Der im Umgang mit Lug und Trug bestens vertraute Jan Jacob Boysen hätte vermutlich seine helle Freude daran gehabt, zu erleben, wie glatt und überzeugend dem Onkel die Lügengeschichten über die Lippen kamen, hätte womöglich sein eigenes Schwindelpotential für genetisch bedingt gehalten. Doch so leicht, wie es den Anschein hatte, fielen Boy Michel Boysen die Ausflüchte nicht. Allein die Tatsache, dass es sich dabei um keine bösartigen Lügen oder zum Schaden anderer ausgelegte Fallstricke handelte, sondern nur um harmlose Gespinste, die ihm die Suche erleichtern sollten, versetzte ihn in die Lage, mit solchen Ammenmärchen aufzuwarten.

Wieder im Taxi, erklärte er dem Fahrer: »Mit den Schuhgeschäften sind wir durch. Jetzt geht es privat weiter.« Er nannte das neue Ziel und erntete die spontane Antwort: »Nicht gerade die feinste Adresse.« Doch gleich darauf kam: »Oh, verdammt, das wollte ich gar nicht sagen! Ist mir so rausgerutscht.«

»Schon gut. So was passiert mir manchmal auch. Sind Sie Berliner? Ich frage das, weil Sie sich hier so gut auskennen.«

»Ein halber. Ich stamme aus Königs-Wusterhausen; das liegt in der Mark Brandenburg. Aber seit der Wende wohne und arbeite ich in Berlin.«

»Und? Zufrieden mit der Veränderung?«

»Im Großen und Ganzen ja. Es geht uns besser. Jetzt kann ich mit meiner Familie - ich habe eine Frau und drei Kinder - Urlaub im sonnigen Süden machen. Vorher war es immer nur unser Schrebergarten. Aber irgendwie schön war es da auch. Wärmer, wenn Sie verstehen. Man war sich näher untereinander. Mit den Nachbarn und so. Allen ging es gleich schlecht, aber eben allen gleich. Das verbindet. Und *so* schlecht war es ja nun auch wieder nicht. Manchmal besuchte uns mein Onkel aus Grünberg. Das liegt heute in Polen und hat einen anderen Namen: Zielona Góra. Also, bevor der wieder nach Hause fuhr, deckte er sich regelmäßig bei uns ein. Ist eben alles relativ. Mein Onkel jedenfalls sagte damals immer, wir in der DDR lebten wie im Paradies.«

Sie fuhren etwa eine Viertelstunde, und dann stand Boy Michel Boysen vor einem tristen Mietshaus, fand auf der Klingelleiste den Namen Henke nicht und versuchte es erst einmal mit einer der Wohnungen im Erdgeschoss. Dort öffnete ihm eine Frau, die ein kleines Kind auf dem Arm hatte. Der Name Henke sagte ihr nichts, aber sie nannte ihm jemanden, der schon mehr als dreißig Jahre in diesem Haus wohnte. »Ein pensionierter Eisenbahner. Sie finden ihn im zweiten Stock rechts«, sagte sie. Also stieg er die Treppe hinauf.

Diesmal öffnete ihm ein kahlköpfiger älterer Mann. Er trug eine dunkelblaue Trainingshose, einen grauen Wollpullover und weiße Turnschuhe. Im Hintergrund sah Boy Michel Boysen durch die geöffnete Zimmertür den Fernseher laufen. Er entschuldigte sich wegen der Störung, sagte seinen Spruch auf und endete mit den Worten: »Der nette Inhaber des Schuhgeschäfts gab mir die Adresse von Frau Henke und ihrer Mutter, und nun ist meine Hoffnung...« Weiter kam er nicht, denn unter heftigem Kopfnicken sagte sein Gegenüber: »Ja, ja, die arme Meta!« Er blickte aufwärts und wies dann auch noch mit dem rechten Zeigefinger nach oben. »Sie wohnten über uns. Damals lebte meine Frau noch. Wir haben uns mit den Henkes gut verstanden, waren sogar befreundet, auch mit Igor, dem langjährigen Partner von Meta.«

»Herr Brockmann..., ich nehme an, dass Sie so heißen, denn dieser Name steht an Ihrer Tür...«

»Ja, Heinz Brockmann.«

»Herr Brockmann, ich würde mich gern ein bisschen mit Ihnen unterhalten.« Er erklärte kurz, worum es ihm ging, und fuhr fort: »Mein Gast auf Sylt möchte möglichst viel über seine entfernte Verwandtschaft erfahren. Ich wäre auch gern bereit, Ihnen den Zeitverlust zu bezahlen, wenn Sie mir, sagen wir, eine halbe Stunde opfern könnten. Einen Hunderter wäre mir das wert.«

»Kommen Sie rein!«

Kurz darauf saßen sich die beiden Männer in Sesseln gegenüber. Den Fernseher hatte Brockmann ausgeschaltet. Er bot seinem Besucher Bier an, doch Boy Michel Boysen lehnte dankend ab. Er nahm einen Hundert-Euro-Schein aus der Brieftasche, schob ihn über den Tisch. Aber Brockmann wollte ihn nicht. »Für so etwas Geld zu nehmen, wäre schäbig«, meinte er. »Es geht doch um alte Freunde. Ich erzähle Ihnen auch so, was Sie wissen wollen.«

»Das ist nett.« Boy Michel Boysen steckte sein Geld wieder ein. »Sie sagten vorhin: ›Die arme Meta!‹ Wieso arm?«

»Es fing wohl alles damit an, dass Igor, also ihr Lebensgefährte, wie man heute sagt - er ist der Vater von Barbara - auf die Krim versetzt wurde. Das war vor dem Zusammenbruch im Osten. Und irgend jemand, vielleicht ja ein russischer Kamerad, soll Meta erzählt haben, Igor hätte alle Hebel in Bewegung gesetzt, um diesen Wechsel nach Sewastopol, wo er zu Haus ist, durchzuboxen. Ich weiß nicht, ob das stimmt. Falls ja, war Metas Verzweiflung erst recht begreiflich. Sie fing mit dem Trinken an. Zunächst hielt sich das in Grenzen. Meine Frau und ich haben sie oft zu uns geholt. Dann hatten wir sie unter Kontrolle. Oder vielmehr: Dann hatte sie sich selbst besser unter Kontrolle. Aber wenn sie allein war, vor allem morgens, wenn Barbara in der Schule war, gab es kein Halten. Erst nur einmal pro Woche, und zwar immer mittwochs, weil Barbara da zum Mittagessen nicht nach Hause kam. Da seilte Meta sich ab, wie sie es nannte, und wenn Barbara so gegen fünf oder sechs erschien, fand sie ein Häufchen Elend vor. Sie klingelte dann bei uns, und wir halfen, so gut wir konnten. Aber bald wurde es öfter als nur einmal pro Woche. Schließlich war jeder Tag ein Höllentag für das Kind. Als meine Frau starb, hatte ich meine eigenen Probleme und davon nicht zu wenig, weil es ein Verkehrsunfall war und ich einen langen Krieg gegen die Versicherung führen musste. Na ja, das ist ein anderes Thema und interessiert jetzt nicht. Ich will auch nur sagen, dass ich mich von da an nicht mehr viel um Barbara kümmern konnte. Ich bekam nur am

Rande mit, dass sie irgendwann die Schule an den Nagel gehängt hat. Damals habe ich oft, manchmal einen ganzen Monat lang, bei meinem Schwager gewohnt, in Rambin auf Rügen. Ein richtiger Kontakt zu Meta und ihrer Tochter bestand gar nicht mehr. Man kann sagen: Barbara hat in der Zeit nach und nach alle Menschen verloren, die für sie wichtig gewesen waren - ihren Vater, meine Frau, mich, ja, wegen des Alkohols auch ihre Mutter. Einmal, das werde ich nie vergessen, sagte sie etwas, was meiner Frau und mir ganz schön unter die Haut gegangen ist. Sie hatte sich mal wieder stundenlang um die betrunkene Meta kümmern müssen und kam fix und fertig runter zu uns. Sie weinte, und als sie sich halbwegs wieder beruhigt hatte, sagte sie: ›Als alleinerziehende Tochter hat man ein ziemlich bescheuertes Leben.‹ Später brachte man ihre Mutter ins Heim. Wenn mich heute jemand nach einem Urteil über Barbara fragt, und Sie tun das ja, dann muss ich sie ungefähr folgendermaßen beschreiben: sehr hübsch, intelligent, tüchtig, fleißig, hilfsbereit, freundlich..., bis es in ihrem Lebenslauf den großen Knick gab, und von da an war sie, weil das Leben ihr einen Tritt nach dem anderen versetzte, eigentlich nicht mehr sie selbst. Auch ihr Humor, den sie reichlich hatte, wie oft haben wir zusammen gelacht, war weg. Wie gesagt, sie war ein anderer Mensch, soweit ich das beurteilen konnte, denn ich sah sie nur noch selten. Einmal erzählte mir eine Nachbarin, sie triebe sich in üblen Spelunken herum. Ich weiß nicht, ob das wirklich so war. Nachbarn, vor allem Nachbarinnen, können ja manchmal ganz schön boshaft sein...«

Brockmann erzählte und erzählte, und Boy Michel Boysen gewann allmählich den Eindruck, er brächte immer wieder etwas Neues, nur um nicht aufhören zu müssen. Sicher ist dieser Mann seit dem Tod seiner Frau völlig vereinsamt, dachte er, und nutzt nun jede sich bietende Gelegenheit, mit jemandem sprechen zu können. Ihm selbst kam das sehr zustatten, denn mehr und mehr rundete sich das Bild ab, das hier von Barbaras frühen Jahren gezeichnet wurde.

Längst hatte er sich doch ein Bier geben lassen. Er erwog sogar, den Taxifahrer, der noch immer draußen wartete, wegzuschicken, unterließ es dann aber, befand, die im Viertelstundentakt fälligen Quoten seien gut angelegtes Geld.

Besonders lebhaft berichtete Brockmann von einer Schüleraufführung. »Darin hatte«, sagte er, »Barbara die Hauptrolle. Sie spielte in Manfred Hausmanns Stück die Lilofee. Ihr Vater war da schon lange weg, und Meta hing mächtig an der Flasche. Wenn Barbara sie endlich im Bett hatte, kam sie runter zu uns, und meine Frau und ich probten mit ihr die Rolle. Ich weiß noch genau, dass ich, weil sie ja erst fünfzehn war, ein Problem hatte mit der Stelle *Und er nahm sie in den Mantel, nahm sie ganz an seinen Leib. Und da wurde sie im Regen eines jungen Seemanns Weib.* Ich sagte das auch und meinte, es wäre von dem Deutschlehrer sehr gewagt, den Kindern einen solchen Text in die Hand zu geben. Und da war sie es, Barbara, die uns Erwachsenen erklärte, so genau dürfte man sich das nicht vorstellen. ›Es genügt‹, sagte sie, ›einfach nur an eine Umarmung zu denken‹.«

Brockmann seufzte, wiegte seinen kahlen Kopf und fuhr fort: »Übrigens hatte sie diese Stelle gar nicht selbst zu sprechen, aber sie kannte das ganze Stück auswendig. Ja, sie war ein kluges Mädchen. Doch später geriet sie an falsche Freunde und war, natürlich auch wegen ihrer Mutter, ziemlich am Ende...«

Eine volle Stunde verbrachte Boy Michel Boysen in der kleinen Wohnung. Sein Angebot, Brockmann für die geopferte Zeit zu entschädigen, wiederholte er nicht. Es hätte den Mann wahrscheinlich verletzt, war es doch, wie es schien, für ihn keine verlorene, sonder eher eine gewonnene Stunde. Beim Abschied, schon in der Tür, sagte der denn auch zu seinem Gast:

»Vielen Dank für Ihren Besuch! Auf meinem Kalender kriegt dieser Tag ein ganz dickes Kreuz, weil ich mal was anderes tun konnte als immer nur fernzusehen oder Zeitung zu lesen oder mit meiner Märklin-Eisenbahn zu spielen.«

Auf dem kurzen Weg über die Treppe und weiter bis zur Straße, wo das Taxi stand, überlegte er, ob er die Adresse, die Brockmann ihm diktiert hatte, seinem Fahrer nennen sollte oder nicht. In Erklärungsnot würde ein Besuch bei Barbaras Mutter ihn kaum bringen, so wie der Eisenbahner deren Zustand geschildert hatte. Nein, es würde nicht darum gehen, ihr zu erläutern, wieso sich ein Mann für ihre Tochter interessierte, die doch noch jung war, während er eher zu denen gehörte, die sich schon mal nach einem Platz auf dem Friedhof umzusehen hatten. Noch im Auto war er unentschlossen, aber dann dachte er: Wie wenig ansprechbar sie auch sein mag, ich will trotzdem versuchen, noch mehr über Barbara zu erfahren. So sagte er zu dem Mann am Steuer:

»Das wird jetzt unsere letzte Fahrt.«

Bis zum Stadtrand brauchten sie eine halbe Stunde. Dann stand er vor dem großen, von einem zwei Meter hohen Eisengitter umgebenen, rötlich verputzten Gebäude, und dort bedurfte es seiner ganzen Überredungskunst, um ohne vorherige Anmeldung hineinzugelangen.

Schließlich saß er in dem kleinen, mit einfachen Möbeln und vielen blühenden Zimmerpflanzen ausgestatteten Besucherraum Barbaras Mutter gegenüber. Sie trug ein schlichtes hellgraues Kleid. Ihr weißes Haar war wohlgeordnet und von zwei seitlich gesteckten Schildpattspangen gehalten.

Er hatte schon oft bei der Begegnung mit älteren Menschen ein nicht ganz uneitles Zahlenspiel gespielt und sich gefragt: Ist der oder die Betreffende älter oder jünger als ich oder gleichen Alters? Diesmal verbot sich das Spiel von selbst, denn die Frau vor ihm saß wie versteinert da, und ihr Blick ging ins Leere, so dass er weder fünfzig noch sechzig noch siebzig hätte schätzen können.

Er war erschüttert. Doch nach zwei, drei Minuten geschah etwas Seltsames. Im Gesicht der reglos Dasitzenden glaubte er plötzlich einen Schimmer zu entdecken, einen Schimmer von Ähnlichkeit mit Barbara. Die Starre hatte sich gelöst, und er sah Liebreiz, ja, Jugend, doch alles das nur für wenige Sekunden. Dann war es wieder das stumme, steinerne Antlitz.

Der Pfleger, der die Frau hereingeführt hatte und nicht von ihrer Seite gewichen war, sagte ohne Rücksichtnahme auf sie:

»Sie spricht nicht, nimmt Sie nicht wahr. Sie ist eigentlich gar nicht mehr vorhanden.«

»Doch«, antwortete Boy Michel Boysen. Mehr sagte er nicht.

19.

Zur selben Zeit, da Boy Michel Boysen, erschöpft von den vielen Taxifahrten und Gesprächen, im Restaurant seines Hotels zu Mittag aß, war Merret in heller Aufregung. In der an diesem Tag eingegangenen Post hatte sie einen Brief entdeckt, auf dem als Absender das Altonaer HAUS DER VIER WINDE angegeben war. Natürlich hatte sie sich sofort an ihren Besuch bei Jan Jacob erinnert, der ja nur zwei Wochen zurücklag. Sie hatte versprochen, ihn zu informieren, falls Neuigkeiten zu dem Haus mit diesem merkwürdigen Namen einträfen. Rechtschaffen und zugleich kleinmütig, wie sie war, brachte sie es nicht über sich, den Brief - etwa mit Hilfe eines unter der verklebten Lasche entlanggeschobenen Bleistifts oder mit Wasserdampf - zu öffnen, ihn zu lesen und dann mit einem Tropfen Klebstoff wieder zu verschließen. Andererseits interessierte sein Inhalt sie brennend. Zwar war ihr die zwischen Boy Michel und dieser Barbara eingetretene Verstimmung nicht entgangen, doch an ein abruptes Ende der Beziehung wagte sie nicht zu glauben. Immerhin war er am nächsten Tag überraschend in ausgerechnet die Stadt gefahren, aus der die Frau stammte, und also spielte sie vermutlich weiterhin eine Rolle in seinem Leben. Aber welche? Ja, und nun gab es diesen Brief! Wer weiß, dachte sie, vielleicht steht der in Zusammenhang mit der *Klefborig* und hat mit irgendwelchen Zukunftsplänen von Boy Michel zu tun. Wieder nahm sie ihn in die Hand, drehte ihn, hielt ihn ins Licht, aber natürlich schimmerte da nichts Lesbares durch. Schließlich rief sie Jan Jacob an und berichtete.

Als Erstes fragte er: »Ist es sicher, dass Onkel Boy nicht schon heute zurückkommt?«

»Ganz sicher«, erwiderte sie. »Er ist gestern gefahren und sprach von zwei oder drei Tagen.«

»Du könntest mit dem Brief herkommen, und ich entlocke ihm sein großes Geheimnis.«

»Wie denn?«

»Na wie schon? Öffnen, reingucken und wieder dicht machen, und zwar so, dass er nichts merkt.«

Sie antwortete nicht sofort, und weil er sie gut kannte, wusste er, wie ihr jetzt zumute war. Dann hörte er sie sagen:

»Ich möchte..., ich möchte den Brief ungern aus dem Haus tragen. Es ist besser, du kommst her.«

»In Ordnung. Aber vorher musst du unter irgendeinem Vorwand Onkel Boy in seinem Hotel anrufen. Wär' ja möglich, dass sich seine Pläne geändert haben und er jetzt doch im Zug sitzt, vielleicht grad über den Damm fährt und ins Haus platzt, wenn ich da bin.«

»Mach' ich. Ich muss sowieso mit ihm sprechen, weil eine Wattwanderung, zu der er rechtzeitig zurück sein wollte, abgesagt worden ist. Die Kurverwaltung rief an. Es geht um eine Schulklasse, die nun erst später kommt.

Vielleicht möchte er daraufhin ja ein paar Tage länger in Berlin bleiben.«

»Okay. Wenn du ihn nicht erreichst, musst du unbedingt fragen, ob er schon abgereist ist.«

»Mach' ich«, sagte sie noch einmal und fuhr fort: »Übrigens fragt er, wenn er unterwegs ist und wir telefonieren, immer nach der Post. Soll ich diesen Brief lieber erst morgen erwähnen?«

Jetzt war er es, der eine Weile nachdenken musste. »Nein«, sagte er dann, »heute. Ist noch andere Post da?«

»Ja, irgendwas von der Bädergemeinschaft und zwei Briefe von Westerländer Betrieben, wahrscheinlich Rechnungen. Ach ja, und eine Ansichtskarte von Lanzarote. Von einem unserer Stammgäste. Der kommt immer im Spätsommer und hängt, wenn es hier herbstlich wird, jedesmal zwei Wochen südliche Sonne an seinen Sylturlaub dran und teilt uns das auch immer mit. Auf 'ner bunten Karte. Vielleicht will er uns damit ja sagen, dass Sylt nicht alles ist.«

»Lass ihn doch«, war Jan Jacobs Antwort, »wenn's ihm Spaß macht. Also, zähl dem Onkel auf, was an Post da ist! Irgendwann nennst du den Brief aus Altona, nicht als Erstes und nicht besonders betont. Ganz normal, damit er nicht merkt, dass du ihn für wichtig hältst. Gut, also bis gleich.«

»Ja.«

Jan Jacob setzte sich ins Auto und fuhr nach Kampen, parkte gegenüber vom *Kaamp Hüs* und rief mit dem Handy Merret an.

»Er ist noch in Berlin«, sagte sie, »und den Brief brauchst du nicht zu öffnen. Er ist schon offen. Dein Onkel wollte wissen, was drin steht.«

»Und? Was steht drin?«

»Wart es ab! Bist ja gleich hier.«

Sie empfing ihn mit Kaffee und Keksen.

»Nun?«, fragte er.

Sie saßen im Wohnzimmer. Der Brief lag noch nicht auf dem Tisch, denn Merret sah sich veranlasst, erstmal über ihr Gespräch mit Boy Michel zu berichten.

»Er sagte zu mir: ›Merret, du weißt, dass du bei mir eine Vertrauensstellung innehast. Bist zwar nicht mein Arzt und nicht mein Anwalt und auch nicht mein Steuerberater, aber für mich ebenso wichtig wie die drei. Du liest mir diesen Brief jetzt vor, nein, besser noch, ich gebe dir die Fax-Nummer von meinem Hotel, und du faxt ihn hierher. Er ist vertraulich. Ob du ihn lesen willst oder nicht, musst du selbst wissen. Wie auch immer, der Brief geht niemanden etwas an.‹ Ja, und dann hab' ich ihm den Text hingefaxt.«

»Und wirst ihn mir«, sagte darauf Jan Jakob, »jetzt ja wohl zeigen, oder etwa nicht?«

»Eigentlich dürfte ich das nicht. Es ist ein Vertrauensbruch, und ich' hab' ein ganz schlechtes Gefühl dabei.«

»Aber genau wegen dieses Briefes bin ich doch hier!«

»Ich weiß, aber ich weiß auch, dass er mich auf der Stelle rausschmeißen würde, wenn er dahinterkäme, dass ich dir seine Post zeige.« Es rührte Jan Jacob geradezu, mitanzusehen, wie Merret unter ihrem Treubruch litt und wie sehr sie sich abmühte, ihr Vorgehen zu rechtfertigen. »Trotzdem glaub' ich«, fuhr sie fort, »man darf das. Darf etwas Böses tun, um jemanden vor etwas noch Böserem zu bewahren. Und ganz bestimmt wäre es sein Unglück, wenn er dieser Frau verfiele. Sie würde ihn nach Strich und Faden ausnutzen. Selbst wenn er jetzt auf Wolken schwebt, das Erwachen wäre furchtbar. Also muss ich ihn behüten, wie man ein Kind behütet, das nicht weiß, was es tut. Ich zeig' dir den Brief, und du versprichst mir, mit niemandem darüber zu reden!«

»Das versteht sich von selbst.«

»Und solltest du mal wieder mit deinem Onkel zusammenkommen, darfst du nichts wissen. Verplapper' dich also nicht!«

Diese Warnung kam ihm nur allzu bekannt vor.

»Ich schweige wie ein Grab«, versicherte er. »Ist die Sache denn überhaupt so wichtig, dass du erst lange drumherum reden musst?«

»Und ob!«

Sie holte den Brief aus dem Büro, legte ihn auseinandergefaltet auf den Tisch, und er las, las sogar halblaut vor:

»Sehr geehrter Herr Boysen,
ich komme noch einmal auf unser letztes Telefongespräch zurück, in dem es um Ihre hinsichtlich der Kliffburg getroffene Entscheidung ging. Einerseits bedauern wir diese, anderseits akzeptieren wir sie natürlich, zumal in Ihrer damals erfolgten Verfügung ausdrücklich ein Vorbehalt genannt ist und sich die Modalitäten Ihrer Altersplanung nun offenbar geändert haben. Inzwischen ist auch die amtliche Bestätigung, dass im Falle Ihres Todes die Kliffburg nicht an uns fällt, hier eingetroffen.

In Ihrem Entschluss, unserer Stiftung als Wiedergutmachung, wie Sie es nennen, demnächst eine Spende von zweihunderttausend Euro zukommen zu lassen, sehen wir eine großzügige Geste, für die wir Ihnen unseren verbindlichsten Dank sagen. Wir werden, Ihrem Wunsche folgend, den Betrag für die Modernisierung unseres Hauses verwenden, womit im Grunde, wenn auch in veränderter Form, Ihrer ursprünglichen Idee, deutschen und ausländischen Seeleuten zu helfen, entsprochen werden wird. Mit herzlichen Grüßen und so weiter.« Jan Jacob schob das Papier zur Seite. »In der Tat«, sagte er, »was da steht, muss uns zu denken geben.«

»Das finde ich auch«, meinte Merret. »Mir wird ganz anders, wenn ich mir vorstelle, dass er denen die *Klefborig* nur wegen dieser Frau wieder weggenommen hat.« Wie stets sprachen die beiden auch jetzt friesisch miteinander, und bei Merrets nächster Bemerkung über den Onkel musste Jan Jacob dann doch laut lachen. In ihrer Erregung bezeichnete sie den immerhin fünfundsechzigjährigen Boy Michel als einen *Hualevjunkensdreeng*, also als einen jungen, unreifen Burschen mit Flausen im Kopf, zu denen im Halbdunkel verübte Streiche ebenso gehören wie Knutschereien in Hauseingängen.

»Du hast es getroffen!«, sagte er dann, doch er dachte: So drastisch gehe ja nicht einmal ich mit dem Alten um oder jedenfalls nur selten. »Eigentlich«, fuhr er fort, »war Onkel Boy nie ein Mann der schnellen, unüberlegten Entschlüsse, und darum muss man nicht gleich davon ausgehen, dass er ihr die Burg postwendend zu Füßen legt. Aber die Beziehung kann ihn dazu gebracht haben, seine wirtschaftliche Situation grundsätzlich zu überdenken. Er sieht, so ungefähr steht es ja auch in dem Brief, die Planung seines Alters heute anders als noch vor einem Vierteljahr. Wenn er wirklich in die Frau verknallt ist, will er vielleicht finanziell noch besser dastehen als ohnehin schon und darum die *Klefborig* in der Hinterhand behalten. Es kann sogar sein, dass er vorhat, den verrückten Maler an die Luft zu setzen und selbst in die Burg zu ziehen, mit dieser Barbara Henke.«

»Da sei Gott vor!«

»Na ja, das war nur so eine Idee. Dazu muss es ja nicht kommen.«

»Und was sollen wir jetzt machen?«

»Gar nichts. Abwarten. Erstmal hängt ja bei dem jungen Glück der Haussegen schief.«

»Das hab' ich nicht gesagt. Hab' nur von einer Verstimmung gesprochen.«

»Ach, Merret, ist doch egal, wie wir's nennen. Eines sollten wir allerdings machen: in seinem Testament nachsehen, ob da womöglich anstelle des Seemannsheims bereits jemand anderes für die Burg vorgesehen ist. Das zu erfahren, wäre schon wichtig.«

»Junge, ich kann doch nicht einfach seine Schreibtischschublade aufschließen!«

»Aber seinen Brief hättest du geöffnet?«

»Nicht ich. Du.«

»Okay. Machen wir's so: Du gehst mal eben vor die Tür und siehst nach, ob eure Pforte noch da ist. Die schleppen die *Hualevjunkensdreenger* zwar eigentlich nur in der Sylvesternacht zehn Häuser weiter, doch vielleicht haben die sich im Kalender geirrt.«

Sie stand sofort auf und wollte hinaus, aber er rief sie zurück:

»Und der Schlüssel für den Schreibtisch? Wo finde ich den?«

Sie sah hinüber zum Kachelofen, und dann war es nur eine Andeutung, als ihre Hand durch den Raum wischte, war so ungenau, dass er, wäre das Versteck ihm nicht bekannt gewesen, hätte nachfragen müssen. Offenbar glaubte Merret, mit solch einer unpräzisen Geste sei ihr Verrat weniger verwerflich, als wenn sie rundheraus erklärt hätte: Das Ding hängt hinterm Ofen!

Sobald sie draußen war, holte er sich den Schlüssel, öffnete die Schublade, griff nach dem roten Ordner, blätterte, fand die Passage, um die es ging, eingeschwärzt, war zufrieden, blätterte weiter und sah vor allem auch auf den Schluss. Nirgendwo stand etwas geschrieben, was auf einen neuen ins Auge gefassten Burgherren hinwies. Er legte den Ordner zurück und rief nach Merret, teilte ihr das Ergebnis seiner Überprüfung mit.

»Und du meinst wirklich, wir sollen gar nichts unternehmen?«, fragte sie.

»Wir warten ab«, sagte er noch einmal. »Vielleicht steht er morgen oder übermorgen in Westerland an der Hotel-Rezeption oder in Munkmarsch an ihrer Wohnungstür, um sie abzuholen, und dann musst du wieder die Augen offenhalten.«

»Wenn wir nur wüssten, was er in Berlin will!«

»Kann gut sein, dass er da Näheres über die Frau erfahren will.«

»Ja, vielleicht im Hotel *Adlon*.«

»Wieso denn da?«

»Sie hat da gearbeitet.«

»Aha. Ist er etwa im *Adlon* abgestiegen?«

»Wo denkst du hin! Er ist doch nicht größenwahnsinnig. Obwohl..., das muss ich schon sagen, hier bei uns sind es die teuersten Lokale, in die er mit ihr geht. Da erkenne ich ihn gar nicht wieder. Sonst ist er ja eher sparsam.«

Er ist ein Geizkragen, ein Erbsenzähler, dachte Jan Jacob, sagte das aber nicht, sagte stattdessen: »Mit einer hübschen jungen Frau an der Seite tritt man spendabler auf. Das ist schon fast ein Naturgesetz, das auch einen Knauser wie ihn nicht verschont.«

»Mensch!« Die sonst so ruhige, bedachte Merret schlug sich gegen die Stirn. »Wieso kommen wir nicht auf das Naheliegendste? Bestimmt hat er sie mitgenommen, und nun machen sie da Verwandtenbesuche.«

Er wusste es besser und gab ihr trotzdem recht. Er wollte das Gespräch nun beenden, sagte daher:

»Kann gut sein, aber nimm's mir nicht übel, wenn ich jetzt aufbreche. Wir reden ein andermal weiter.«

»Ja, ich ruf' dich an, wenn er zurück ist.«

Sehr zufrieden mit dem Ergebnis dieser Nachmittagsstunde fuhr er nach Haus, holte sich, wie meistens, wenn es turbulent zuging hinter seiner Stirn, Flasche und Glas aus der Küche und setzte sich damit ins Zimmer, wollte diesmal den Rum ohne die Coca Cola. Er trank und betrieb weiter, was er schon im Auto begonnen hatte, das Ausloten der veränderten Lage.

Ich kann es kaum fassen! Anscheinend ist nun die Zeitspanne da, in der die alte Verfügung über die *Klefborig* nicht mehr gilt und eine neue noch aussteht. Im Moment gibt es für dieses Juwel keinen Erben außer dem einen, den das Gesetz vorsieht, und der bin ich! Nur für ein paar Wochen? Oder für Monate? Wie ich den Alten kenne, wird er alles gründlich überdenken, wird sich für die anstehende Entscheidung Zeit lassen, und genau da liegt die Chance, dass er passend verstirbt.

Schneller als sonst hatte ihn das hochprozentige Getränk auf die Schwingen genommen. Er fühlte sich gut, schenkte neu ein, trank.

Hab' mal gelesen, dass die meisten Morde Beziehungstaten sind, vollstreckt also an Menschen, die zum nächsten Umfeld des Täters gehören. An der Ehefrau zum Beispiel, weil das Unablässige ihrer Gegenwart den Mann erdrückt, ihn nicht atmen lässt, oder, entgegengesetzt, weil sie ihn nicht mehr ertragen kann, sie also von ihm weg will, und er nicht bereit ist, sie einem anderen zu überlassen. Oder: Sie hat das Geld, das er gern hätte, an das er aber nicht herankommt, solange sie darauf hockt.

Manchmal aber läuft es ganz anders. Da erfolgt die böse Tat ohne großen Anlauf, ohne ausgeklügelten Plan, im Affekt also, weil im Streit ein Wort das nächste gibt und das letzte dann eins zuviel ist, so dass man – er oder sie, denn so was kann beide Geschlechter erwischen – den Zorn nicht mehr im Zaum halten kann und plötzlich neben sich steht, für eine winzige Sekunde ein anderer geworden ist, einer, der überraschend aufläuft zu ungeahnten Fähigkeiten, auch zu der, den marmornen Aschenbecher zu packen und damit zuzuschlagen, weil das letzte Wort wirklich eins zuviel war.

Wieder trank er, ließ den Rum eine Weile durch den Mund kullern, ehe er ihn hinunterschluckte. Der Affekt, dachte er, entfällt, weil wir beide keine Hitzköpfe sind. Außerdem wäre mir mit der Zubilligung mildernder Umstände nicht gedient. Ich muss über jeden Verdacht erhaben sein, denn ob nun Mörder oder Totschläger, beide können ihr Opfer nicht beerben.

Doch wie mach' ich's? Wir haben hier keinen Berg, von dem er, weil er mit meiner Unterstützung stolpert, abstürzen und in die Schlucht sausen könnte. Deiche und Dünen reichen da nicht aus. Aber wir haben das Meer, dieses riesige Tummelbecken für Todeskandidaten. Unter den vielen Fremden, die hierherkommen, sind immer auch einige, die mit den Strömungsverhältnissen nicht vertraut sind und sich in einer Weise ins Wasser stürzen, als wäre es ihr städtisches Schwimmbad. Das macht schon mal zwei oder drei pro Jahr, die bei den Fischen landen.

Na ja, ich fürchte, das Meer entfällt. Da gibt es, was die Erfolgsaussicht betrifft, einen gewaltigen Haken: Kaum jemand kennt sich da so gut aus wie er.

Es war wohl der neuerliche Schluck aus dem Glas, der seinen Gedanken eine andere Richtung gab: Also vielleicht doch lieber Arsen oder Blausäure oder E 605. Allerdings, auch damit hätte ich meine liebe Not: Wie komme ich im *Süderhaus* an etwas heran, das sich mit solchen Substanzen anreichern ließe? Über alles, was dem alten Knaben durch den Schlund rinnt, wacht Merret wie eine Glucke über ihre Küken.

Also weiter! Irgendwas an seinem Auto! Die Bremsflüssigkeit! Eine Chance, an seinen Wagen heranzukommen, ergäbe sich während einer der Wattwanderungen, die ja auch im Herbst noch stattfinden. Da steht der Rover stundenlang am Ufer. Nein, verdammt, auch da gäbe es ein Handikap. Wir haben keine richtige Rennstrecke. Lahme Fünfzig, Sechzig oder auch Siebzig bringen den Fahrer kaum in Lebensgefahr, und mit ein paar Knochenbrüchen wäre mir nicht gedient. Außerdem kämen die Leute aus seiner Autowerkstatt dem Frevel auf die Spur. Wenn es bei den Knochen aber doch der Joker wäre, das Genick, würde eine der ersten Fragen der Westerländer Kripo lauten:

Wer hat vom Dahinscheiden Boy Michel Boysens einen Nutzen? Sofort hätten sie mich im Fadenkreuz.

Mist! Alles Simple entfällt, und also muss was Raffiniertes her. Nur was? Ich will nachdenken. Konzentration ist angesagt.

Doch schon nach wenigen Minuten war dieses Programm im Alkoholnebel zerstoben. Da konnte er keinen klaren Gedanken mehr fassen, geschweige denn einen raffinierten. Er kippte vornüber und schlief am Tisch ein.

20.

Boy Michel Boysen war wieder zu Hause. Vier Tage war er unterwegs gewesen. Drei davon hatte er in Berlin zugebracht, hatte am dritten Tag, obwohl seine Nachforschungen beendet waren, noch einmal Barbaras Mutter besucht, war damit, weil sich faktisch nichts Neues ergeben konnte, nur einem emotionalen Impuls gefolgt, hatte gedacht: Wenn ich Barbara selbst jetzt nicht sehen kann, will ich wenigstens für eine Weile bei dem Menschen sein, der ihr der nächste ist oder es zumindest eine lange Zeit hindurch war. Er hatte sich telefonisch angemeldet, und als er der Kranken dann wieder gegenübersaß, hatte er einige der Szenen im Kopf, von denen der ehemalige Nachbar Heinz Brockmann berichtet hatte. Vor allem Barbaras tägliches Nachhausekommen hatte er vor Augen, diesen Moment, den ein Schulkind in der Regel liebt, weil die Pflicht abgelöst wird vom wohltuenden Eintauchen in private Geborgenheit, und der bei ihr bedeutete, dass es mit der Pflicht - und was für einer! - erst richtig losging.

Voller Spannung hatte er darauf gewartet, dass sich auch diesmal im Gesicht der Kranken die Starre löste, hatte das Leben verkündende Signal ersehnt, aber es war ausgeblieben. Stumm und reglos hatte sie dagesessen. Dennoch hatte er den Ort verlassen in dem Gefühl, ein wenig in die von so viel Unglück heimgesuchte Familie einbezogen gewesen zu sein.

Am vierten Tag seiner Reise hatte er in Hamburg Station gemacht, um im HAUS DER VIER WINDE vorzusprechen, und war dort auch mit zwei deutschen Seeleuten zusammengetroffen, die seit zwanzig Jahren nirgendwo sonst zu Haus gewesen waren als auf ihren Schiffen, dann aber ihre Arbeit verloren hatten, weil die Reederei die Flagge gewechselt und anschließend Personal aus Billiglohnländern eingestellt hatte.

Am Tag nach seiner Rückkehr rief er in Munkmarsch an. Dabei wusste er gar nicht, was er Barbara sagen oder wonach er sie fragen sollte. Es nahm den Hörer auf, wählte. Er wollte einfach nur ihre Stimme hören, ja, womöglich wäre er imstande gewesen, ohne Antwort wieder aufzulegen.

Doch er erfuhr von dem Hausbesitzer, dessen Mieterin sei ganz überraschend ausgezogen. Ein Krankheitsfall in der Familie habe sie gezwungen, ihre Wohnung aufzugeben und den Ort zu verlassen. Wohin sie gegangen sei, wisse er nicht. Sie habe ihre Miete auch für die zwei Monate, die als Kündigungsfrist vereinbart worden waren, gezahlt, und der Abschied sei herzlich gewesen, auf beiden Seiten. »Eine nette, sympathische junge Frau«, vernahm Boy Michel Boysen weiter. »Ich hätte sie gern länger im Haus gehabt. Sie war immer freundlich, packte mit an, wenn sie sah, dass ich mit meinen achtzig Jahren Hilfe brauchte, schob die Mülltonnen vors Haus, was eigentlich meine Sache ist, und hat mir manchmal sogar im Garten geholfen.«

Schon wieder das Hohelied auf sie, dachte er, als er den Hörer aufgelegt hatte, und nicht ohne eine gewisse

Selbstironie spann er den Faden weiter: Muss ja eine tolle Frau sein, die ich so leichtfertig habe gehen lassen!

Obwohl er ahnte, dass er auch auf eine Nachfrage in dem Westerländer Hotel einen negativen Bescheid erhalten würde, rief er dort an und bekam zu hören: »Frau Henke musste die Arbeit bei uns beenden. Aus persönlichen Gründen. Schade, denn sie war eine tüchtige Kraft.«

Schon wieder! Lauter Einsen im Zeugnis! Und ich Rindvieh krieg' 'ne Krise, bloß weil sie was Ungereimtes von sich gegeben hat, bring' sie verbiestert und ohne ein Wort nach Munkmarsch, statt sie einfach zu fragen: Barbara, was war das eben? Wie hast du das gemeint?

Sie hat, dachte er, die Insel wahrscheinlich verlassen. Ich muss also nach ihr suchen. Aber wo fange ich damit an? Womöglich ist sie nach Berlin gefahren, und wir sind aneinander vorbeigelaufen, irgendwo im Straßengewirr. Vielleicht waren es nur Meter.

Er bereute, weder in dem Schuhgeschäft noch bei dem Eisenbahner seine Adresse hinterlassen zu haben. Doch das konnte man nachholen. Er hatte beide Anschriften, ließ sich von der Auskunft die Telefonnummern geben, rief sofort dort an, erreichte sowohl den Ladenbesitzer als auch den Pensionär, und beide versicherten, ihn zu benachrichtigen, falls die Gesuchte sich bei ihnen melden sollte.

Er hatte das Gefühl, sein Leben sei aus der Bahn geraten und er könne alles, was vonnöten war, nur noch mit halber Hinwendung tun. Selbst die Wattwanderungen gehörten dazu. Ein paar standen noch auf dem Programm. Ihm war klar, wollte er sein Publikum zufriedenstellen, würde er seine ganze Disziplin aufbieten müssen. Keine Information, keine Anekdote durfte er auslassen. Zum Glück war der nächste Termin erst in neun Tagen fällig, weil die Schulklasse ihre Reise verschoben hatte. Vielleicht, dachte er, hat Barbara sich bis dahin gemeldet, und alles ist wieder im Lot.

Als eine Woche herum war und die Lage sich nicht verändert hatte, beschloss er, seinen Kummer nicht länger für sich zu behalten. Er rief Lord Nekk an. Der Däne lud ihn für denselben Tag zum Dämmerschoppen ein. »Gestern ist eine Kiste *Chablis Grand Cru* eingetroffen«, sagte er. »Der werden wir zu Leibe gehen.«

So saßen sie am frühen Abend im Brückenteil der Burg. Weil Boy Michel wusste, dass sie dem edlen Wein aller Voraussicht nach fleißig zusprechen würden, war er zu Fuß gekommen. Sie hatten ihre Korbstühle so zurechtgerückt, dass sie über den flachen Tisch hinweg durch das große Panoramafenster aufs Meer sehen konnten. Der bedeckte Himmel verlieh dem Wasser eine stahlgraue, fast feindliche Färbung, und der Nordwest trieb mäßig lange Wellen ans Ufer, die kleine Schaumkronen vor sich herschoben. Mit seinen sechs, sieben Stärken sorgte er, der auch drinnen deutlich zu hören war, für grobe, unwirtlich wirkende See.

»Wo drückt der Schuh?«, fragte Lord Nekk. »Bei dir hört man, wenn du sprichst, immer auch Zwischentöne. Diesmal verraten sie eine, sagen wir, niedergedrückte Grundstimmung. Oder täusche ich mich?«

»Nein. Hast Recht. Bin nicht gut drauf zur Zeit.«

»Die hübsche Berlinerin?«

Boy Michel nickte und spielte mit seinem Glas, drehte eine Weile an dem kristallenen Fuß, stellte dann den halbgefüllten Römer ein Stück zur Seite und sagte: »Sie ist weg. Ich weiß nicht, wohin. Wir hatten eine kleine, wie soll ich es nennen, eine kleine Irritation.«

»Hast du sie oder hat sie dich irritiert?«

Boy Michel erzählte dem Freund, was vorgefallen war, begann mit dem mehr als ein halbes Jahrhundert zurückliegenden furchtbaren Ereignis, so dass Lord Nekk, als Boy Michel damit zu Ende war, sehr ergriffen und wohl deshalb beinahe flüsternd, sagte: »Mein Gott, das ist ja ein

Alptraum!« Dann fuhr er, noch immer mit leiser Stimme, fort: »Aber wie konntet ihr darüber uneins werden? Es ist doch eher etwas, bei dem man gemeinsam erschauert und sich gegenseitig wünscht, es nie erleben zu müssen.«

»Das war ja auch nur die Vorgeschichte, und die steht aus einem ganz bestimmten Grund in meinem Testament. Jetzt kommt die eigentliche Begebenheit.« Boy Michel trug sie vor, wohlgeordnet, so dass alles seine richtige Reihenfolge hatte, die verkrüppelte Kiefer, der Wind, das zerrissene Hanfseil und das Bemühen zu zweit, ein neues anzulegen, und also auch sein Versuch, von unten her mit dem Rücken den dicken Stamm wieder aufzurichten. Und schließlich ihre sechs Worte.

»Ich bin«, sprach er weiter, »mit meinen ganz persönlichen Dingen grundsätzlich sehr zurückhaltend. Zum Beispiel kennt kein Mensch außer den jeweils Begünstigten mein Testament. Kein einziger. Glaubte ich. Nun muss ich davon ausgehen, dass sie es kennt, sie, die es nicht zu interessieren hat und die noch bis vor kurzem gar nicht wusste, dass es mich gibt. Ja, und das ist mein Problem.«

»Zugegeben«, antwortete der Däne, »es ist eins, doch kein allzu großes. Du solltest dir nicht mal erlauben, darunter zu leiden. Eigentlich ist es nur die Enttäuschung darüber, dass du dich in einem Menschen geirrt hast. Und da lautet die Frage: Was ist dir dieser Mensch wert? Die Frau hat also in deinen Sachen herumgeschnüffelt. Warum, weißt du nicht. Gezielt oder nur verspielt? Falls Ersteres zutrifft, ist Vorsicht geboten, und ich würde die Dame fallenlassen. Wenn es die zweite Möglichkeit ist, handelt es sich vielleicht um eine diffuse Neugier. Nichts Ungewöhnliches bei Frauen. Aber zurück zu meiner Ausgangsfrage: Was ist sie dir wert? Und da muss ich ganz rigoros sagen: Trauere ihr, wenn sie gegangen ist, nicht nach! Sie ist zwar hübsch und umgänglich, und es macht Spaß, sich mit ihr zu unterhalten, nur ist das alles kein Grund, dein Dasein nach ihr auszurichten. Ich habe da eine Maxime, die du übernehmen solltest! Eine Frau darf nie zum Mittelpunkt deines Lebens werden. Wenn das geschieht, bist du verloren. Möglich, dass du das als einen erstrebenswerten Zustand ansiehst. Solltest du aber nicht. Ich jedenfalls tu' es nicht. Ich will mich nicht aufgeben. Frauen sind für mich - vorausgesetzt, die Natur hat sie nicht irgendwie gelinkt, etwa mit einer schiefen Nase oder einem Buckel - wunderschöne Geschöpfe. Ich sehe sie gern an. Ich fasse sie gern an. Ich mache ihnen gern Avancen, in der Hoffnung, sie reagieren darauf und sind bereit zu dem schönen Spiel, für das sie geschaffen wurden. Eine Frau muss nicht unbedingt die mathematische Formel für die Berechnung der Kugel kennen; viel wichtiger ist doch, dass sie selbst ein paar schöne Kugeln hat. Glaub mir, wenn ich keine Chance mehr auf diese wunderbaren Kugeln hätte, würde ich mir wahrscheinlich die andere nehmen, die kleine, die aus Blei.« Er machte eine Pause, sah den Freund an. Dessen finstere Miene zeigte nicht gerade Zustimmung, eher das Gegenteil. Darum fuhr er fort: »Du weißt, ich habe überspitzt formuliert. Was ich mit alledem sagen will: Häng dein Glück nicht an eine einzelne Frau! Es gibt so viele, und im Umgang mit ihnen ist wichtig, dass sie Episoden bleiben. Vergiss diese Barbara! Vergiss sie, ehe ihr mysteriöser Ausruf dich um den Schlaf bringt.«

Boy Michel schüttelte den Kopf. »Lord Nekk«, sagte er, »du redest von den vielen, die es gibt. Mal abgesehen davon, dass ich die vielen gar nicht will, sondern nur die eine, wäre in meinem Alter die Auswahl nicht mehr so wie bei einem Dreißigjährigen.«

»Unsinn! Bist doch noch voll da. So wie du aussiehst. Braungebrannt, knackig, kantig. Eher wie fünfzig als Mitte sechzig. Gehörst doch noch lange nicht zu denen, die an der Pinkelrinne am liebsten erstmal den Suchdienst einschalten würden.«

Boy Michel lachte. »Du bist mein Freund«, sagte er, »aber was die Liebe angeht, bist du mir keine Hilfe.«

»Liebe, was ist das?«

»Da haben wir's! Das unterscheidet uns. Für dich sind Frauen schöne Zutaten. Hin und wieder nimmst du dir eine, erfreust dich an ihr und suchst dir kurz darauf die nächste. Ich dagegen will diesen einen Menschen zurückhaben, von dem ich hoffte, er würde mein Leben ein bisschen mitbestimmen. Das ist der große Unterschied zwischen uns. Ich muss es dir so deutlich sagen: Eigentlich bist du arm dran.«

»Boy Michel, jeder ist seines Glückes Schmied. Ich schmiede mir meins und du dir deins. Nur, wie kann ich dir helfen, wenn du dabei bist, in dein Unglück zu rennen? Mir bleibt doch gar nichts anderes übrig als zu versuchen, dir diese Frau auszureden, und dabei ist mir jedes Mittel recht, auch das, die Frauen in Bausch und Bogen abzuwerten.«

»Du bist für mich der falsche Ratgeber. Trotzdem vielen Dank für dein Bemühen. Ich finde das Fazit zwar grässlich, aber es rührt mich auch an. Willst etwas schlechtreden, nur weil es weg ist.«

Sie hatten die Flasche geleert, und Lord Nekk öffnete die zweite, schenkte ein. Dann versuchte er es noch einmal: »Wenn es mit dem *Adlon* nicht stimmt und auch die Griechenlandreise eine Erfindung war, hast du es doch mit lauter Lügen zu tun, und darum verstehe ich nicht, dass du ihr nachtrauerst.«

»Ihre Lügen sind nur zu erklärlich. Sie ist das Opfer einer ganz schlimmen Jugend, und an der ist sie nicht schuld.«

Sie schwiegen eine Weile, hingen ihren Gedanken nach. Schließlich sagte Lord Nekk: »Ich sehe ein, dir ist es ernst. Doch sie ist nun mal weg. Willst du einen Detektiv in Marsch setzen?«

»Nein, das sähe irgendwie nach Fahndung aus. Außerdem scheue ich mich, einen Fremden da hineinzuziehen. Aber vielleicht nimmt sie früher oder später Kontakt zu dir auf.

Sie hält viel von dir, hat mir das mehr als einmal gesagt. Sollte sie dich irgendwann anrufen, dann reagiere darauf bitte nicht nach deiner, sondern nach meiner Maxime. Sag ihr, dass ich auf sie warte, und versuche, herauszubekommen, wo sie sich aufhält!«

»Das verspreche ich dir.«

Als die zweite Flasche leer war und Lord Nekk die dritte öffnen wollte, winkte Boy Michel ab. »Es wird Zeit für mich«, sagte er, »aber wissen möchte ich noch gern, ob du was Neues gemalt hast.«

»Komm!«

Sie gingen hinunter ins Atelier. Dort zog Lord Nekk ein weißes Tuch von der Staffelei, und zum Vorschein kam ein etwa hundertzwanzig mal achtzig Zentimeter großes Ölgemälde im Querformat. »Das Deckenlicht«, sagte er, »ist nicht optimal. Trotzdem mache ich die Strahler lieber nicht an, sie würden den Gesamteindruck verändern. Irgendwann musst du es dir bei Tage ansehen, am besten morgens, denn ich hab' es vorgestern vorm Frühstück gemalt.«

Was sein Freund als Erstes beim Anblick der weitgehend dunklen, kräftig aufgetragenen Farben empfand, war Bedrohung. Der Strand, nicht hell, sondern von einem schmutzigen Graubraun, war nur ein schmaler Streifen. Es schien, als wäre ein schwerer Orkan über ihn hergefallen. Dabei war der jüngste Sturm glimpflich mit ihm verfahren, hatte ihm im Großen und Ganzen das durch die Sandvorspülung aufgeschüttete Depot belassen. Hatte Lord Nekk mit der unausgewogenen Flächenaufteilung dem Meer und dem Himmel, die zusammen etwa neun Zehntel der Leinwand beanspruchten, absichtlich ein solches Übergewicht gegeben?

»Warum diese Proportionen?«, fragte Boy Michel denn auch. »Unser Strand, wo ist der geblieben? Vorgestern hast du's gemalt? Das war ein schöner, ruhiger Tag.«

»Aber so habe ich es gesehen.«

»Also mal wieder, wie so oft bei dir, eine Vision, die der Wirklichkeit entgegensteht. Ich muss bekennen, das Bild beeindruckt mich, und zugleich erschreckt es mich auch. Man könnte es *Das Ende unserer Zeit* nennen oder *Weltuntergang*. Wolken und Wasser sind so düster, als wäre uns ein für allemal das Licht ausgegangen. Wenn man flüchtig hinguckt, ist es eine durchgehende Fläche von unterschiedlichem Dunkel, der Himmel ein bisschen schwärzer als das Meer darunter. Doch wenn man genau hinsieht, ist Bewegung in den Farbfeldern.«

Tatsächlich waren Strukturen da, im oberen Sektor mehr als im unteren. Und als Boy Michel näher herantrat, erkannte er, dass die Bedrohung nicht allein von den Farben ausging, sondern auch oder sogar mehr noch von der Schraffierung innerhalb der beiden Felder. Er sagte das, und darauf erklärte Lord Nekk:

»Das Bild baut sich auf. Nicht von unten nach oben, sondern umgekehrt. Das sind kosmische Abläufe. Oben, der Himmel..., da sind die eingeflochtenen Strukturen die Fangarme, die nach dem darunterliegenden Wasser greifen, es packen, es schütteln. Und die Linien im Wasser sind die Arme oder auch die Tentakel, die nach dem wiederum eine Etage tiefer liegenden Land greifen, es packen, es schütteln, und zwar so heftig, dass kaum etwas nachbleibt.«

»Das Bild macht mir Angst«, sagte Boy Michel.

»Mir auch«, antwortete der Maler, und während er mit großer Geste nach oben wies, ergänzte er: »Es war höhere Gewalt, gegen die ich mich nicht wehren konnte. Und entschuldige bitte, dass ich so gnadenlos mit eurem Strand umgegangen bin. Das wollte ich gar nicht, und anfangs war der Streifen auch viel breiter, doch dann kam das Wasser, und ich konnte es nicht aufhalten.«

»Wie soll es heißen?«

»Ich weiß es noch nicht. Mir schwebt so etwas vor wie *Am Morgen danach*. Aber Hans Hartig hat 1912 eines der

Bilder aus seinem Sturmflut-Zyklus so ähnlich benannt, nämlich *Am anderen Morgen*, und das ist mir zu dicht dran. Ganz hübsch wäre vielleicht: *Frau Ran stellt Ekke Nekkepen mal wieder zum Salzmahlen ab*. Ist allerdings zu lang, und außerdem gäbe es der Dame zu viel Gewicht, womit wir mal wieder beim Thema wären. Also lassen wir das. Mir wird schon was Passendes einfallen. *Heimsuchung* vielleicht.«

Sie wünschten einander eine gute Nacht, und Boy Michel trat hinaus, ging nach Osten. Der Mond zeigte ihm den Weg, den er zwar gut kannte, mit dem vielen Wein im Kopf und dem ihn fast in Trab versetzenden Wind auf den Fersen aber vielleicht doch verfehlt hätte.

Links in der Ferne sah er die Konturen der mitten in die Dünenlandschaft hineingesetzten Baracken, die für den Küstenschutz Materialien wie Pfähle, Fangzäune, Reisig und manches mehr beherbergten. Er konnte sogar, neben einem der Schuppen, den mächtigen Gabelstapler ausmachen, mit dem die Strandkörbe transportiert wurden.

Als er die Trasse der ehemaligen Inselbahn überquerte, die längst zu einem breiten Wander- und Radfahrweg geworden war, hatte Barbara ihn wieder im Griff. Erst vor kurzem hatten sie beschlossen, auf diesem Weg, auf dem einst die winzige Lokomotive mit ihren zwei Wagen die Insel abfuhr und bei Gegenwind nur mühsam vorankam, eine Radtour in Richtung Norden zu machen. Er dachte: Ob es dazu wohl noch mal kommt? Plötzlich war der Wunsch nach genau dieser Unternehmung ganz stark, und weil er jemand war, der sich etwas Ersehntes immer gleich bis ins Detail ausmalte, hatte er alles vor Augen: das Verstellen der Sattelhöhe, die Prüfung des Reifendrucks, das übermütige Geklingel, die Rast am Wegrand, den Kampf gegen den Wind, das Mittagessen am Lister Hafen...

21.

Sie war ins Alleinsein geflüchtet, hatte sich verkrochen und damit erst einmal etwas Ruhe gefunden. Aber die Scham war geblieben, denn es machte ja keinen Unterschied, dass gar nicht sie, sondern Jan Jacob den Schreibtisch im *Süderhaus* durchsucht hatte. Da sie seinen Namen nicht preisgeben durfte, konnte für Boy Michel nur sie in Frage kommen.

So war sie in den Osten der Insel gezogen. Es wäre gut gewesen, fand sie, wenn auch Jan Jacob ihren neuen Aufenthaltsort nicht gekannt hätte; das jedoch hatten die Umstände der eiligen Quartierbeschaffung ausgeschlossen, war doch gerade er es gewesen, der ihr zu dem Unterschlupf verholfen hatte. Vorher hatte er versucht, sie von ihrem Plan, für eine geraume Weile aus dem Blickfeld seines Onkels zu verschwinden, abzubringen. Einen Tag nach dem Treffen in seiner Wohnung hatte er sie beschworen:

»Mensch, Barbara, jetzt bloß keine Fehler machen! Dass du durch mich an sein Testament gekommen bist, darf er nun wirklich nicht erfahren. Das ist oberstes Gebot. Sehr wichtig ist auch, dass du dich höchstens für ein bis zwei Wochen von ihm abwendest. Du weißt ja, die Zeit heilt alle Wunden, und wenn er erst einmal über den Knacks, den du eurer Beziehung verpasst hast, hinweg ist, wird es schwer sein, ihn wieder auf Kurs zu bringen. Also noch einmal: Nach ein bis zwei Wochen, möglichst noch früher, musst du dich bei ihm zurückmelden.«

»Erstens«, hatte sie darauf erwidert, »entscheide ich selbst, ob ich mich überhaupt zurückmelde. Zweitens: Wenn ja, auch über den Zeitpunkt, und der wäre wohl eher in zwei Monaten als in zwei Wochen erreicht. Vielleicht ist dir ja ein Begriff wie Scham nicht geläufig, aber...«

»Klar weiß ich, was 'ne Muschi ist.«

»Verdammt nochmal, sei nicht immer so vulgär! Aber okay, wenn schon Muschi, dann weißt du ja auch, was ein Katzenjammer ist. Nämlich das, was ich jetzt habe! Ich schäme mich vor diesem Mann, wie ich mich noch nie im Leben geschämt habe. Vergiss nicht, seit jenem Tag läuft er mit diesem Bild im Kopf herum: Ich, der er seine Insel und, wie ich glaube, auch sein Herz quasi zu Füßen gelegt hat, stöbere bei der ersten Gelegenheit, die sich ergibt, in seinem Schreibtisch, hole das Testament heraus und lese es. Was für ein Vertrauensbruch! Begreif doch endlich: Ich brauche Abstand von dem Vorfall, auch wenn ich nur indirekt in ihn verwickelt bin. Also hilf mir, ein Versteck zu finden! So winzig ist Sylt nicht, dass man da nicht abtauchen könnte. Wirklich, ich muss für eine Weile aus seinem Blickfeld verschwinden, darf mich nicht der Gefahr aussetzen, ihm auf der Friedrichstraße zu begegnen. Das wäre mehr als peinlich, wäre so, als träfe ich auf jemanden, dem ich Geld schulde. Nein, es wäre viel schlimmer! Wer noch Geld von mir zu kriegen hat, ist nur ein Gläubiger, aber dein Onkel ist einer, den ich verraten habe. Zu blöd, dass es keine Tarnkappen gibt. So eine könnte ich jetzt gut brauchen. Moment! Mir fällt grad ein: Aus meiner Tingeltangel-Zeit, in der ich ja auch ein bisschen Revue-Kabarett gemacht hab', gibt es noch eine Perücke, verstaubt und zerfranst, aber immerhin strohblond. Schon oft hab' ich das Ding wegwerfen wollen und dann doch behalten, weil es nämlich irre teuer war, hab' sie sogar mitgenommen nach Sylt. Also, sobald ich vor die Tür trete, setz' ich die Perücke auf und trag' außerdem eine dunkle Brille. Und wenn jemand wissen will, wie ich heiße, sag' ich Rosa Luxemburg oder Mata Hari oder auch so etwas wie Grete Schmidt. Aber das Versteck musst du mir besorgen.«

Das war für ihn relativ einfach gewesen. Er betreute ein kleines, reetgedecktes Haus, das einer Hauptmannswitwe gehörte. Es stand in Morsum, abseits des Dorfkerns, nahe am Nössedeich und am *Katrevel*, einem Priel, der sich durch die Wiesen zog. Ihr Mann war vor einigen Monaten während eines Testflugs abgestürzt, und sie, die in Düsseldorf lebte, war bald darauf nach Sylt gefahren in der Meinung, die Abgeschiedenheit der Deichregion könne ihr neue Kraft geben. Das hatte sich als Trugschluss erwiesen. Sie war, wie sie Jan Jacob erzählt hatte, in der Einsamkeit und Stille nur noch trauriger geworden und daher bald wieder abgereist. Sie also hatte er angerufen und gefragt, ob sie fürs Winterhalbjahr an einer Hausbetreuung durch eine junge, vertrauenswürdige Frau interessiert sei. Zunächst hatte sie abgelehnt, doch als er ihr erklärte, die Kosten für Heizung, Strom und Telefon und auch die Gebühren für Wasser und Abwasser würden für die Dauer des Einhütens übernommen werden und überdies wäre auf diese Weise die Gefahr eines Einbruchs deutlich verringert, war sie umgeschwenkt und hatte um ein paar Tage Bedenkzeit gebeten. So hatte Barbara sich übergangsweise ein Hotelzimmer suchen müssen. Sie hatte ein preiswertes auf dem nahen Festland gefunden, in Niebüll, und ihren dortigen Aufenthalt genutzt, sich das Haar tönen zu lassen, was ihr dann doch sinnvoller erschienen war als das umständliche Hantieren mit der Perücke. Sie hatte dem Friseur gesagt, er möge ein Präparat nehmen, das leicht wieder herauszuwaschen sei. Zwar war es wegen ihres tiefschwarzen Haars nicht der gewünschte Wechsel von Dunkel zu Hell, aber auch der erreichte rötliche Ton sorgte, zusammen mit der veränderten Frisur, für hinreichende Verfremdung.

Anfang Oktober war aus Düsseldorf das Einverständnis gekommen, und sie konnte das Haus am Deich beziehen.

Weil der Kaufmannsladen immerhin zwei Kilometer entfernt war, beschaffte sie sich zunächst ein Fahrrad, ein gebrauchtes, das gut in Schuss war. Achtzig Euro hatte sie dafür zahlen müssen. Der erste Einkauf im Laden am *Terpstig*, an der Dorfstraße, tat ihr gut, weil er ihr wie eine ganz alltägliche Aktion vorkam. Nur auf dem Rückweg überfiel sie, als ihr Einkaufskorb ins Rutschen geraten und sie zum Anhalten gezwungen war, beim Hantieren am Gepäckträger der alte Kummer, denn sie musste an die Fahrradtour denken, die Boy Michel und sie mit so großer Vorfreude geplant hatten.

Am Morgen des nächsten Tages war sie am Nössedeich. Sie war die fünfunddreißig in die steile landseitige Böschung des mächtigen Schutzwalles eingelassenen steinernen Stufen emporgestiegen und dann auf der anderen, sanft geneigten Seite bis ans Ufer gegangen. Die linker- und rechterhand friedlich grasenden Schafe hatten sich durch sie nicht stören lassen.

Es herrschte tiefste Ebbe, und so konnte sie sich auf eine der quer zum Ufer in den Schlick gerammten Lahnungen setzen, mit Blick nach Osten, wo sie in der Ferne die Windkraftanlagen des Festlands entdeckte. Sie zählte über zwanzig der in den grauen Himmel ragenden monströsen Bauwerke.

Eine schwarze Wolke aus Vögeln schwirrte über sie hinweg. Was für welche es waren, wusste sie nicht. Er, dachte sie, hätte es mir sagen können, so wie er mir gesagt hat, dass manche Arten sich vor ihrem Herbstzug ein Fettdepot von fast der Hälfte ihres Normalgewichts anfressen und dass sich die Nachtzieher unter ihnen auf ihrem mehrere Tausend Kilometer langen Weg an den Sternen orientieren. Und weiterhin, so als ob er ihr verordnet wäre, blieb sie mit ihren Gedanken bei Boy Michel, denn der Vogelschwarm erinnerte sie auch an die Schnabulierbank, von der er gesprochen hatte, der bei Ebbe übrigbleibenden Wasseransammlung, in der es von Fischen wimmelt und die den Vögeln – ja, so hatte er es genannt - einen opulenten Freitisch der Natur bietet.

Jetzt war der Schwarm verschwunden, war ins Grau eingetaucht. Die nach Afrika Davonziehenden würden, auch das hatte er gesagt, im kommenden Frühjahr genau diese vor ihr ausgebreitete Wattfläche wiederfinden.

Sie stand auf, trat den Rückweg an, erklomm jetzt den Deich von der anderen, der sanft ansteigenden Seite her. Auf der Krone verharrte sie eine Weile, setzte sich dann erneut hin, die Füße auf der steilen Schrägung, und sah hinüber zu dem nun von ihr bewohnten Haus, das, ein ganzes Stück rechts, in etwa einem Kilometer Entfernung stand.

Ob er es wohl je betreten wird?, dachte sie. Jan Jacob hatte ihr über zwei Neuigkeiten aus dem *Süderhaus* berichtet. Die eine, die Änderung im Testament, interessierte sie nicht sonderlich. Die andere jedoch, Boy Michels Reise nach Berlin, ging ihr nicht aus dem Sinn.

Was mag er dort gewollt haben?, fragte sie sich also auch jetzt. Ich bilde mir nicht ein, dass seine Fahrt etwas mit mir zu tun hatte. Und was, wenn doch? Zwei Gründe fallen mir da ein: Er war misstrauisch geworden und wollte Nachforschungen über mich anstellen, zum Beispiel im *Adlon*. Oder er suchte mich, weil ich ihm noch etwas bedeute. Ob ich mal mit Lord Nekk telefoniere? Nein, das lasse ich lieber. Da könnte ich genauso gut mit ihm selbst sprechen. Aber das will ich nicht. Erstmal ist Stille geboten.

Sie stand auf, ging zur Treppe, dann die Stufen hinunter und weiter, begegnete niemandem auf ihrem Weg durch die Wiesen. Nur etwas abseits, am Ufer des Priels, der hier die Ausweitung eines kleinen Sees hatte, sah sie zwei Angler sitzen.

Sie erreichte das Haus, trat ein, zog sich um. Danach machte sie sich in der Küche, die eigentlich mehr eine Pantry war, einen Kaffee und ging damit ins Wohnzimmer.

Sie war froh, in dem Morsumer Ferienhaus eine vorläufige Bleibe gefunden zu haben. Doch ganz zufrieden war sie trotzdem nicht. Zwar hatte sie nun genau das, wonach sie sich gesehnt hatte, eine Zuflucht, die Abstand schaffte, aber bei aller wohltuenden Befreiung aus dem Dilemma, in das sie geraten war, sah sie sich doch auch einem Problem gegenüber, das nach einer gewissen Zeit zur Qual werden konnte. Was sollte sie hier anfangen? Wie die Stunden, die Tage, die Wochen verbringen? Ihr ging durch den Kopf, wie reich das Angebot der Insel war, wenn man nicht gerade als Verbannte in der Nachbarschaft von Priel und Watt leben musste. Strand und Dünen und Heide gab es, Deiche und Wiesen, stürmische See und idyllisches Watt, kulturelle Ereignisse jeglicher Art, Konzerte, Lesungen, Vernissagen, dazu Restaurants aller Kategorien und jede Menge Kneipen. Ja, die Insel war etwas Besonderes, auch für sie, aber wenn sich herausstellen sollte, dass ihre Verbindung zu Boy Michel für immer abgerissen war, würde sie gehen.

Jan Jacobs Kliffburg-Ambitionen hatte sie längst aus ihren Plänen verbannt und damit auch ihre Aussicht, irgendwann einmal zu einem stattlichen Geldbetrag zu kommen. Überhaupt, im Nachhinein erschien ihr das ganze Manöver, sich an Boy Michel Boysen heranzumachen mit dem Ziel, ihn zu umgarnen und um Gutwetter für den Neffen zu bitten, damit der wieder ins Testament käme, absurd, zumal bis zum etwaigen Erbfall ja noch zwanzig, wenn nicht mehr Jahre vergehen konnten. Und hoffentlich würden es so viele sein!

Aber was, fragte sie sich erneut, soll ich hier tun? Wie meine Zeit verbringen? Was lässt sich in dieser Abgeschiedenheit außer spazierengehen, putzen, kochen, essen und trinken und fernsehen machen? Sie fand die Lösung: lesen, lesen, lesen. Ja, das wäre gut. Ihr erster Gedanke war, sich an die Westerländer Leihbücherei zu wenden, doch schon der zweite verwehrte ihr diese Möglichkeit, denn sie würde ihre Personalien angeben müssen. So beschloss sie, in einer Buchhandlung zu kaufen, was sie brauchte. Sie hatte immer gern gelesen, Biographien, Abenteuerromane, Thriller, Krimis, auch Sachbücher, über Russland zum Beispiel. Noch am Nachmittag würde sie in die Stadt fahren, mit dem Bus oder mit dem Zug. Ich werde mich mit Büchern eindecken, dachte sie, ähnlich wie jemand, den eine ins Haus stehende Notzeit zwingt, seine Speisekammer zu füllen.

Nachdem sie einen neuen Becher Kaffee aus der Küche geholt und sich eine Zigarette angezündet hatte, begannen ihre Gedanken wieder einmal um den verhängnisvollen Fehler zu kreisen, der ihr Leben so schlagartig verändert hatte. Sie geriet ins Grübeln und entwickelte eine krause, hausgemachte Philosophie, als sie ihre fatalen sechs Worte noch einmal unter die Lupe nahm und sich dann ganz allgemein über den Wert und die Wirkung von Worten den Kopf zerbrach:

Eigentlich sind Worte, auch wenn gerade das nun nur Buchstaben sind, das A und O. Sie bestimmen den Lauf der Dinge, geben in allen Bereichen die Richtung an. Sie befördern die Liebe und schüren den Hass. Sie säen Misstrauen, vermitteln Zuversicht. Sie zetteln Kriege an und geben das

Signal für Versöhnung. Sie werben, sie übertölpeln, sie bringen einen dazu, aufs falsche Pferd zu setzen, oder sorgen dafür, dass man grad noch seinen Hals rettet. Worte, Worte, Worte. Ständig hat man es mit ihnen zu tun, im Guten wie im Bösen. Einer zeigt seine Ohnmacht, aber auch sein Gottvertrauen, indem er sagt: *Hier stehe ich, ich kann nicht anders, Gott helfe mir*, und daraus wird die Spaltung der Christen in zwei Lager mit Mord und Totschlag, mit Krieg und Verwüstung. Ein anderer sagt: *Auf die Plätze, fertig, los!* und eine ganze Horde beginnt zu rennen. Oder einer ruft: *Feuer!* Und auch daraufhin wird gerannt, manchmal auch gerettet. Einer setzt die *Emser Depesche* in die Welt, für deren Erwähnung mir mein Geschichtslehrer damals eine Zwei plus in sein rotes Notizbuch schrieb, und was passiert? Frankreich erklärt Deutschland den Krieg. Worte, Worte, Worte. Sie provozieren. Oder sie schmeicheln. Einer sagt: *Du bist schön*, und der andere geht wie auf Wolken, jedenfalls eine Weile, vielleicht ja so lange, bis er hören muss: *Du warst auch schon mal schöner*. Und zwischen diesen beiden Feststellungen liegt die Phase der Gewöhnung, der Müdigkeit, des Überdrusses und der Zwietracht. Einer sagt: Du kriegst meine Kliffburg doch nicht, und der andere flippt aus, setzt eine Intrige in Gang und zieht eine unschuldige ..., na ja, wohl doch eine nicht ganz unbeteiligte Frau mit hinein in seinen Sumpf. Immer wieder Worte. Manchmal ganz einfache wie *Ja* und *Nein*. Manchmal aber auch ausgefallene wie *Antiquitäten-Mafia* oder *Schreibtischschubladenschlüssel*. Wie viele hat man zur Verfügung, und wie viele davon benutzt man? Das geht sicher weit auseinander. Welten klaffen zwischen einem einsamen Hirten und Harald Schmidt. Wie groß ist das Quantum eines Tagesverbrauchs an Worten? Zum Frühstück vielleicht hundert bis vierhundert, je nachdem, ob sich das Gegenüber hinter einer Zeitung verschanzt. Allerdings, das wären dann ja auch Worte, und nicht zu wenige. Weiter:

bis zum Abend tausend oder zweitausend. Was rappelt da allein schon ein Fußballreporter in anderthalb Stunden herunter? Und in einem ganzen, sagen wir, achtzigjährigen Leben, was fällt da an? Wie viele Millionen? Und die einmal gesprochenen, wo bleiben sie? Klar, sie verhallen, aber sie sind ja irgendwann mal gesagt worden, und ihr Sinn, ihr Inhalt muß doch irgendwo aufbewahrt sein. Eine Clique diskutiert, sittsam, sachlich, souverän. So ähnlich hätte wohl Lord Nekk es formuliert. Sie diskutiert also, und plötzlich ist einer nicht mehr sittsam, sachlich, souverän. Er vergreift sich im Wort, und prompt fallen die anderen über ihn her. Die Sache wird ruppig. Schließlich fliegen Bierkrüge und Stuhlbeine durch die Gegend, und wieder einmal wird aus Reden Krieg. Eine sagt, weil ein starkes Bild sie für einen Moment aus dem Gleichgewicht bringt, *Mein Gott, wie damals die Mutter*, und der andere ist verstört, traurig, still. Und er fährt nach Berlin.

Was hat er da bloß gewollt?

22.

Seit seiner Reise hatte jeder Tag ihm zugesetzt wie ein Leiden, das keine Medizin beheben oder auch nur lindern kann. Er war unzufrieden und mürrisch und fertigte Merret mit einsilbigen Antworten ab. Dabei war ihm bewusst, dass er ihr Unrecht tat, und als er seinen Teller mit *Molk-Spar* nur halb geleert und dann zur Seite geschoben hatte, Merret daraufhin endlich einmal ihren Unmut erkennen ließ, indem sie missbilligend den Kopf schüttelte, sagte er:

»*Heest rocht, ik sen grögelk*!« Hast recht, ich benehme mich grässlich.

Aber das wollte sie nun doch nicht gelten lassen.

»Ich glaube eher«, erwiderte sie, »du bist krank. Seelisch, meine ich. Vielleicht wäre es gut, wenn du eine Reise machst. Nicht nach Berlin. Auch nicht nur für vier Tage. Gönn dir doch mal einen richtigen Urlaub! Flieg für drei Wochen nach Gran Canaria!«

»Ausgerechnet! Da würde ich, jetzt im Herbst, halb Sylt antreffen.«

»Ja und? Vielleicht siehst du da unten Manne Kattun und seine Frau. Sie haben elf Enkel und nehmen meistens ein paar von ihnen mit auf die Reise.«

Warum muss sie mich schon wieder daran erinnern, dass ich vom Alter her in die Riege der Großväter gehöre, ärgerte er sich, und so antwortete er, was sachlich richtig, aber vom Zusammenhang her unlogisch war: »Ich habe keine Enkel, brauche also da unten keine Kinder zu hüten.« Dann fuhr er fort: »Außerdem gehöre ich nicht zu denen, die, wenn hier der Sommer vorbei ist, ihn sich woanders meinen verlängern zu müssen. Im Kalender ist es Herbst, also auch in meinem Kopf.«

Doch sie ließ nicht locker: »Das sagt ausgerechnet einer, der sein Leben lang um die ganze Welt gefahren ist und es dabei oft genug mit brüllender Hitze zu tun hatte, während hier klirrender Frost herrschte! Also würde es dich bestimmt nicht aus dem Takt bringen, im Oktober am Strand von Gran Canaria zu liegen und ab und zu ins zwanzig Grad warme Wasser zu springen.«

Sie hätte mit einem halben Dutzend weiterer sommerlicher Vergnügungen locken können, er wäre darauf nicht eingegangen. Er wollte so etwas nicht, wollte etwas anderes, etwas, was zur Zeit nicht zu haben war, und sie wusste das. So schwieg sie nun und begann, den Tisch abzuräumen.

»Ich halte jetzt eine Siesta«, sagte er, und wie südlich sich das auch anhören mochte, er war weit entfernt davon, an Maspalomas oder irgendeinen anderen spanischen Ort zu denken, wollte nur nicht länger reden müssen.

Er ging nach oben, hielt sie dann aber nicht, die Siesta, sondern marschierte auf und ab in seinem Schlafzimmer, das über dem Wohnzimmer lag und, zusammen mit dem Bad, die gleiche Grundfläche hatte wie der große Raum im Erdgeschoss. Hier standen weniger Möbel, so dass Platz war für viele Schritte. Das Hin und Her erinnerte ihn an die zahllosen Stunden, die er auf den Brückennocks seiner Schiffe zugebracht hatte, ebenfalls auf und ab schreitend.

So kam es, dass er eine Weile an die rauhe Männerwelt dachte, die sein Bordleben bestimmt hatte, an die Schiffsjungen und Matrosen, die Maschinisten und Steuerleute, die Köche und Stewards. Im Verlauf seiner Fahrenszeit hatte er insgesamt elf Schiffe befehligt, das kleinste fünftausend Tonnen groß, das größte ein Vielfaches davon. Und, zusammengerechnet, mochte er es auf ihnen mit drei- bis vierhundert Seeleuten zu tun gehabt haben. Inder waren darunter gewesen und Filipinos, Südamerikaner und Männer aus Kambodscha, Laos und Taiwan. Auch Skandinavier hatten zu seinen Besatzungen gehört und Holländer, Seeleute aus der Levante und in den letzten Jahren auffallend viele Russen, Polen, Litauer, Letten und Esten. Einmal, das lag gut drei Jahrzehnte zurück, hatte es auf einem seiner Schiffe einen ernsten Zwischenfall gegeben. Sein damaliger Funker, der Israeli Abraham Bernstein, geriet mit dem Zweiten Offizier, einem unbelehrbaren Blut-und-Boden-Eiferer, aneinander. Dabei ging es um die Auschwitzfrage, wie der Mann aus Haifa formulierte oder die Auschwitzlüge, wie der aus Bremen stammende II WO sich ausdrückte. Die Streithähne, die sich in der Offiziersmesse gegenübersaßen, lieferten sich einen heftigen Disput, in dessen Verlauf auf beiden Seiten drastische Vokabeln fielen. Und dann kam ein dritter Mann ins Spiel, der holländische Steward Wim Hilsum. Abraham Bernsteins Großeltern waren in Auschwitz ermordet worden. Einigen an Bord war das bekannt, so auch ihm, dem Kapitän, und dem Holländer. Als in der Hitze des Streits der Bremer zu dem Israeli sagte, wenn denn wirklich in Auschwitz ein paar Krummnasen hätten dran glauben müssen, sei es bedauerlich, dass man ihn, Bernstein, wegen seines Jahrgangs nicht habe berücksichtigen können, verlor Wim Hilsum die Beherrschung. Er hatte gerade mit einer

Schüssel voller Spaghetti hinter dem II WO gestanden, hatte, weil er gut Deutsch sprach, die mit breitem Bremer Zungenschlag über den Tisch geworfene Provokation Wort für Wort mitbekommen und sich, zumal seine eigene Familie von Seiten der Nazis Drangsal und Verfolgung ausgesetzt gewesen war, über diesen ungeheuren Affront derart erregt, dass er, so seine spätere Beteuerung, nichts anderes habe tun können, als die Schüssel über dem Kopf des Bremers auszuleeren. Dabei hatte er ihn, unverhohlen drohend und für jeden am Tisch vernehmbar, angezischt: »Wenn ich dich allein erwische, ramm ich dir ein Messer in den Bauch!«

Er, Boy Michel Boysen, hatte mit Hilfe zweier Offiziere, die zugegen waren, den Deutschen, der aufgesprungen und dem Steward an die Gurgel gegangen war, zurückgerissen und dann auf die Brücke beordert. Doch was das Nachspiel anging, hatte er keine Wahl gehabt, insbesondere deshalb nicht, weil der II WO auf umfassendem Schutz für Leib und Leben bestanden hatte. Boysen musste den Holländer in Gewahrsam nehmen. »Wim«, sagte er zu ihm, »ich würde dich gern im Kapitänssalon unterbringen oder in der Eignerkabine, aber ich muss dich leider im Kabelgatt einsperren.« Das war dann unter beiderseitigem Augenzwinkern erfolgt, doch nicht für lange, denn nach anderthalb Tagen hatten sie das Reiseziel Emden erreicht. Auch die spätere Aufarbeitung des Vorfalls war zu seiner Zufriedenheit verlaufen. Er hatte dem II WO klarmachen können, dass die Attacke mit den nicht, wie er behauptete, kochendheißen, sondern nur lauwarmen Nudeln, dafür gab es Zeugen genug, bei weitem nicht so schwer wiege wie dessen empörende Äußerung über Auschwitz. Überdies, so hatte er ihm erläutert, spiele bei der Gewichtung der beiden Delikte die Reihenfolge eine entscheidende Rolle. Immerhin habe er mit seinen unerhörten Bemerkungen den Anfang gemacht und die Einmischung des Holländers sei, obwohl die eines nicht direkt Betroffenen, eine begreifliche Reaktion gewesen. Besonders erfreulich war schließlich gewesen, dass der Reeder seinem Rat gefolgt war und den Zweiten Offizier binnen kürzester Frist auf ein anderes Schiff versetzt hatte.

Er schob die alte Geschichte beiseite, gestand sich ein, nur deshalb so lange mit ihr befasst gewesen zu sein, weil er mit der Männerwelt, so ruppig es darin auch zugegangen sein mochte, immer fertiggeworden war und die Erinnerung daran ihn für eine Weile aus seinem Dilemma befreit hatte. Doch das Elend holte ihn wieder ein. Jetzt ist eine Frau im Spiel, dachte er, und mit ihr habe ich ein Problem. Irgend etwas Böses ist unserem Glück in die Quere gekommen. Sie hat mich hintergangen. Das ist die eine Seite der Medaille. Aber da ist auch die andere. Es kann nicht sein, dass ein Mensch mir über Monate hin sympathisch ist, mir aufrichtig zu sein scheint, mir mit Blicken und Worten und Gesten guttut und sich dann als verlogen erweist. Es ist nicht möglich, dass ihre Küsse Lügen waren. Und ganz sicher hat sie auch den alten Eisenbahner nicht jahrelang getäuscht.

Was, wenn es nun wirklich nur die Neugier war, die sie antrieb, nachdem sie zufällig beim Streichen über die Kacheln den Schlüssel entdeckt hatte? Danach hat sie, vielleicht war es so, erstmal nach dem Schloss gesucht, zu dem der Schlüssel passte, es gefunden, die Schublade geöffnet und den roten Ordner gesehen. Und anschließend ist sie auf das grausige Schicksal der lebendig Begrabenen gestoßen. Ich glaube, ich würde ihr verzeihen, doch dazu müsste ich sie erst einmal finden. Sie scheint wie vom Erdboden verschluckt zu sein. Das Hotel, ihr Vermieter, die Ämter, niemand kann mir sagen, wo sie abgeblieben ist. Und ich fürchte, ebensowenig kann mir jemand raten, was ich tun muss, um sie wiederzufinden.

Lord Nekk? Wie dumm von mir, bei ihm auf Verständnis oder sogar Beistand zu hoffen, bei ihm, der zwar ein guter

Freund ist, für den Frauen allerdings nur schöne Spielzeuge sind und sonst nichts.

Manne Kattun? Er kann blitzschnell den Preis für eine Jacke, zwei Hosen und drei Hemden im Kopf zusammenrechnen und steht zur Verfügung, sobald man ihn darum bittet. Er ist ein angenehmer Mensch, aber eine komplizierte Liebe, wie ich sie erlebe, würde sein Urteilsvermögen überfordern.

Merret? Klar, dass sie als Ratgeberin mit Pauken und Trompeten durchfallen würde. Interessenkonflikt.

Wer also kann mir raten, mir helfen? Ich habe niemanden. Ich bin allein.

Oder?

Ich kenne da einen.

Zugegeben, er hat sich ein paar üble Tricks geleistet, auf Kosten anderer, aber sie waren auch gewitzt und zeigten einen kreativen Kopf. Wer kommt denn schon auf die Idee, den Lerneifer eines nichtsahnenden Teenagers mit frivolen Sprüchen zu füttern? Oder die Geschichte mit der kostbaren Schüssel aus China-Porzellan! Immer wieder predigt ihm seine Mutter, dass das Ding tausend Mark gekostet hat und jeder, der damit umgeht, es behandeln müsse wie ein rohes Ei. Und was macht der Junge? Er inszeniert ein von langer Hand vorbereitetes Malheur, das die am Tisch Sitzenden, vor allem seine Mutter, erstarren lässt. Mit der chinesischen Schüssel in der Hand geht er nach nebenan in die Küche, sorgt wegen der besseren Akustik dafür, dass die Tür hinter ihm halb geöffnet bleibt, und dann kracht es auf dem Terrazzo-Fußboden. Die Mutter schreit auf und stürzt in die Küche. Dort entdeckt sie das edle Stück auf dem Tisch. Wohlbehalten. Auf dem Fußboden jedoch liegen die Scherben von einem halben Dutzend Teller, die der Junge für wenig Geld im Kaufhaus H.B.Jensen erstanden und in einer selten benutzten Ecke des Küchenschranks eigens für das vorgetäuschte Verhängnis deponiert hatte.

Oder, das ist nun auch schon viele Jahre her, seine kaltschnäuzige Bemerkung am Grab unserer Tante Georgine, also seiner Großtante! Ich war auf See, aber man hat mir davon erzählt. Tritt der Bursche, er hat gerade die Handvoll Erde nach unten geworfen, von der Kante zurück und sagt laut und deutlich, so dass alle Umstehenden es hören: „Das war's dann wohl!" Der Spruch machte die Runde, kam auch irgendwann mir zu Ohren, und ich dachte damals: Wie konnte er nur! Vor allem diese drangehängte Mutmaßungsfloskel, dieses schnodderige ›wohl‹, so als ob es nicht ganz sicher wäre, *dass es das war*, und unsere Tante noch eine Chance gehabt hätte. Dabei soll er Georgine sehr geliebt haben. Aber vielleicht habe ich damals vorschnell geurteilt. Vielleicht sah es in seinem Innern ganz anders aus, und der Spruch war gar nicht schnodderig, nicht kalt, sondern war nur das, was ihn vorm Losheulen schützen sollte. Ich weiß es nicht.

Auf jeden Fall ist mein Neffe ein schillernder Charakter. Warum könnte er sich nicht für mich einsetzen? Ich glaube, bei allem Ernst und bei aller Sorgfalt, die notwendig sind, ist zugleich Pfiffigkeit gefragt, wenn man jemanden aufspüren will, der keine Fährte hinterlassen hat. Ich brauche einen Helfer, der auch bereit ist, mit Schlichen zu arbeiten, und der sogar vor unerlaubten Mitteln nicht zurückschreckt, zum Beispiel, wenn es darum geht, bis ins Sekretariat jenes hermetisch abgeriegelten Hauses vorzudringen, in dem sich Barbaras Mutter befindet. Da muss es eine Kartei geben, und in dieser Kartei muss eine Adresse stehen, an die ich auf normalem Wege nie herankäme, die ein raffinierter Bursche aber vielleicht doch irgendwie zutage fördern würde, nämlich die Adresse jener Person, die es zu benachrichtigen gilt, falls mit der Kranken etwas Gravierendes passiert.

Ja, so einen brauche ich. Ich kann das nicht selbst machen. Das *Adlon* und die Schuhgeschäfte, die Wohnung des Herrn Brockmann und das Heim, alle diese Besuche fielen mir schwer und waren doch nur ein vordergründiges Tasten. Jetzt brauche ich jemanden, der erfinderisch und nie um eine Antwort verlegen ist.

Er setzte sich aufs Bett. Neben ihm, auf dem Nachttisch, stand das Telefon. Noch zögerte er. Wie um alles auf der Welt sollte aus dem Bankrotteur und Spieler Jan Jacob Boysen ein verlässlicher Partner werden?

Egal, dachte er schließlich, ich versuch's! Allein komme ich nicht weiter.

Er wählte die Nummer des Neffen, die er noch immer im Kopf hatte, lauschte und hörte:

»Boysen.«

Antwortete: »Hier auch.«

Danach war es eine Weile still. Der Klang der nur allzu bekannten Stimme hatte dem Mann am anderen Ende der Leitung die Sprache verschlagen. Hinter seiner Stirn spulten die wildesten Gedanken ab, in denen sich Entsetzen, Wut und Furcht mischten und die zunächst in jene Richtung gingen, die er der Lage nach für die einzig mögliche hielt: Er weiß alles! Hat's rausgekriegt. Sie hat es ihm verraten. Oder? Vielleicht will der Alte nur irgendwas aus der Vergangenheit wissen, zum Beispiel, ob ich die Briefe noch hab', die er meiner Mutter aus Honolulu oder weiß der Geier von wo geschrieben hat und in denen von unserer Sippe die Rede ist.

Die Situation war jedenfalls prekär, und so gab er nur ein vorsichtiges »Nanu!« von sich.

Auch Boy Michel Boysen fiel es schwer, die richtigen Worte zu finden. Doch ihm war klar, jetzt musste schnell etwas Versöhnliches her, damit der andere nur ja nicht auflegte. Der Zweck heiligt nun mal die Mittel, sagte er sich und erwiderte:

»Kann sein, dass du nichts mehr von mir wissen willst. Wenn es so ist, sag es frei heraus! Ich hoffe, es ist anders, und wir finden einen Weg, der uns wieder zusammenführt.«

Jan Jacob hatte ein zweites »Nanu« auf der Zunge. Doch er besann sich noch rechtzeitig, ging, den alten Hader außer acht lassend, auf des Onkels fast werbenden Ton ein:

»Ich würde mich gern mit dir versöhnen.«

»Das freut mich sehr, zumal ich deine Hilfe brauche. Können wir uns treffen?«

»Aber ja. Wohin soll ich kommen?«

»Wir könnten uns hier im *Süderhaus* zusammensetzen, nur leider hat Merret, wenn sie sich anstrengt, extrem gute Ohren, und bei einem Besuch von dir würde sie sich gewaltig anstrengen. Es ist fast Ebbe. Komm doch zur Vogelkoje! Zieh dir Gummistiefel an oder leg sie in deinen Kofferraum! Wir könnten rausgehen ins Watt. Ich glaube, da draußen würde es mir am wenigsten schwerfallen, über ein Problem, das ich habe, zu sprechen.«

»Ich komme. In einer halben Stunde bin ich da.«

»Danke, Jan Jacob."

23.

Es war, als sie in ihren Gummistiefeln die graue Fläche betraten, noch immer fallende Tide, und nachdem sie eine Weile später Ludje Garnels verkantet daliegendes Boot passiert hatten, stapften sie durch zwei, drei Zentimeter tiefes, nach Norden abziehendes Wasser, das bei jedem Schritt über ihre Schuhspitzen schwappte.

»Weißt du noch?«, fragte Boy Michel Boysen. »Vor ungefähr dreißig Jahren gingen wir beide auch durchs Watt, und zwar genau an dieser Stelle.«

»Ja, ich erinnere mich gut daran«, antwortete Jan Jacob. »Du hattest vier Wochen Urlaub. Dein Schiff lag, als du nach Kampen kamst, in Valencia, und ich fragte dich, ob es denn vier Wochen da liegenbleiben und auf dich warten müsste. Du hast mir dann erklärt, dass in solchen Fällen die Reederei einen Ersatzkapitän aufs Schiff schickt. War eine dumme Frage, aber ich bin damals ja noch ziemlich klein gewesen. Ich weiß auch noch, dass du mir eine ganz tolle

Geschichte von einem unserer Vorfahren erzählt hast, einem Kapitän. Er gehört zur mütterlichen Linie, war also kein Boysen. Damals, 1864, war Krieg, Preußen und Österreich gegen die Dänen. Deren Flotte bedrohte uns, und die österreichischen Schiffe hatten ihre Not, sie abzuwehren, vor allem, weil sich herausstellte, dass die Dänen die Seezeichen versetzt hatten. Da brauchten die Österreicher einen Mann, der sich in den Gewässern um Sylt so gut auskannte wie du heute. Sie fanden einen. Bei jeder versetzten Pricke konnte er sagen: Die ist falsch. Die gehört da vorn hin oder weiter östlich oder westlich, je nachdem. Durch seine kundige Navigation fand er trotz der Finten immer das richtige Fahrwasser, und so wurden die Dänen besiegt.«

»Stimmt. Das war mein Urgroßvater Hinrich Meinert. Er kriegte dafür von den Österreichern einen Orden. Die Geschichte hast du ja sehr gut behalten.«

»Sie hat mich wirklich beeindruckt. Ich glaub', ich hing damals nur so an deinen Lippen.«

»Ja, du warst mein Sonnyboy. So hab' ich dich immer genannt.« Er machte eine Pause und dann einen Sprung über die Jahrzehnte hinweg: »Du bist nun über vierzig Jahre alt, aber noch immer nicht verheiratet. Gefallen dir die Frauen nicht, oder magst du sie doch und willst dir nur deine Unabhängigkeit bewahren?«

»Ich glaube«, sagte Jan Jacob und wählte nicht ohne Bedacht eine Antwort, von der er annahm, dass sie dem Onkel zusagen würde, »mit einem Mädchen an meiner Seite wäre das Leben schöner.« Es fiel Boy Michel Boysen auf, dass er *Faamen* sagte, Mädchen, und nicht *Wüfhaur*, Frau, aber er kommentierte das nicht, hörte weiter interessiert zu. »Nur denke ich, zu einer Ehe gehört auch Verantwortung. Da muss zum Beispiel erst einmal ein Nest gebaut werden, und ich hab' noch keins.«

»Dann gibt's da niemanden zur Zeit?«

»Nein, nichts Festes.«

»Junge, ich will nicht um den heißen Brei herumreden, will dir etwas sehr Persönliches anvertrauen. Immerhin bist du mein nächster Verwandter. Ich hab' zwar Freunde, aber selbst eine gute Freundschaft ist nicht für jedes Gespräch geeignet.« Wieder machte er eine Pause. Als er schließlich fortfuhr, hatte seine Stimme einen anderen Klang. Großer Ernst und auch Wehmut schwangen da mit. »Ich liebe eine junge Frau, eine sehr junge. Ich glaube, Freunde, wenn sie nicht gerade vom Schlage meines exzentrischen Mieters Lord Nekk sind, würden sagen, diese Frau sei zu jung für mich. Sie würden eine solche Verbindung für unschicklich halten. Die Frau, die ich liebe, ist zweiunddreißig Jahre jünger als ich.«

»Was soll daran unschicklich sein? Ein Mittsechziger von heute ist nicht das gleiche wie einer von vor hundert Jahren, medizinisch gesehen, und auch ganz allgemein. Die Gesellschaft hat sich verändert. Liebt sie dich denn auch?«

»Wir haben uns in diesem Sommer kennengelernt und sind uns seitdem mit jedem Tag nähergekommen. Ich glaube, dass auch sie unsere Verbindung als etwas Schönes, Bereicherndes ansieht, trotz ihrer Jugend. Aber nun ist da etwas zwischen uns getreten.«

»Ein anderer Mann?«

»Dann hätte ich dich nicht angerufen. Es ist anders. Sie hat etwas getan, von dem ich nicht weiß, wie ich es einordnen soll. Als sie einmal für eine halbe Stunde in meinem Haus allein war, muss sie den Schlüssel von meinem Schreibtisch, der immer an der Rückwand des Kachelofens hängt, gefunden haben. Sie hat die Schublade geöffnet und mein Testament gelesen.« Boy Michel Boysen beschrieb den Sachverhalt bis in jede Einzelheit und schilderte anschließend jenes Ereignis, mit dem sich Barbara in einem unbedachten Augenblick verraten hatte. Und der Mann, der genau wusste, wie es in Wirklichkeit zur Auffindung des

Testaments gekommen war, hörte sich alles mit unbewegtem Gesicht an und fragte dann:

»Du willst offenbar trotzdem an ihr festhalten?«

»Ja. Aber ich will den Grund für ihr Verhalten kennen. War es die pure Neugier, oder war es etwas Schlimmeres? Fest steht bis jetzt nur, dass wir beide, sie und ich, durch diesen Vorfall Schaden genommen haben. Sie hat ihren Job aufgegeben, ihre Munkmarscher Wohnung gekündigt und ist verschwunden.«

»Du sagtest am Telefon, dass du meine Hilfe brauchst. Wie hast du das gemeint?«

»Dazu muss ich ein bisschen ausholen. Ich hatte dir ja mal meine *Klefborig* versprochen, du solltest sie erben. Nach deinem Fiasko änderte ich mein Testament, und jetzt bin ich geneigt, dir die Burg wiederzugeben, genauer gesagt, die Anwartschaft darauf. Allerdings ist das mit einer Bedingung verbunden: Finde mir Barbara! So heißt sie. Wenn Lord Nekk, was er mal hat verlauten lassen, irgendwann nach Roskilde zurückgeht, darfst du auch schon einziehen.«

Sie waren weit gegangen, hatten die Höhe der Schnabulierbank fast erreicht. Dort herrschte, wie sie aus der Ferne sahen, nur mäßiger Betrieb. Die meisten Vögel waren wohl bereits nach Süden unterwegs.

Die Männer machten kehrt. Jan Jacob hatte Mühe, sich seine Erregung nicht anmerken zu lassen. Innerlich jubelte er, staunte aber auch über die radikale Wendung, die so unvermutet eingetreten war. Zugleich regte sich in ihm der Hasardeur, und es bedurfte nur weniger Gedankengänge, um den Entschluss zu fassen, alles auf eine Karte zu setzen.

»Gibst du mir«, fragte er also, »dein Wort, dass ich die Burg erbe, sofern ich die Frau finde? Ich möchte absolut sicher sein, dass es diesmal keinen Rückzieher von deiner Seite aus gibt.«

Das harsche Auftreten seines Neffen machte Boy Michel Boysen hellhörig, aber nicht misstrauisch. Er ist, dachte er, wahrscheinlich durch Höhen und Tiefen gegangen, öfter durch Tiefen, hat Enttäuschungen erlebt und will jetzt, bevor er sich für mich ins Zeug legt, nicht schon wieder nur auf eine Eventualität hoffen, sondern auf Brief und Siegel setzen dürfen. Das ist in Ordnung. Ich will etwas von ihm; er will etwas von mir. Wir sind zwei, die einen Vertrag miteinander schließen. Nicht vor dem Notar, dennoch gültig. Er weiß, dass ich zu meinem Wort stehe. Er steht, wenn er den Auftrag übernimmt, hoffentlich auch zu seinem und setzt sich für mich ein. Klar, er ist und bleibt ein Filou, ein windiger Geselle, aber da Besitz verpflichtet, könnte es sogar sein, dass allein schon die Aussicht auf meine Burg ihn wieder in die richtige Bahn bringt. Ja, das dachte er, und so fiel schließlich der entscheidende Satz:

»Ich verspreche es dir, gebe dir mein Wort.« Er reichte dem Neffen sogar die Hand. Der ergriff sie und wusste: Darauf kann ich, was auch kommt, bauen. »Gut«, sagte er also. Früher hätte er *okay* gesagt, doch er hatte wohl selbst das Gefühl, das wäre hier zu salopp, wäre dem Ernst des Augenblicks nicht angemessen. »Hör zu«, sprach er weiter, »ich weiß, wo sie ist...« Die Worte waren kaum heraus, da bereute er sie schon, wusste sofort, dass er in strategischer Hinsicht einen Fehler gemacht hatte. Es wäre besser gewesen, seine Mission nicht als gar so leicht erscheinen zu lassen. So korrigierte er sich: »Das heißt, innerhalb weniger Stunden krieg' ich raus, wo sie ist. Heute Abend erfährst du es.«

Sie waren stehengeblieben. Boy Michel Boysen wollte nicht glauben, was er da gehört hatte. »Das ist ein Scherz, nicht wahr?«

»Nein, ist es nicht. Ich muss dir etwas gestehen, was dich umhauen wird. Ich hoffe nur, dass das nicht wörtlich passiert und du gleich im Schlick liegst. Barbara Henke..., ja, ich weiß, dass sie so heißt, und weiß noch hundert Dinge mehr über sie. Nicht sie war es, die die Schublade deines Schreibtisches aufgeschlossen hat, sondern ich. Das geschah, als du mit ihr zur *Klefborig* gefahren bist, um sie ihr zu zeigen und sie mit Lord Nekk bekanntzumachen.«

Sie standen noch immer. Ungläubig starrte Boy Michel Boysen den Neffen an, fasste sich sogar ans Herz. So fügte Jan Jacob schnell hinzu:

»Es wird alles gut. Das verspreche ich dir. Du musst mich nur zu Ende anhören. Komm, lass uns weitergehen!« Er packte die Schulter des Onkels, und wie ein Automat ließ der sich wieder in Gang setzen. »Wirklich, du wirst gleich erfahren, dass Barbara kaum etwas vorzuwerfen ist. Um das vorweg zu sagen: Ich hatte nichts mit ihr. Aber hör jetzt den Anfang der Geschichte. Ich wollte wissen, ob die Burg tatsächlich, wie man munkelt, an irgendeine Stiftung gehen soll. Um das herauszubekommen, brauchte ich jemanden, den ich auf dich ansetzen konnte...«

Er erzählte. Alles. Von Ludje Garnels Boot als Versteck, von der Suche im Watt und wie es danach weiterging. Sie hatten längst wieder das Ufer erreicht und saßen, obwohl es kalt war, im Sand.

»Schon sehr bald«, sagte Jan Jacob, »war sie für meinen Plan unbrauchbar geworden. Sie erklärte mir, sie könnte jemanden wie dich nicht hinters Licht führen. Sie sollte dich in meinem Auftrag umgarnen, aber ihr hattet euch kaum kennengelernt, da war sie nicht mehr imstande, die ihr zugedachte Rolle zu spielen, denn sie hatte sich in dich verliebt. Ja, und als ihr dann das Malheur in deinem Garten passierte, geriet sie an den Rand eines Nervenzusammenbruchs. Sie schämte sich, sagte sie mir, wie noch nie zuvor in ihrem Leben. Darum, nur darum hat sie sich von dir zurückgezogen.« Das alles erzählte Jan Jacob dem wie erstarrt dasitzenden Onkel, aber zum Schluss kam, weil er es so für besser hielt, doch wieder eine Lüge:

»Nun kennst du die ganze Geschichte, und heute Abend werde ich dir sagen können, wo sie ist.«

»Und warum nicht schon jetzt?«

»Weil ich es nicht weiß. Auch von mir hat sie sich zurückgezogen. Aber sie hat eine Freundin in Berlin, zu der sie Kontakt hält. An die wende ich mich. Wenn die erfährt, dass du Barbara verzeihst, wird sie mir sagen, was ich wissen will. Ich rufe dich dann sofort an.«

Boy Michel Boysen war entsetzt. Trotzdem versuchte er, die neue Lage zu bewältigen. Die Zusage, dem Neffen die *Klefborig* zu vermachen, war ihm dabei zweitrangig. Es ging ihm um Barbara, um die Einschätzung dessen, wozu sie, wenn auch nur für kurze Zeit, fähig gewesen war. War es schlimmer als die bis jetzt vermutete Neugier? Noch einmal hatte er, während sie im Sand saßen und Jan Jacob sich zurückhielt, die Stationen des gemeinsam erlebten Sommers vor Augen. Zählten sie nun nicht mehr? Für den Mann neben sich hatte er nur Verachtung übrig. Aber wie, um alles in der Welt, sollte er Barbaras Anteil an dem perfiden Komplott beurteilen? Er wusste es nicht.

»Ich glaube«, sagte er schließlich, »jetzt geht jeder zu seinem Auto und fährt nach Haus.«

Sie standen auf. Nur zu gern hätte Jan Jacob das Gespräch noch einmal auf die Burg gebracht, aber er spürte, dass es dafür nicht der richtige Zeitpunkt war, und so begnügte er sich damit, auf das Versprechen und damit auf die Ehre eben des Mannes zu setzen, mit dem er selbst so ehrlos umgegangen war. Ihm die Hand hinzuhalten, wagte er auch nicht, hatte Angst, sie könnte im Leeren hängenbleiben. Er braucht jetzt Ruhe, dachte er, braucht Zeit, um den Schock, den ich ihm versetzt habe, zu verarbeiten. »Ich fahre dann«, sagte er.

»Ruf mich an«, sagte der Onkel, »sobald du weißt, wo sie ist.«

»Mach' ich.«

Sie gingen auseinander, jeder zu seinem Auto. Als Boy Michel Boysen in seinem Wagen saß, startete er nicht. Er sah den anderen davonfahren, stieg wieder aus.

Er machte einen Teil des Weges, den sie zusammen zurückgelegt hatten, noch einmal, ging bis zum Boot, verharrte dort, sah auf die hölzerne Bordwand, hinter der, wie er nun wusste, Barbara sich versteckt gehalten hatte. Hier, dachte er, hat alles angefangen. Bitterkeit stieg in ihm auf, als er sich sagte: Bin wohl in der Tat der sprichwörtliche Michel, mit dem die beiden leichtes Spiel gehabt haben.

Aber auf dem Rückweg zum Rover hatte er plötzlich ein ganz anderes Bild vor Augen: den Strand, seinen Strand, mondbeschienen, und im schwachen Licht zwei Gestalten, die sich durch das windbewegte Wasser treiben lassen. Das war sie auch, dachte er. Sie war wohl vieles: die besorgte Fünfzehnjährige, die die Wohnung nach Schnapsflaschen absuchte, die Manfred Hausmanns Lilofee spielte, die später Schuhe verkaufte und dann, noch später, im Fahrwasser meines windigen Neffen ein richtiges Gaunerstück inszenierte. Wie soll ich mich in dieser verworrenen Biographie zurechtfinden! Aber das dachte er schon beinah heiter, wie mit Galgenhumor.

Er fuhr nach Haus und sagte zu Merret:

»Ich habe Hunger.«

Sie warf ihren Speiseplan um und briet ihm ein großes Steak, das er in geradezu unmanierlicher Geschwindigkeit verzehrte.

Danach ging er in den Garten. Er war gerade dabei, die Persenning über seinen Strandkorb zu ziehen, da rief Merret: »Telefon!« Und als er im Büro war, sagte sie: »Ganz was Neues; es ist Jan Jacob.« Er hielt den Hörer schon in der Hand, meldete sich aber noch nicht, sah Merret an. Sie verstand, ging hinaus, machte die Tür hinter sich zu.

»Ja?«, sagte er. Und hörte:

»Sie ist näher, als wir dachten.«

»Wo?«

»In Morsum.« Jan Jacob nannte ihm die Adresse, beschrieb auch den Weg dorthin, gab ihm die Telefonnummer, die er sich notierte.

»Das hättest du mir vermutlich auch schon draußen im Watt sagen können, nicht wahr? Aber darauf brauchst du jetzt nicht zu antworten.«

Er legte auf, sah auf den Zettel mit der Telefonnummer, nahm ihn mit ins Wohnzimmer und schloss ihn in seinen Schreibtisch.

24.

Sie war traurig. Wieder hatte die Lage sich gravierend verändert. Sie wusste, ihr neuer Aufenthaltsort und ihre Telefonnummer waren ihm bekannt, aber er meldete sich nicht.

Jan Jacob hatte sie gleich nach dem Treffen mit Boy Michel besucht, ihr den Inhalt seines mit ihm geführten Gesprächs wiedergegeben und ihr gesagt, dass er dem so rigoros mit der Wahrheit Konfrontierten versprochen habe, ihm innerhalb der nächsten Stunden mitzuteilen, wo sie war. Noch am selben Abend hatte sie, weil es keinen Grund mehr gab, sich zu verstecken, und sie mit einer baldigen Wiederbegegnung rechnete, die Farbe aus ihrem Haar gewaschen. Er sollte sie so vorfinden, wie er sie kannte.

Nun war es schon der Nachmittag des nächsten Tages, und auch wenn sie noch bis gestern auf ein monatelanges Untertauchen eingestellt gewesen war, belastete es sie jetzt doch, dass aus Kampen keinerlei Lebenszeichen kam. Also, dachte sie, hat Jan Jacob ihn von meiner Reue nicht überzeugen können. Sein Schweigen tut weh, aber verdenken kann ich's ihm nicht.

Doch auch etwas ganz anderes beschäftigte sie. In ihrem Kummer und wohl auch, weil es stürmte, war sie in der Nacht kaum zur Ruhe gekommen und hatte sich deshalb mittags hingelegt. Obwohl der Wind noch zugenommen hatte, war sie eingeschlafen, und dann war es eben dieser Wind gewesen, der sie geweckt hatte. Wie so oft, wenn er zum Sturm wurde, hatte er auch diesmal Zerstörung im Gefolge gehabt, hatte den auf der Wiese vorm Haus stehenden Fahnenmast umgeknickt. Durch den Aufprall des Holzes auf den aus Findlingen errichteten Wall war sie aus dem Schlaf gerissen worden. Nun war es kurz vor vier. Sie trat vor die Haustür und sah auf zum Himmel, der fast schwarz war von drohenden Wolken. Doch als noch beängstigender empfand sie die wuchtigen Böen. Dass die nicht nur lärmten, sondern auch zupackten, bewies ja der im Garten liegende, etwa acht Meter lange weiße Mast. Sie sah hinüber zum Nachbarhaus, einem hundert bis hundertfünfzig Meter entfernt stehenden bäuerlichen Anwesen. Es war ein langgestrecktes, einstöckiges Reetdachhaus, an das sich ein doppelt so hoher Anbau, eine mit Wellblech gedeckte Scheune, anschloss. Gerade jetzt, als ihr Blick über die Wiesen und die sich am Zaun zusammendrängenden Kühe hinweg auf das Gehöft gerichtet war, löste sich dort ein großes Stück Blech, schoss ein Stück himmelwärts, verkantete sich, drehte sich um sich selbst, geriet dann offenbar in einen weniger turbulenten Luftstrom, segelte abwärts und landete auf dem Feld, zum Glück weit entfernt von den Kühen.

Sie ging wieder nach drinnen, kochte Tee und stellte das Radio an, hörte noch ein paar Takte Musik, danach den Jingle, und dann verkündete die Sprecherin: »Im Anschluss an die Nachrichten bringen wir eine Sturmflutwarnung.«

Der Aufmacher des gleich darauf einsetzenden Blocks mit Neuigkeiten war demselben Thema gewidmet, berichtete von heftigen über Norddeutschland hinweggehenden Stürmen, von Gebäudeschäden, Autounfällen und Feuerwehreinsätzen. Dann war die Politik an der Reihe, die sie diesmal nur ganz diffus aufnahm, weil sie auf die angekündigte Warnung wartete. Die lautete: »Für die gesamte schleswig-holsteinische Westküste besteht die Gefahr einer schweren Sturmflut.«

Auch den nun folgenden Bericht hörte sie sich an. Darin ging es zunächst um die Entstehung und den Verlauf des Unwetters. Das Sturmtief, so hieß es, habe sich südöstlich von England gebildet und rasch auf die nordwestlichen Teile Europas, auf Belgien, die Niederlande und den Norden Deutschlands, übergegriffen. Zur Zeit, so hieß es weiter, herrschten in den genannten Gebieten Windstärken von zehn bis elf, in Böen bis zwölf, und der steife Südwest rase mit einer Geschwindigkeit von hundertdreißig Kilometern pro Stunde über die Region hinweg, mit steigender Tendenz. Der Reporter schilderte einzelne Fälle von Polizei- und Feuerwehreinsätzen, bei denen es vorwiegend um die Beseitigung von umgestürzten Bäumen ging, die die Straßen blockierten, und wies zum Schluss auf die verheerende Sturmflut vom Februar 1962 hin, bei der dreihundertdreiundvierzig Tote, Zehntausende von obdachlos gewordenen Menschen und enorme Verluste an Groß- und Kleinvieh zu beklagen gewesen seien, äußerte dann jedoch die Erwartung, dass auf Grund der in der Zwischenzeit erfolgten Verstärkung der Schutzeinrichtungen, vor allem der Deiche, eine Wiederholung der damaligen Katastrophe nicht zu erwarten sei.

Sie besaß, schon vom ersten Sylttag dieses Jahres an, eine Karte der Insel und der sie umgebenden Gewässer. Die holte sie nun hervor und studierte sie. Viel war es nicht, was sie über Wind und Wasser wusste, und dennoch wurde ihr sofort klar, wie gefährlich die Lage war. Der Sturm kam, wie sie soeben gehört hatte, aus Südwest, stieß also mit seiner ganzen Wucht in den zwischen Hörnum und Morsum klaffenden Winkel. Sie las die Bezeichnungen *Steenack*, *Rantum Lohe*, *Eidumtief*, *Hörnumer Loch* und *Hörnumtief*, hatte sie auch früher schon gelesen und immer nur gesehen als Stätten für fröhliche Wattwanderungen und Bootsausflüge. Jetzt hatte sie eine ganz andere Vorstellung: Der immer mächtiger werdende Sturm drückt das Meer in dieses Stück Watt hinein wie in einen Trichter.

Wie mochte es am Deich aussehen, fragte sie sich. Sollte sie sich dorthin wagen?

Sie tat es, verließ, wetterfest angezogen, das Haus. Noch immer hing der Himmel wie ein riesiger düsterer Vorhang über den Wiesen, aber andere dunkle Vorboten waren hinzugekommen. Da waren Menschen unterwegs, die ganz gewiss nicht die Schaulust bewogen hatte, ihre Häuser zu verlassen. Unverkennbar waren sie mit Schutzmaßnahmen befasst, sei es, dass sie auf Lastwagen Sandsäcke zum Deich brachten oder sich in kleinen Trupps, bewaffnet mit Schaufeln und Spaten, uferwärts bewegten oder dabei waren, das Vieh in Richtung Dorf zu treiben.

Beim Anblick der so Beschäftigten riet ihr ein erster Impuls, umzukehren. Sie wollte niemandem im Weg sein und ebensowenig als jemand gelten, der auf Sensationen aus war. Dass sie dann doch, obwohl der Wind sie ohne Pause traktierte, weiterstapfte, hatte mit ihrer Angst zu tun. Sie wollte einmal, ein einziges Mal nur, über die Kante gucken, um zu sehen, wie hoch das Wasser schon war, und anschließend ganz schnell ins Haus zurückkehren. So kämpfte sie sich gegen den Sturm, der ihrem Gesicht regelrechte Schläge versetzte, voran.

Und sie hielt durch. Zwei Männer riefen ihr von einem der Lastwagen herunter etwas zu. Was es war, konnte sie nicht verstehen. Aber der eine wies dabei mit dem Arm in Richtung Norden, und so bedeutete der Zuruf wohl, sie solle umkehren. »Gleich!«, schrie sie zurück, doch bestimmt kam auch dieses Wort nicht an.

Sich schräg gegen den Wind stemmend, ging sie weiter, erreichte schließlich das Gatter, das den an der Deichinnenseite verlaufenden Weg von den Wiesen trennte und jetzt, im Gegensatz zu den Vortagen, weit geöffnet war. Mühsam stieg sie die steinernen Stufen des Deiches empor. Als sie die letzte erklommen hatte und die Krone betrat, fiel sie, noch ehe sie einen Blick aufs Wasser hatte werfen können, zu Boden. Eine Böe hatte sie von den Füßen geholt. Sie rollte dicht neben der Treppe die grasbewachsene Böschung ein Stück hinunter, fing sich, richtete sich wieder auf. Den zweiten Versuch unternahm sie auf allen Vieren. Als sie erneut die Kammlinie erreicht hatte, sah sie das Wasser. Es stand nur etwa einen Meter unterhalb der Deichkrone. Der Sturm peitschte ihr aufgewirbelte Gischt entgegen. Um Himmels willen, dachte sie, im Radio haben sie gesagt, in einer Stunde ist Hochwasser! Was wird daraus?

Sie machte kehrt, war noch nicht ganz unten, da wurde sie ein zweites Mal umgeworfen, diesmal nicht vom Wind, sondern von Schafen. Sie hatte die Tiere vorher nicht gesehen. Sie mussten von der Seite gekommen und, durch irgendwelche über die Böschung gezogenen Zäune gelenkt, plötzlich über die Krone galoppiert sein. Blitzartig drückte sie das Gesicht ins Gras, schirmte den Hinterkopf mit Händen und Armen ab, musste ein paar Knüffe und Tritte einstecken. Aber dann war es auch schon vorbei. Die Tiere, zwanzig bis dreißig mochten es sein, drängten sich jetzt am Fuß der landseitigen Böschung dicht aneinander und verharrten dort.

Sie stand auf, ging weiter und kam, mit dem Wind im Rücken, schnell voran. Immer mehr mit Sandsäcken beladene Fahrzeuge begegneten ihr. Ob man damit die Flut aufhalten kann?, überlegte sie voller Skepsis.

Sie erreichte das Haus, trat ein, zog sich aus, untersuchte die geröteten Stellen an ihrem Körper, dachte: Was für ein Glück, dass es keine Kühe waren!

Sie holte ihren Bademantel, wollte es jetzt bequem haben, entschied sich dann aber doch anders. Es kann ja sein, schoss es ihr durch den Kopf, dass ich hier weg muss.

So schlüpfte sie wieder in Jeans und Pullover, ging ins Wohnzimmer, stellte erneut das Radio an.

Irgendein Sender lieferte Lageberichte zur Sturmflut, zählte Schäden und Schutzmaßnahmen auf. Es war, vermutete sie, eine regionale Rundfunkstation. In der Berichterstattung ging es vorwiegend um den Raum Nordfriesland. Dann wurde speziell Sylt genannt. Die für sie, die gerade vom Ort des Geschehens zurückgekehrt war, alarmierendste der vielen Botschaften lautete: »Das Wasser am Nössedeich steht nur noch dreißig Zentimeter unterhalb der Krone. Vereinzelt schwappen schon Wellen über.« Und sie erfuhr von weiteren beunruhigenden Einzelheiten: »Die Feuerwehren der gesamten Insel sind im Einsatz. Das Schöpfwerk bei Keitum ist beschädigt. Weiterhin werden große Mengen Sandsäcke benötigt. Der Bahnverkehr über den Hindenburgdamm ist eingestellt worden.« Es folgte die Aufzählung der in ganz Schleswig-Holstein an den Einsätzen beteiligten Organisationen und Verbände. Sie staunte über das Aufgebot, hatte die Namen alle schon mal gehört, doch immer nur einzeln. Jetzt reihte der Reporter sie in rascher Folge aneinander, und sie wusste, hinter jedem standen hilfsbereite und uneigennützige Menschen: Feuerwehr, Technisches Hilfswerk, Deutsches Rotes Kreuz, Arbeiter-Samariter-Bund, Johanniter-Unfall-Hilfe, Bundeswehr, Polizei, Bundesgrenzschutz.

Dann ging es wieder weiter mit lokalen Nachrichten, und schließlich kam die Meldung, das über den Hindenburgdamm geführte Stromkabel sei außer Funktion. Da ihr Radiogerät von Batterien gespeist wurde, drückte sie wie in einem Reflex den nächsten erreichbaren Lichtschalter. Die Stehlampe leuchtete auf. Und da erfolgte auch schon die Relativierung der jüngsten Hiobsbotschaft: »Die zwei im Boden des Wattenmeeres verlaufenden Stromkabel sind intakt.«

Anschließend gab es Lageberichte aus den Bereichen Husum, Ockholm und Dagebüll sowie aus den Kögen der Wiedingharde und von den Nachbarinseln Föhr und Amrum. Auch die Halligen wurden genannt mit der jeweils ganz spezifischen Situation ihrer Bewohner, sich auf kleinstem Raum zu befinden und nicht flüchten zu können. Und dann, plötzlich, saß sie kerzengerade und verfolgte mit größter Anspannung die Nachricht: »Soeben erreicht uns die Meldung, dass im Bereich *Katrevel* der Gemarkung Morsum auf Sylt der Nössedeich an zwei Stellen beschädigt ist. An der einen schwappt das Wasser bereits auf einer Länge von fünf Metern über. Die andere Bruchstelle hat eine Ausdehnung von etwa zwei Metern. Die Einsatzkräfte bemühen sich, das aus dem Deichkörper herausgerissene Erdreich durch Sandsäcke zu ersetzen.«

Dann kam ein vor Ort geführtes Interview. Eine gehetzt wirkende männliche Stimme ließ sich vernehmen:

»Bitte, liebe Zuhörer, entschuldigen Sie die mangelhafte Tonqualität dieses Beitrags, aber da hier buchstäblich keine Minute verschenkt werden darf, laufe ich, das Mikro in der Hand, neben meinem Gesprächspartner her, deichauf, deichab, immer wieder vom Lkw zur Bruchstelle und zurück, und er gibt mir, soweit das Schleppen der Säcke ihm den Atem dafür belässt, Auskunft. Herr Sievertsen, wie konnte es zu dem Schaden kommen?«

»Das müssen Sie den Lieben Gott fragen. Die Krone ist überall gleich fest. Hier hat offenbar eine Böe besonders hart zugeschlagen, und die folgenden hatten daraufhin leichtes Spiel. Ja, und für die Böen ist nun mal der Alte Herr zuständig.«

»Kriegen Sie das wieder hin?«

»Natürlich. Sie sehen doch, die Packung dichtet die Stelle so ab, dass kein Wasser mehr durchläuft. Zum Glück haben wir sie früh genug entdeckt. Sonst hätte sie sich im Handumdrehen vertieft und verbreitert, und das Wasser wäre nicht mehr aufzuhalten gewesen.«

»In einer halben Stunde haben wir den höchsten Tidenstand, und schon jetzt ist die Krone fast erreicht. Ist da nicht auf der ganzen Länge des Deiches, um es mal salopp zu sagen, das Überlaufen der Badewanne programmiert? Und was wäre die Folge?«

»In dem Fall liefe das Wasser nach Tinnum und Westerland, und die Bahnhofshalle verwandelt sich in ein Schwimmbad. Etwas später sind auch die höher gelegenen Orte Archsum und Morsum überflutet ...«

An dieser Stelle brach das Interview ab. Eine Weile hörte sie nur den Sturm, dazu das Zuschlagen von Autotüren und das Scheppern von Gerät. Da meldete sich der Reporter noch einmal. Er sagte:

»Soweit, meine Damen und Herren, das Geschehen vor Ort. Wir müssen jetzt unseren Ü-Wagen in Sicherheit bringen.«

Es kam Musik, beschwingte sogar. Sie starrte das Radio an. »Das gibt es doch nicht!«, rief sie, obwohl sie allein war, laut aus.

Das gab es doch. Draußen heulte und hämmerte der Sturm, und in ihrem Zimmer erklang Tanzmusik. Sie machte das Gerät aus, holte ihre Strandtasche, packte die wichtigsten Dinge hinein, Papiere, Geld, ein paar Kleidungsstücke. Sie stellte die Tasche im Flur ab, drückte die Haustür auf, stand im Wind. Mittlerweile war es so dunkel geworden, als kündigte sich schon die Nacht an, dabei war es der späte Nachmittag eines Herbsttages.

Sie fand es merkwürdig, dass sie noch kein Sirenengeheul und kein Martinshorn gehört hatte, doch dann sagte sie sich, die Signale hätten es wohl nicht geschafft, den Sturm zu übertönen. Kaum hatte sie diesen Gedanken zu Ende gedacht, da war auch schon der nächste da, und der versetzte sie in Panik: Was, wenn auch der Lautsprecherwagen, der die Leute zu den Sammelstellen ruft, schon unterwegs gewesen ist und ich ihn nicht gehört hab'! Vielleicht wurde die Evakuierung längst eingeleitet oder ist sogar schon abgeschlossen, und ich sitze hier am Ende der Welt, vergessen, übersehen, ausgesetzt den Folgen, die sich ergeben, wenn die Männer mit den Sandsäcken es doch nicht schaffen sollten!

Loslaufen? Aber wohin, wenn womöglich das Wasser von allen Seiten auf mich zukommt, mich umzingelt? Mein Gott, was mach' ich?

Sie hastete zurück ins Haus, lief von einem Zimmer ins andere, ohne zu wissen, was sie da wollte, sprang die Treppenstufen hinauf, riss die Schlafzimmertür auf, als wäre dort zu erfahren, was zu tun sei. Sie fasste sich mit beiden Händen an den Kopf, verharrte drei, vier Sekunden, und dann rannte sie wieder hinunter, stürzte erneut ins Wohnzimmer, trat ans Telefon, packte den Hörer, zwang sich zur Ruhe und schaffte es, sich auf die Nummer zu besinnen, die sie seit dem Sommer, dem großen, schönen Sommer, im Kopf hatte, wählte, lauschte. Und hörte:

»Boysen.«

Sie sagte ganz wenige Worte, nicht sechs, diesmal nur drei: »Ich habe Angst!«

Und hörte:

»Ich komme.«

25.

Das Ding hätte ihr auf den Kopf fallen können, dachte er, als er den Rover unmittelbar neben der Fahnenstange parkte, denn er hatte sofort erkannt, dass der Mast nicht mit Bedacht, sondern mit Gewalt in die Waagerechte gebracht worden war.

Er stieg aus, und da sah er sie im Eingang stehen. Sie wirkte klein und zart und anfällig, aber vielleicht lag das ja daran, dass er noch immer ihre verzagte Stimme im Ohr hatte und ihren Hilferuf: *Ich habe Angst.*

Sie lief auf ihn zu. Er schloss sie in die Arme, und sie drückte ihr Gesicht gegen den dicken Stoff seiner Jacke. Dicht an ihrem Ohr sagte er etwas, was zu sagen er sich ganz gewiss nicht vorgenommen hatte. Das Dastehen im Sturm und das enge Einander-Zugekehrtsein drängten ihn unversehens zu einer Begrüßung, von der ihm erst hinterher aufging, dass sie sie verwirren musste.

»*Und er nahm sie in den Mantel...*«

Durch das schwere Tuch hindurch spürte er, wie sie zusammenzuckte. Sie löste sich aus seinen Armen, sah ihn an. Aber dann, ebenso plötzlich, fasste sie sich wieder, war dabei zwar einem Irrtum unterlegen, aber der half ihr über die Verwirrung hinweg.

»Du kennst das Stück von Manfred Hausmann?«, fragte sie. »Von der Schule her? Hast du darin den Seemann gespielt, den Friedolin?«

»Nein. Ich glaube, ich hätte einen miserablen Schauspieler abgegeben.«

Jetzt erst gingen sie ins Haus. Im Flur streifte er Jacke und Gummistiefel ab, und gleich darauf saßen sie sich im Wohnzimmer gegenüber. Sie schenkte Kaffee ein. »Hoffentlich ist er so gut wie der, den deine Köche dir machten«, sagte sie.

»Bestimmt ist er besser.« Er trank, setzte die Tasse ab. »Hervorragend!« Dann sagte er: »Was für ein Wetter! Ich versteh' deine Angst.«

Sie erzählte, was sie am Deich gesehen und auch, was sie im Radio gehört hatte. Noch immer heulte der Sturm ums Haus, aber in ihr war nun eine große Ruhe. Als sie ihren Bericht beendet hatte, fragte sie:

»Und bei euch? Wie sieht es da aus?«

»Bis jetzt halten sich die Schäden in Grenzen.«

Da saßen sie nun, die beiden, die seit dem Begebnis an der gefährdeten Kiefer durch ein Tal verworrener Gefühle gegangen waren, sie gepeinigt von Scham und Verzweiflung, er von Zweifeln und Enttäuschung, und doch jeder mit einem Rest an Hoffnung. Jetzt war das Dunkel gelichtet. Für sie hatten die Winkelzüge und der Trug ein Ende, und er konnte beginnen, sein widersprüchliches Erleben zu ordnen und daraus einen Weg zu ebnen. Nun war die Zeit, alles miteinander zu besprechen. Doch es gab auch die Möglichkeit, die vielen Fragen einstweilen ruhen zu lassen und allein die Freude zu spüren, dass sie sich wiederhatten. Darauf lief es hinaus, und so kam es, dass Boy Michel Boysen, der stets einsatzbereite Mitbürger und bis noch vor kurzem aktive Feuerwehrmann, diesmal die Güter anders abwog und alle Unbill, die die Sturmflut mit sich bringen mochte, außer Acht ließ.

Sie stand auf, wollte die Kaffeekanne holen, um nachzuschenken. Doch noch ehe sie deren Griff erfasst hatte, war er hinter ihr, spielte mit ihrem Haar.

»Was hast du damit gemacht? Es ist anders als sonst, fühlt sich an, als wär's nicht deins.«

»Es ist noch ein bisschen spröde. Von der Chemie. Ich wollte dir ausweichen, wollte nicht erkannt werden, falls wir uns zufällig träfen, und hatte es darum gefärbt.«

»Dein schönes Haar! Bitte, mach das nie wieder!«

»Ich verspreche es.«

Noch immer stand er hinter ihr. Nun drehte er sie um, küsste sie. Und dann fand er zu fast poetischen Worten, oder aber es war wie schon einmal, war wie vor einem halben Jahrhundert, als er sich scheute, mit der Liebe und dem, was dazugehörte, unbefangen und geradlinig umzugehen.

»Wo ist das Zimmer, in dem du deine Träume hast?«

Wie eine ängstliche Erstklässlerin winkelte sie den Arm an, und dann schob sie, ganz dicht an ihrer Schläfe entlang, den Zeigefinger nach oben.

Sie gingen hinauf. Und wieder bediente er sich der Worte, die das Eigentliche umschrieben, denn bei seinem seidenen Oberhemd, gegen das sie sich geschmiegt hatte, bevor er es aufknöpfte und auszog, konnte von einem Mantel nun wirklich nicht die Rede sein.

»Und er nahm sie in den Mantel, und da wurde sie im Regen eines ›alten‹ Seemanns Weib.«

»Eines jungen!«, protestierte sie. »Und Regen haben wir auch nicht, dafür allerdings Sturm.«

Und später, als sie beieinanderlagen, sagte sie:

»Von wegen alt!«

Einmal sagte er: »Mir scheint, mit dem Färben bist du ein wenig zu weit gegangen. Oder wer war das?«

Und sie erwiderte: »Die Morsumer ...«

»Was?« Er richtete sich sogar auf.

»... Schafe«, ergänzte sie und erzählte, wie die in Panik geratenen Tiere sie zu Boden geworfen hatten.

Er sah sich die Stellen genau an, tastete sie ab, fragte: »Tut das weh?«

Und sie antwortete: »Nein, es tut gut.«

Als sie am nächsten Morgen erwachten, stürmte es aus Nordwest, und er sagte zu ihr: »Jetzt ist unser Strand an der Reihe. Dass der Wind gedreht hat, hab' ich schon heute Nacht bemerkt. Ich bin sogar vor die Tür gegangen. Du hast das gar nicht mitgekriegt, und wecken wollte ich dich nicht, zumal der Nordwest für dein Häuschen hier, überhaupt für Morsum, Entwarnung bedeutet.«

»Ja«, antwortete sie. »Ich schlief tief und gut, weil ich glücklich war. Ich glaube, du hast mir verziehen.«

»So sollten wir es nicht nennen. Klingt so gönnerhaft und ist doch ganz was anderes.«

»Und was?«

»Es gibt dafür viele Wörter, aber nur eins, mit dem man es genau trifft: Liebe. Ich bin froh darüber, dass ich in meinem Leben mit diesem Wort sehr sparsam umgegangen bin, geradezu geizig. Hab's nicht verschlissen und kann es nun ohne Bedenken in den Mund nehmen.«

Sie wollte antworten *Ich danke dir*, spürte sofort, dass es nicht passte, sagte lieber gar nichts, trat nur auf ihn zu, umarmte ihn. Lange standen sie so, stumm und glücklich.

Er scheute sich, weiter über die Liebe zu sprechen, kehrte stattdessen zurück zum Wetter.

»Der enorme Druck aufs Rantumbecken ist nun weg, aber mein Kampen! Ich muss Merret anrufen. Sie ist bestimmt verärgert, weil ich das Handy ausgeschaltet habe.«

Er meldete sich im *Süderhaus*. Von dort kam kein Protest. Statt dessen Schluchzen. »Boy..., mein Gott, Boy..., deine Burg..., deine *Klefborig*..., sie ist untergegangen. Ganz. Kein einziger Stein mehr auf dem anderen. Es gibt sie nicht mehr.«

»Woher weißt du das?«

»Von Lord Nekk. Er rief hier an und sagte, dass er und Jan Jacob und andere Helfer versucht hätten, mit Hilfe von Sandsäcken die Flut aufzuhalten, aber da war nichts zu machen.«

»So, Jan Jacob war also auch dabei?«

»Ja.«

»Wir fahren sofort hin«, sagte er.

»Wir?«

»Ja, wir.« Er legte auf.

Er berichtete Barbara, was geschehen war. Sie machten sich auf den Weg. Am Keitumer Bahnübergang war die Straße überflutet. Die meisten Fahrer kehrten um. Er sagte zu ihr, und es klang fast, als lobte er die Vorzüge eines seiner Schiffe: »Der Rover schafft das. Er hat nicht nur eine starke Maschine, sondern kommt auch mit der See zurecht.«

Und in der Tat, die Räder pflügten mühelos durch das fast einen halben Meter hohe Wasser, erzeugten dabei eine respektable Bugwelle.

Eine halbe Stunde später waren sie in Kampen. Sie fuhren gleich durch bis zu dem Weg, der einmal zur Kliffburg geführt hatte und sich ihnen jetzt als eine etwa acht Meter breite Furt präsentierte. Sie stiegen aus und verharrten an ihrem Rand, zusammen mit vielen anderen Menschen, Insulanern wie Gästen, starrten auf den Ort der Verwüstung und hörten von allen Seiten bestürzte Kommentare.
Die Kliffburg war zerstört. Der Sturm hatte den Sylter Strand in seiner ganzen Länge, von List bis Hörnum, hart

getroffen, doch nur an einer einzigen Stelle, an dieser, hatte er eine tiefe Schneise ins Dünengelände geschlagen. Sie sah aus wie ein kleiner Fjord.

Im Wasser wie auch rechts und links davon lagen Mauerfragmente, Rohrteile, zerbrochene Boden- und Wandfliesen, Reetdachplacken, Hausrat, Gebälk, Glas. Und Bilder. Etwa zwanzig waren, halbwegs unversehrt, ein paar Meter von der Furt entfernt im Dünensand gestapelt, aber viele bunte Leinwandfetzen und eine Menge Kleinholz, unverkennbar Teile von prachtvollen oder auch von schlichten Rahmen, lagen rundherum verstreut oder schwammen herum.

Plötzlich trat Lord Nekk von der Seite her an Boy Michel heran. Der hätte ihn fast nicht wiedererkannt. Mit bleichem, zerfurchtem Gesicht und zitternd stand er da, in der Hand ein Stück Leinwand. Es war ein Viertel jenes Bildes, über das sie noch vor ein paar Tagen miteinander gesprochen hatten. Und es war nicht etwa ein Zeichen von Gelassenheit, dass der Däne trotz all der Vernichtung in der Lage war, etwas zu sagen, was sich wie ein wohlüberlegtes fachliches Fazit anhörte:

»Jetzt hab' ich den Namen. *Anatols Bruder*. Das passt doch, nicht wahr?«

Boy Michel umarmte ihn, drückte ihn an sich, nickte, sagte nichts. Dann ging Lord Nekk auch schon weiter, tappte unsicher von Bildfetzen zu Bildfetzen. Jetzt erst entdeckten Boy Michel und Barbara den Hund des Malers. Er trottete hinter seinem Herrn her.

Und noch jemanden entdeckten sie, aber der hatte sie entweder nicht bemerkt, oder er mied sie. Jedenfalls sahen sie ihn in einiger Entfernung auf seinen Wagen zugehen. Barbara wagte es, Boy Michel zu fragen:

»Kriegt er nun wirklich in dreißig Jahren deine Burg?«

»Welche Burg?«

Sie zeigte voraus. »Na, die neue.«

»Die wird es nicht geben.«

»Wieso?«

»Weil...«, und schon bei diesem ersten Wort glaubte sie den Hauch eines Lächelns in seinen Zügen entdeckt zu haben, »sie im Naturschutzgebiet stand und keinen Bestandsschutz hatte. Das heißt, bei völliger Zerstörung darf sie nicht wiedererrichtet werden.«

»Kann man da denn gar nichts machen?«

»Nein, das ist ein ehernes Gesetz. Und versichert war sie auch nicht. Wohl gegen Feuer und Diebstahl und sogar gegen Sturmschäden, aber nicht gegen die Flut. Wahrscheinlich hat kaum ein Haus auf Sylt eine solche Versicherung. Viele Gesellschaften nehmen Flutschäden gar nicht in ihren Katalog auf, und wenn doch, mit hohen Beiträgen und mit minimalen Leistungen.«

Immer noch, so schien ihr, war die Andeutung eines Lächelns da, und dabei hatte er doch von einem Tag auf den anderen ein Vermögen verloren. Sie sagte ihm das. Seine Antwort kam spontan:

»Ich hab' ein Haus verloren und eine Frau gewonnen. Was also gibt es da zu jammern?«

Nun war sie es, die lächelte. Sie hakte sich bei ihm ein, und sie gingen, mussten über viele Trümmer hinwegsteigen. Er winkte einigen Feuerwehrleuten zu, die damit beschäftigt waren, das Wasser aus der Furt zu pumpen.

Als sie an dem kleinen Leuchtturm vorbeikamen, sagte er: »Für meinen Neffen, der natürlich auch die hiesigen Statuten und die Versicherungsbedingungen kennt und sich nun schwarz ärgert, wüsste ich eine sinnvolle Entschädigung. Sechzehn Schafe würde ich ihm schenken, sofern er sie haben will. Das wäre doch ein guter Neubeginn für ihn. Da du mein Testament kennst, weißt du, dass es in meiner Familie einen solchen schon einmal gegeben hat, nämlich als mein Urgroßvater von der Seefahrt auf die Viehhaltung umgestiegen ist. Vielleicht würde ich Jan Jacob sogar über diese Grundausstattung hinaus helfen, ihm zum Beispiel eine Wiese für die Schafe kaufen. Immerhin: Ohne ihn und seinen verrückten Plan gäbe es dich nicht in meinem Leben.«

Er hatte Recht. Dennoch war ihr bei dieser so weitherzigen Auslegung von Ursache und Wirkung nicht wohl. Daher fragte sie schnell:

»Und Lord Nekk? Wie wird er mit dem Unglück fertig? Er kam mir vor wie ein kleines Kind, das sich verlaufen hat.«

»Mir auch. Aber ich weiß, er findet wieder zu sich. Er ist nicht nur Maler, sondern von seiner Anlage her auch Schauspieler. Heute, inmitten seiner zerfetzten Bilder, ist er der große Tragöde und in ein paar Tagen wieder der Maler. Wahrscheinlich wird er nach Roskilde zurückgehen. Natürlich, seine Werke bleiben verloren, doch er wird neue schaffen. Kürzlich hab' ich mich mit ihm über die Frauen unterhalten. Das war interessant. Er braucht sie. Nicht eine, nein, er braucht viele. Das unterscheidet ihn von mir. Wenn er genügend findet, und warum sollte er das nicht, kommt er wieder ins Lot. Es sind die Frauen, die ihn inspirieren, und sei es, dass hinterher eine aufregende Landschaft dabei herauskommt.«

Sie hatten den Rover erreicht, fuhren los in Richtung *Süderhaus*.

»Merret wird nicht unbedingt erfreut sein«, sagte Barbara, »wenn sie mich sieht.«

»Das mag sein, aber darum kümmern wir uns nicht. Ich vermute übrigens, sie wird demnächst zu ihrer Mutter nach Keitum ziehen. Das hat sie, seit du auf den Plan getreten bist, schon mehrfach angedeutet. Sie tut mir leid, nur kann ich ihretwegen nicht auf das Wichtigste in meinem Leben verzichten. Es beruhigt mich, dass sie in Keitum einen zweiten Standort hat. Der wird für sie jetzt wieder zum ersten werden, wie er es damals war, in ihrer Kindheit.«

»Habt ihr nicht einen Vertrag?«

»Verträge kann man annullieren. Es ist an ihr, zu entscheiden, ob sie im *Süderhaus* bleibt oder nach Keitum zieht. Ich bin jedoch sicher, sie wird uns verlassen.«

»Dann wären es, wenn auch Jan Jacob mitmacht, vier Menschen, Lord Nekk noch dazugerechnet, sogar fünf, die zur gleichen Zeit einen neuen Anfang vor sich haben.«

»Ja, und ich meine, wir zwei haben dabei den besten Part erwischt.«

*... weitere Titel von Hinrich Matthiesen,
erschienen im*

Hinrich Matthiesen
Moses im Sylter Watt
Sechs Geschichten, 124 Seiten
gebunden mit Schutzumschlag
€ 11,90 [D], ISBN 978-3-940006-05-9
© 2008 Quermarken Verlag

Sechs Geschichten - meisterhaft erzählt:
eine dramatische, eine tückische,
eine tragische, eine humoristische,
eine erotische und eine melancholische

Liebe Leserin, lieber Leser!
Mit diesen sechs Geschichten liegt Ihnen eine bunte Mischung fiktiver Begebenheiten vor. Doch bei ihrer Niederschrift war die Buntheit nicht das erklärte Ziel der Arbeit, sondern die einzelnen Erzählungen sind zu unterschiedlichen Zeiten und aus unterschiedlichen Anlässen entstanden und haben in Anthologien und Zeitschriften probate Foren gefunden.

Der Beitrag *Strandszenen* wird in diesem Buch erstmals veröffentlicht. Hier geht das Geschehen im Kern auf wahre Vorkommnisse zurück. Bei der Geschichte *Der Hai und die Ente*, die man nicht nur als humoristisch, sondern auch als satirisch einstufen könnte, ritt mich der Teufel oder vielmehr der Unmut über den Klamauk-Journalismus, der unsere schöne Insel immer mal wieder in den Untergang redet oder sonstwie an ihr herummäkelt. Was das *Taxi nach Sylt* angeht, bekenne ich: Das Vorhaben war etwas heikel. Autoren wie auch viele Leser wissen, dass erotische Passagen zu den schwierigsten gehören, weil man sich da ein wenig aus der Schicklichkeit herauslehnen muss. Das ist dann eine Gratwanderung, und ich hoffe, dabei nicht abgerutscht zu sein.

Genug der Erläuterungen! Ich muss ja nicht zu allen sechs Stories einen Kommentar abgeben. Vielleicht haben Sie nach Beendigung der Lektüre eine Lieblingsgeschichte; ich habe auch eine.

Sylt, im Mai 2008
Hinrich Matthiesen

**Hinrich Matthiesen
Mein Sylt**
Neuauflage, 123 Seiten
gebunden mit Schutzumschlag
€ 11,90 [D], ISBN: 978-3-940006-04-2
© 2007 Quermarken Verlag

**Ein autobiographischer
Streifzug über die Insel:**
informativ und unterhaltsam für alle
jetzigen und zukünftigen Sylt-Liebhaber

Hinrich Matthiesen, direkter Nachfahre des legendären Sylter Walfängers Lorenz de Haan, erzählt von der Geschichte seiner Insel und von ihren Bewohnern, vom alten Sylt, das es nicht mehr gibt, und vom heutigen, das sich zum Urlaubsparadies gewandelt hat.

Mein Sylt
»...ist ein Platz, den auch die Prominenz gern besucht - warum sollte sie nicht? - aber in der Hauptsache ist es etwas ganz anderes, nämlich eine ganz besondere Insel für ganz normale Menschen...«

»Für denjenigen, der mit dem Lesen von *Mein Sylt* anfängt, sei die Warnung ausgesprochen, nicht am Abend mit der Lektüre zu beginnen. Es würde eine sehr lange Nacht, weil Hinrich Matthiesen auch sein Sylt-Buch so spannend schrieb, dass man es nicht aus der Hand legen mag.«
SYLTER SPIEGEL

**Hinrich Matthiesen
Das Gift**

THRILLER

Roman, 333 Seiten
TB, Neuauflage, € 8,90 [D]
ISBN: 978-3-940006-00-4
© 2006 Quermarken Verlag

8 CDs, 10 Std., € 22 [D]
Sprecherin:
Svendine von Loessl
ISBN: 978-3-940006-01-1
© 2006 Quermarken Verlag

»Einwohner und Gäste, ihr seid in Gefahr... Wir haben an verschiedenen Stellen eurer Stadt Depots angelegt mit Dioxin in hoher Konzentration... Wir fordern 65 Millionen Dollar Lösegeld...«

Es ist ein makabrer Coup, den ein paar Männer monatelang vorbereiten. Sie haben umfangreiche Recherchen und ein intensives Training hinter sich, als sie eines Nachts mit einer für ihre Zwecke umgerüsteten Hochseeyacht in die malerische Bucht von Acapulco einfahren und der Stadt ihr Ultimatum stellen.
Die Bevölkerung ist im Schockzustand. Der Krisenstab scheint machtlos...

Hinrich Matthiesen hat einen großen, einen spannenden Roman geschrieben. Und einen erschreckenden. Denn was hier geschildert wird, kann an jedem Tag irgendwo auf der Welt Wahrheit werden.

»Matthiesen ist für seine genauen Recherchen bekannt.«
FAZ-MAGAZIN

Hinrich Matthiesen
Auch du wirst weinen, Tupamara
Roman, 251 Seiten
gebunden mit Schutzumschlag
€ 16,90 [D], ISBN: 978-3-940006-02-8
© 2007 Quermarken Verlag

Der neue Matthiesen:
fesselnd und brisant

Für den Amerikaner Steven Harper ist es nicht zu ertragen, dass die Ex-Terroristin, die seinen Vater kaltblütig erschossen hat, nach zwanzig Jahren vorzeitig aus dem Gefängnis entlassen wird und ihre Tat noch immer als gerechtfertigt hinstellt.
Er reist nach Deutschland und heftet sich - unerkannt - an ihre Fersen...

Die Täterin: »Wir haben gegen das Unrecht gekämpft, und also gibt es nichts zu bereuen.«

Der Sohn des Opfers: »Du hast dir ein Vollstreckeramt angemaßt und tust es noch heute... Du warst ein schneller Henker. Dennoch verspreche ich dir, kein schneller Richter zu sein... Ich bin die Lobby meines Vaters. Auch wenn sie nicht groß ist, ist sie doch stark. Und unbeirrbar.«

»Sein (Matthiesens) neuestes Werk zeigt starke Parallelen zur aktuellen Debatte um die RAF und greift die aktuelle öffentliche Debatte um Schuld und Sühne auf... *Auch du wirst weinen, Tupamara* zeichnet die Annäherung zweier Menschen nach, deren Wege sich auf schicksalhafte Weise kreuzen.«
DIE WELT

... in Planung:

Hinrich Matthiesen
Casablanca und der weite Weg nach Sylt
Ein Kapitän durchbricht die Blockade

Tatsachenroman

25. August 1939. Kapitän Meinert Mommsen aus Keitum auf Sylt verlässt mit seinem Schiff, der mit Phosphat beladenen LUDOLF OLDENDORFF, Casablanca. Krieg liegt in der Luft, und so läuft er den Nothafen Vigo an. Er will Kohle bunkern, Proviant und Trinkwasser übernehmen und so schnell wie möglich wieder auslaufen. Doch vom Konsulat erhält er die Weisung, vorläufig liegenzubleiben und weitere Befehle abzuwarten. Am 3. September 1939 bricht der 2. Weltkrieg aus, und gut zwei Monate später beginnt für Mommsen die Fahrt ins Ungewisse. Die Gefahr ist groß, von den Schiffen der Engländer entdeckt und aufgebracht zu werden. Getarnt als dänischer Dampfer EDITH nimmt Mommsen Kurs nach Norden. Ziel: Heimathafen Lübeck. Doch plötzlich taucht am Horizont der englische Kreuzer SHEFFIELD auf. Trotz schwerer See nähert er sich mit großer Geschwindigkeit...

Die von Hinrich Matthiesen beschriebene Blockadefahrt hat tatsächlich stattgefunden. Er hat einen Roman geschaffen, der nicht nur Zeitgeschichte widerspiegelt, sondern auch Sylt-Geschichte, denn die Rückblenden, in denen Mommsens Gedanken sich immer wieder seiner Insel zuwenden, auf der seine Frau und die beiden Söhne leben, seine Mutter und der kranke Vater, sind ebenfalls authentisch.

Casablanca und der weite Weg nach Sylt:
ein Roman voller Spannung und Dramatik